FRAGILES LUMIÈRES DE LA TERRE

ŒUVRES DE GABRIELLE ROY

Bonheur d'occasion, roman (1945).
La Petite Poule d'Eau, roman (1950).
Alexandre Chenevert, roman (1954).
Rue Deschambault, roman (1955).
La Montagne secrète, roman (1961).
La Route d'Altamont, roman (1966).
La Rivière sans repos, roman (1970).
Cet été qui chantait, récits (1972).
Un jardin au bout du monde, nouvelles (1975).
Ma vache Bossie, conte (1976).
Ces enfants de ma vie, roman (1977).
Fragiles Lumières de la terre, écrits divers (1978).
Courte-Queue, conte (1979).
De quoi t'ennuies-tu, Éveline ? suivi de *Ély! Ély! Ély!*, récits (1984).
La Détresse et l'Enchantement, autobiographie (1984).
L'Espagnole et la Pékinoise, conte (1986).
Ma chère petite sœur, lettres (1988).

Gabrielle Roy

FRAGILES LUMIÈRES DE LA TERRE

Écrits divers 1942-1970

Nouvelle édition

Boréal

Les Éditions du Boréal sont inscrites au Programme de subvention globale du Conseil des Arts du Canada et reçoivent l'appui de la SODEC.

Conception graphique : Gianni Caccia

Illustration de la couverture : Carl Schaefer, *Champ de blé, Hanover* (détail), 1936, Musée des Beaux-Arts du Canada.

© Fonds Gabrielle Roy

Dépôt légal — 2ᵉ trimestre 1996
Bibliothèque nationale du Québec

Diffusion au Canada : Dimedia
Distribution et diffusion en Europe : Les Éditions du Seuil

Données de catalogage avant publication (Canada)

Roy, Gabrielle, 1909-1983

    Fragiles Lumières de la terre

    (Boréal compact : 77)

    Éd. originale : Montréal : Quinze, c1978.

    Publ. à l'origine dans la coll. : Quinze/prose entière.

    Comprend des réf. bibliogr.

    ISBN 2-89052-764-6

    I. Titre.

PS8535.O95F73	1996	C848'.5403	C96-940323-2
PS9535.O95F73	1996		
PQ3919.R74F73	1996		

I

REPORTAGES

PEUPLES DU CANADA

Les Huttérites

I

Le village m'enserra dans sa paix chaude et imprévue. Il ne possède ni magasin ni gare ni pompe à essence ni même de rues, encore moins d'enseignes ; il s'élève dans les champs de blé, parmi les vergers, les ruches, la couleur des avoines et le tenace parfum du trèfle d'odeur ; il est dans la lumière et l'abondance comme un riche au milieu de ses biens. Mais ses gens ne font montre d'aucun luxe. Ils sont vêtus avec une simplicité extrême : les femmes, d'une jupe longue et d'une veste fleurie sur un corsage de lustrine noire ; les hommes, de blouses bleues. Ceux qui sont mariés portent une courte barbe en collier pour se distinguer des jeunes gens de la colonie et, je tiens l'explication de l'un d'eux, par un souci naïf de ressembler au Christ. Endimanchés, je leur vis un maintien solennel et guindé ; ils endossent alors des habits noirs munis d'agrafes et d'œillets et non pas de boutons, considérés comme une invention frivole. Un feutre rond, sans pli, achève de leur donner un air quaker. Ils ne fument pas, méprisent la danse, la musique, les cartes et l'usage des alcools. Cependant, ils se saluent du nom de frères et mettent leur richesse en commun ; la pire offense parmi eux est de garder quelque bien en sa possession personnelle. Tels me sont apparus les Huttérites.

Je ne connaissais ce groupe que par le très beau film *49th Parallel,* lorsque j'arrivai à Iberville, l'une des huit colonies huttérites essaimées le long de la rivière Assiniboine au Manitoba. Ici même on en avait tourné plusieurs séquences. Les Huttérites y sont représentés comme d'opiniâtres pacifistes. En fait, ils entrèrent au Canada en 1918 sous la condition expresse qu'ils ne seraient jamais appelés sous les armes. La générosité d'un État qui leur garantit une telle mesure de liberté n'a pas influé par la suite, comme on eût pu l'espérer en temps de péril commun, sur leur attitude de non-violence. Le film prête d'ailleurs à ces nouveaux Canadiens d'origine allemande des sentiments de vive réprobation du nazisme. Mais il y a beaucoup plus. Par sa conception lumineuse, la vie des Huttérites est une vivante antithèse de l'hitlérisme. C'est une riche évocation biblique, une utopie d'amour qui dure depuis trois cents ans.

Je venais par automobile d'Ely, petit village à faible distance de Winnipeg, sur le chemin de fer transcontinental. J'avais encore à l'oreille le bourdonnement des gares, les cris des vendeurs de journaux et la rumeur des nouvelles de guerre. Je n'étais pas prête à la sensation brusque qui me guettait au détour du chemin : cette sensation de pénétrer d'un coup, d'un seul pas, dans l'inconnu.

Il me semble, encore souvent, que j'ai peut-être rêvé cet endroit comme Hilton rêva son Shangri-La entre les monts du Tibet. Il n'y a pas, au village, de maisons riches et de maisons pauvres, mais des maisons toutes semblables. Elles se groupent autour d'un pré ; au centre s'élève un bâtiment à étage qui sert de salle commune. Sur la toiture, une pesante cloche de fer. Tout le village, je n'ai pas tardé à le constater, obéit à cette cloche, en mouvements dociles et grégaires. Il se lève à cinq heures et demie à son appel ; il vient manger lorsqu'elle tinte de la façon convenue ; enfin, il se retire à son commandement dès que l'ombre impalpable accourt des plaines rases du Manitoba.

Le village m'avait d'abord semblé singulièrement désert. C'est qu'il était plongé dans une très sereine activité, dont je découvris bientôt des signes multiples. Ici, des femmes tricotaient, retirées dans les carrés d'ombre qui s'attachaient à leur seuil ; plus loin, d'autres femmes pelaient des pommes de terre ; un si grand baquet de pommes de terre qu'il me parut destiné à nourrir au moins toute la colonie. Je ne me trompais pas. Dans la chaleur du jour et dans la cuisine commune au rez-de-chaussée du bâtiment principal, les femmes s'activaient à préparer le repas d'une centaine de personnes. Il y en avait d'autres qui triaient des fruits, assises modestement dans les plis amples de leur jupe, et d'autres encore, pieds nus, qui sarclaient les jeunes pousses du potager. Je pouvais difficilement déterminer leur âge. Comme elles étaient toutes habillées de la même façon, toutes coiffées d'un mouchoir d'indienne et comme, par surcroît, elles s'abîmaient toutes dans un silence étrange ou dans un chuchotement imperceptible, il me fallait bien les approcher de très près pour voir à leur visage que certaines étouffaient le rire de vingt ans et que d'autres montraient l'air taciturne du vieil âge.

Les hommes travaillaient aussi en équipe. J'en aperçus plusieurs, marteau en main, hissés en plein soleil, sur l'échafaudage d'une étable. Les garçonnets rentraient le foin, les fillettes gardaient les oies ou prenaient soin des bébés, cependant que les enfants de cinq ou six ans, réunis dans une garderie en plein air, écoutaient gravement les conseils d'une grand-maman. Je vis bien que personne ne flânait ; mieux encore, que chacun se livrait à sa tâche avec une sorte de précision monastique qui décelait l'autorité d'un chef. Outre les travailleurs en équipe, des ouvriers spécialisés occupaient leur poste : le cordonnier était à son échoppe ; l'apiculteur, à ses ruches ; le berger, à ses moutons. Tout ce qui restait d'hommes et de femmes valides vaquait, soit à la buanderie, soit au verger ; si bien que je n'ai d'abord trouvé personne avec qui causer et que j'ai eu l'impression d'être dans un couvent où il est bien inutile d'aborder qui que ce soit sans en avoir au préalable obtenu la permission.

Mais je fis bientôt la connaissance du chef, ou plutôt de l'un des chefs, car une colonie de cent personnes se donne, selon la tradition huttérite, un maître de la ferme (*farm boss* ainsi qu'on le désigne dans la région), un gérant des affaires domestiques, un gérant meunier, un gérant de la bergerie et, enfin, un chef spirituel généralement élu par suffrage populaire et pour la vie.

Des yeux d'un bleu incroyable, des dents très blanches dans une épaisse barbe noire, une carrure puissante, la tranquillité d'un gentilhomme campagnard, le maître de la ferme se présenta, monté sur un superbe cheval bai. Ma demande, pourtant si naturelle, de visiter la colonie parut le plonger dans un certain mécontentement. Personne, m'apprit-il, ne se trouvait inoccupé pour l'instant et libre de m'accompagner. Je dus sourire à cette idée de gens libres (au fait, le sont-ils entièrement ?) se gouvernant selon les règles d'un cloître, car le chef me dit après coup :

— Mes gens sont tous au travail ; mais qu'à cela ne tienne ! L'hospitalité aussi est un devoir. Je vous enverrai tantôt une jeune fille. Je vous enverrai Barbara quand elle aura fini de délayer sa pâte à pain.

Je cessai d'attendre Barbara et pénétrai dans le bâtiment principal. Un escalier me conduisit à l'étage ; je me trouvai dans une grande salle meublée de bancs durs et d'une table où reposait la Bible. Ici se réunissent les frères huttérites pour entendre la voix de leur chef spirituel, pour chanter des hymnes graves qui remontent au temps de Luther et pour se confesser publiquement. Parfois, les plus coupables, accusés d'avoir retenu quelque bien en leur possession, se voient refuser l'accès du temple. Après un temps de pénitence, soit qu'ils s'amendent, soit qu'ils persévèrent dans leur mauvaise conduite, ils sont réinstallés dans le sein de la communauté ou rejetés définitivement. Une âpre sévérité alliée à une confiance presque naïve, un mélange de crainte, de répression et d'amour fraternel, une foi tout imprégnée de l'ardeur militante des persécutions religieuses qui sévirent au seizième siècle en Allemagne et en Bohème, telles furent, telles sont encore les caractéristiques les plus marquées de la secte huttérite.

Je descendis au rez-de-chaussée. Un grand souci d'ordre, de discipline, de propreté y dominait. Chassés, il y a plus de trois cents ans, de leur Tyrol natif, les Huttérites, de génération en génération, ont su conserver, par quels détours ? par quelles luttes ? les qualités qui entre toutes accusent leur ascendance allemande, et cependant détruire jusqu'aux racines leur héritage de violence.

Plusieurs pièces s'ouvraient sur un couloir rempli d'échos étouffés : la buanderie, où se détachaient dans d'épaisses nuées de vapeur les bras rougis et le visage suant des femmes, les réfectoires, la boulangerie, les glacières, la laiterie et la cuisine.

Sur le plancher dallé, sonnait le pas rapide des ménagères. Les unes brassaient des confitures dans d'immenses chaudrons ; les autres venaient portant à plein bras des miches énormes ; une dernière mettait le couvert pour une centaine de personnes.

À onze heures et demie exactement, tout fut prêt ; la cloche sonna. J'entendis aussitôt un murmure docile, comme un bourdonnement de voix qui grandit rapidement et envahit bientôt la salle à manger. Les frères huttérites venaient se restaurer.

Les hommes s'attablèrent sur de longs bancs disposés d'un côté de la salle ; les femmes, de l'autre ; les enfants avaient déjà pris place dans un petit réfectoire isolé, frais et silencieux. L'aîné ou chef spirituel récita des prières, puis il n'y eut plus que le tintement des gobelets d'étain et le bruit mouillé des lèvres contre les cuillers. Tous mangeaient la même nourriture simple et sans apprêt : un potage de viande et de légumes, du lait crémeux, un pain odorant à croûte dorée, des fraises des champs.

Après le repas, chaque famille, séparée depuis l'aube par la répartition du labeur, se recomposa et se retira pour quelque temps dans sa propre maison. J'avais vu les frères huttérites vêtus avec la même simplicité, je les avais vus manger à la même table ; j'étais curieuse de les voir à l'abri de toute surveillance mutuelle. J'entrai dans l'une et puis dans l'autre de leurs demeures, et je fus saisie d'une douce émotion. Les maisons, blanches et l'extérieur, jaunes et bleu hardi à l'intérieur, ne recelaient aucune richesse. Mieux encore, elles ne comptaient ni garde-manger, ni cuisine. Les murs nus, sans gravures ni photographies, montraient leur peinture fraîche, seul luxe de ces logis déconcertants. Pour tout mobilier, un gros poêle de chauffage, des chaises droites, des lits. Ces lits profonds, très larges, étaient recouverts d'édredons pansus faits de plumes d'oies, tels que j'en retrouvai plus tard chez les Tchèques et les Sudètes de Loon Lake, de Good Soil et de Bright Sand, en Saskatchewan, et qui semblent être aussi précieux aux paysans venus d'Europe centrale que les couvre-lits de pièces à nos grands-mères du Québec.

Des chaises dures, des lits, de moelleux édredons, du linge propre entassé dans les armoires : voilà donc toute la richesse individuelle des familles huttérites. Mais même ces humbles biens, les Huttérites ne les apportent pas avec eux quand, pour une raison ou une autre, ils décident de quitter la communauté.

Ainsi, je ne pouvais plus douter du miracle si dur à l'entendement de notre époque. Il me confrontait, me ravissait et, il faut bien l'avouer, m'accablait. Le renoncement absolu, en faveur du prochain et par amour de Dieu, je le découvrais chez une secte presque inconnue, dans l'éblouissement de la plaine.

Je causai plus tard avec le meunier d'une colonie voisine. C'était un homme avisé, fort habile dans les affaires et qui gérait avec compétence le moulin connu sous le nom de *Huron Hutterite Mutual Corporation Roller Mills on the Farm*. Depuis 1918, le moulin n'avait pas chômé, ou si peu qu'il n'importe d'en parler. En 1941, il moulait 33 837 minots de blé et produisait 6 853 barils de farine. Certains de ses produits jouissent d'un beau renom sur les marchés de Winnipeg : la *Cream of wheat*, la farine à crêpe et, surtout, la *Peerless Flour of Manitoba*. Non seulement le moulin suffit aux besoins de huit colonies huttérites de la vallée de l'Assiniboine, mais peu de jours se passent sans qu'y vienne quelque fermier anglais ou canadien-français des environs, monté à l'avant de sa charrette. La population de tout le voisinage trouve avantage à faire moudre le grain selon un tarif de cent livres de farine contre trois minots de blé. Ainsi, lorsque le blé se vend cinquante cents le minot, cent livres de farine ne coûtent qu'un dollar et soixante-cinq cents. Les bienfaits de la coopérative huttérite se répandent donc à l'extérieur de la colonie.

Le meunier avait beaucoup voyagé dans l'intérêt des siens. Son éducation scolaire ne dépassait pas la huitième année du programme d'études prescrit par le ministère de l'Instruction publique du Manitoba — les Huttérites se plient volontiers à l'instruction obligatoire, mais quittent l'école vers l'âge de quatorze ans. Il était cependant studieux, observateur et extrêmement habile à assimiler les bribes de savoir qui s'offraient partout à lui. Débrouillard, intègre, d'un abord aimable, il s'était fait des amis à des milles à la ronde. Il eût pu, selon les standards de notre époque, se tailler une place avantageuse en dehors de la colonie. Il eût sans doute pu amasser beaucoup d'argent. Sa communauté, en tout cas, lui était redevable d'une bonne part de sa prospérité.

Je lui en fis la remarque.

Ses yeux ronds, bleus et candides, me firent reproche.

— J'ai quitté la colonie, m'avoua-t-il, il y a quelques années. J'ai gagné beaucoup d'argent. J'ai eu une automobile, des meubles, tout ce qui me paraissait avoir du prix...

— Et puis ?

— Et puis, je suis revenu ici...

— Mais pourquoi ?

— Pourquoi ?

Ses prunelles se voilèrent un instant. Il parut sourire à une résolution déjà lointaine et qui avait mis son âme pour toujours à l'abri. Pour toute réponse il m'interrogea à brûle-pourpoint :

— Vous-même, ne quitteriez-vous pas tout ce que vous possédez afin de trouver la paix ?

J'étais indécise encore qu'il avait déjà poussé un levier et, poudré de farine, souriait, à l'aise, dans la trépidation qui nous secouait tous deux.

II

La parole d'un seul homme peut avoir de graves conséquences sur le destin d'un peuple. Les Huttérites, aujourd'hui fiers, isolés, vivraient sans doute comme les fermiers de l'Ouest, chacun avec son cheptel, ses bonnes récoltes ou ses années de secours de l'État, s'il ne s'était trouvé durant les années de formation de la secte un prophète à la voix ardente.

C'était au printemps de 1528. Les Huttérites, secte d'anabaptistes nommée d'après le prêcheur itinérant Jakob Hutter, se voyaient chassés de la principauté de Nikolsburg où ils avaient trouvé refuge après leur expulsion du Tyrol. Ils erraient, certaine nuit, en quête d'un abri. Vers l'aube, ils arrivèrent sur l'emplacement d'un village abandonné, trempés, affaiblis par l'exil, rongés de doute. Et là, raconte l'ancien chroniqueur, l'un des Huttérites étendit son manteau sur le sol et enjoignit ses compagnons d'y déposer leurs menus biens afin que leur recommencement fût marqué du signe de l'absolue charité. Le manteau se couvrit de tout l'or, alliances, petits bijoux, montres, chaînes et piécettes que possédaient les expatriés.

Capable de saisir l'avantage de la vague mystique qui animait les siens, Jakob Wideman, le nouveau chef, ne s'arrêta pas à cette première victoire ; il proposa la mise en commun de toutes les énergies et la répartition du labeur selon les aptitudes particulières de chacun des siens. Sans doute possédait-il des dons peu communs de commandement aussi bien qu'une grande habileté à tabler sur les sentiments collectifs ; l'historien ajoute simplement que, sur les hauteurs désolées de la Moravie, là où ne s'étaient fixés définitivement ni Bohèmes, ni Slaves, un village huttérite s'éleva bientôt, prospère et heureux. Ainsi fut fondée la première Bruderhof ou maison commune des frères huttérites.

L'aventure était scellée. Les Huttérites ne touchaient point au terme de leurs pérégrinations, ils devaient encore immigrer, certains en Russie, d'autres aux États-Unis, et plusieurs au Canada ; mais ils avaient trouvé leur voie. Ils devaient procéder à leur arrivée au Manitoba, en 1918, selon les principes établis en Moravie, sauf qu'un premier groupe entra dans notre pays avec la somme collective de 4 700 dollars et y acheta tout de suite des terres jusqu'à 52 dollars l'acre.

Huit colonies occupent aujourd'hui dans la seule municipalité de Cartier, à l'ouest de Winnipeg, 28 460 acres de cette pesante terre gumbo, la plus belle terre à blé qui soit au Manitoba. Ce qui représente, chaque colonie comprenant environ cent âmes, une moyenne de trente-cinq acres par personne. On conçoit que les Huttérites, divisés en quatorze groupes, au nombre de 1 637[1] âmes au Manitoba, et en seize groupes, au nombre de 1 724 âmes en Alberta, possèdent en commun un immense terrain cultivable.

Les gens qui vivent en communauté ne sont pas toujours dépourvus d'initiative. Le motif du gain personnel manque peut-être chez eux, mais pas nécessairement le désir du progrès. Je n'ai point vu chez les Huttérites de trafiquant crapuleux (encore qu'il puisse y en avoir), je n'ai point vu d'ambitions démesurées, mais j'ai vu des hommes, tels Joe Walman, ce Joe Walman qui me fit une si vive impression au départ, tel le meunier, tel même Andrew Gross, ce chef légèrement autocrate et dédaigneux, j'ai vu des hommes qui menaient à bien et de façon fort ingénieuse les affaires temporelles de leur peuple.

Aussi la richesse collective des Huttérites, en bétail et bâtiments plutôt qu'en espèces, est-elle considérable. Chaque colonie est équipée pour l'élevage de huit cents à mille porcs, d'environ douze cents oies et de soixante à soixante-dix vaches par année. Plusieurs hameaux s'adonnent en plus à l'apiculture et cultivent fruits et légumes. Tant et si bien, qu'en raison de leur stricte économie, de leur étroite solidarité et de leur remarquable industrie, les Huttérites parviennent à un degré de mérite agricole presque unique au Canada.

---

1. Ces chiffres et tous ceux de ce texte sont de 1942.

Un peuple a cent visages et il est donné à l'un ou l'autre des individus qui le composent d'en révéler des aspects différents, parfois contradictoires. Si Joe Walman devait m'exprimer le mysticisme, la haute et belle fierté des Huttérites, si Andrew Gross m'en démontra la morgue, si le meunier (ce meunier, comme il a planté son regard tranquille dans mon souvenir), si le meunier rendit claire à mes yeux la probité morale des siens, Barbara, la jeune fille affublée d'une jupe de vieille, m'en traduisit le grain pur et délicat. Barbara, c'était le printemps de son peuple.

Elle était douée d'une ignorance heureuse, son ingénuité lui enlevant toute gêne et la faisant resplendir d'un calme prenant.

Elle n'était jamais sortie de la colonie, elle n'avait jamais fait le voyage à Winnipeg, pourtant si peu éloigné, elle tenait tout son savoir des dires de sa grand-mère et de la petite école rurale bâtie par l'État dans l'enceinte de la communauté, elle ne comptait d'autres compagnes que les petites filles huttérites de son âge et cependant elle traitait les étrangers, dont moi-même, d'un peu haut et avec une assurance absolue.

Pourtant elle me dit, inquiète peut-être :

— Il ne faudra pas dire de mal de nous dans votre journal.

— Et si j'en trouvais, lui dis-je, ne faudrait-il pas en parler ? N'aimes-tu pas la vérité ?

Elle me regarda avec étonnement.

— Il ne faudrait pas le dire quand même, répliqua-t-elle.

Tout le monde sait bien qu'il y a partout le bon grain et l'ivraie.

Et elle me cita tout un passage de la Bible, les yeux levés sur les avoines droites.

Elle était ravissante avec ses prunelles claires, son corsage légèrement gonflé et un petit visage qui aurait bien voulu rire mais ne l'osait pas.

— Tu es donc bien sûre, lui demandai-je, d'être dans la vérité ? Il y a des gens qui ont parcouru le monde, qui ont lu des montagnes de livres, et qui ne sont pas encore assurés de l'avoir en partage.

Elle arracha une tige d'un coup sec et agacé. Elle dit vivement :

— Ce sont des fous. Moi, je vois la vérité.

J'avais l'impression d'entendre sainte Jeanne répondre au Grand Inquisiteur.

Cependant, il arriva, chose qui m'inclina beaucoup à la réflexion, que Barbara s'attacha surtout à me faire voir l'outillage mécanisé de la colonie. Elle m'entraîna dans les hangars, m'expliqua la conduite des engins les plus modernes, prit un plaisir naïf à me faire admirer les tracteurs tout neufs, les puissants camions ; dans les porcheries, elle m'indiqua les appareils d'alimentation et, dans les fenils, les ingénieuses poulies de fourrage. Ses pieds nus battaient le crottin, l'herbe sèche, la paille rugueuse.

— Nous avons tout ce qu'il y a de plus moderne, déclarat-elle avec aplomb.

Et c'était vrai en ce qui touchait la machinerie agricole. Peu de fermiers canadiens ont mécanisé l'agriculture à l'égal des Huttérites. Sur ce plan de comparaison, il m'eût été futile, à coup sûr, de leur opposer le colon d'Abitibi, et même le cultivateur le mieux équipé du Québec. L'évaluation des machines agricoles de la seule colonie d'Iberville se chiffrait à 65 000 dollars. Et cela pour cent personnes !

Plus tard, et je ne sus par quelle finesse elle en arriva à lire mes pensées, Barbara me dit :

— Il est faux d'affirmer que nous n'avons pas le moindre cent à dépenser pour des choses personnelles. Je vais vous dire, moi : les enfants reçoivent trois cents par mois et nous, les grandes personnes, nous avons droit à vingt cents.

Je tenais beaucoup à savoir ce que Barbara pouvait bien s'acheter avec ses vingt cents.

— Du fil, tiens ! dit-elle. Il en faut bien pour raccommoder.

Mais l'être le plus sage n'est pas tout sérieux. Je m'aperçus que la jeune fille lorgnait mon Kodak.

— Tu veux que je prenne ta photo ?

C'était contre les règlements de la communauté, mais elle fit oui très vite de la tête et murmura, la voix sourde :

— Vous me l'enverrez. Donnez votre carnet que j'y mette mon adresse. Il faut me l'envoyer à moi, Miss Barbara Gross, vous entendez. Autrement, je pourrais bien ne pas la recevoir.

Je n'en suis pas sûre, mais je crois bien qu'elle ne s'était jamais vue dans une glace.

Je fis la connaissance de Walman au moment où j'allais quitter la colonie pour reprendre le train. Je regrettai de ne pas l'avoir connu plus tôt ; il était l'hospitalité courtoise, la tendresse mystique, l'élan généreux du clan huttérite. Il était la vérité profonde, souvent inarticulée, de ce peuple qui n'a ni musiciens, ni poètes, ni historiens, mais qui trouve parfois pour s'exprimer la plus miraculeuse des voix.

— Je crains bien, me dit-il, que vous n'ayez pas reçu des miens un accueil chaleureux.

Je l'assurai du contraire, mais il hocha la tête doucement.

— Non, restez encore, fit-il, restez une semaine, deux semaines, un mois, tout le temps que vous voudrez et si, plus tard...

Son regard brillait d'une beauté frappante dans la demi-obscurité.

— ... et si, plus tard, vous aimez notre vie, vous pourrez devenir l'une des nôtres.

Et il me raconta :

— Un jour, un passant s'est arrêté comme vous... et il est resté... C'était un écrivain : Eberhard Arnold. Peut-être en avez-vous entendu parler ?

Soudain, j'eus l'impression d'une âme si assurée de sa voie, si chaudement établie dans sa vérité qu'elle ne cherchait plus qu'à se répandre comme une onde pour étancher la soif d'infini des êtres. Une espèce de nostalgie s'empara de moi. Je levai les yeux et, sous les derniers rayons du soleil, j'aperçus le touchant assemblage du hameau. Ici, c'était vrai, je n'avais vu ni haine, ni mortel dégoût, ni affreuse lutte pour la survivance.

Des petites rivalités, bien sûr, il en existait, et même de mesquines intentions dans le refoulement des cœurs. Certains chefs, il eût été futile d'en douter, s'accordaient des privilèges incompatibles avec la nature de leur vie. Mais, en définitive, je voyais une société organisée de façon à assurer le travail et le vivre quotidien ; une société qui prenait soin, sans le secours de l'État, de ses infirmes, de ses impotents, de ses vieillards et de ses frères malheureux. J'étais dans un coin de terre où n'avait jamais sévi la honte de nos temps, le chômage et l'aide de l'État accordée comme une aumône. Et je voyais bien que le progrès matériel, au lieu d'y créer l'inégalité et la division, y apportait une juste mesure de confort également distribuée.

J'hésitai peut-être un instant. J'avoue que le bruit lointain des sonnailles, l'ondulation brusque qui saisissait parfois les seigles et les avoines, tout le mouvement sourd de la terre, toute la couleur atténuée du ciel ajoutaient à mon indécision. Mais je tournai le dos au mirage.

— Adieu, me dit simplement Joe Walman, le berger.

Il me tendait la main comme un enfant déçu.

Mes pensées, malgré tout l'attrait qu'exerçait sur moi cette halte d'une paix comme je n'en avais encore connu nulle part, s'en détachaient pourtant, sollicitée que j'étais par d'autres appels, par une curiosité accrue. Ainsi, ces autres groupes ethniques du Canada, les Mennonites, les Doukhobors, les Ukrainiens, et même ce petit groupe de Juifs agriculteurs du nord de la Saskatchewan dont je venais d'apprendre l'existence, comment étaient-ils, comment vivaient-ils, qu'avais-je à apprendre d'eux ? Voici que je n'étais plus que hâte de connaître davantage.

Du reste, il me vint alors à l'esprit que cette paix d'ici, qui m'avait tellement fait envie pendant un moment, était peut-être plus menacée que fortifiée par l'isolement. Qu'en serait-il d'elle lorsque les frères huttérites tôt ou tard entreraient en contact brutal avec notre époque ? Leur isolement n'était-il pas au fond la faiblesse de ces êtres exceptionnels ? Sauront-ils seulement, quand ils prendront vraiment part à la vie canadienne, un jour ou l'autre, ne pas perdre pour autant quelque chose en eux qui répond aux plus hautes aspirations de l'homme ?

Je marchais vers la masse, visible de loin, des silos à céréales du village d'Ely, repères à la mesure de la plaine sans fin. J'entendis soudain courir derrière moi à pas légers qui soulevaient un peu de terre molle. Je me retournai. Barbara était là, dans les blés. Sa frêle poitrine haletait de l'effort soutenu pour me rattraper. Malgré sa jupe de vieille ou peut-être à cause de ce costume si peu de son âge, Barbara me parut l'image même de la jeunesse dans toute sa vulnérabilité.

Elle me cria d'une petite distance :

— Je voulais vous dire : quand vous enverrez la photo, mettez donc aussi, s'il vous plaît, des livres sur le Canada. Même sur le Québec. Beaucoup de livres.

— Tu penses donc maintenant qu'il y a profit à apprendre comment d'autres vivent ?

Elle fronça les sourcils, frappa le sol de son pied nu.

— Je t'enverrai des livres, sois tranquille. Mais ne va pas croire non plus tout ce qu'ils disent.

Je continuai mon chemin, rassurée du moins sur la curiosité des jeunes Huttérites qui les mènera sûrement hors de leur isolement. Mais en même temps une crainte m'assaillait.

— Dieu veuille que, se rapprochant de nous, ce ne soit pas eux, les perdants !

De turbulents chercheurs de paix

I

Lorsque le mot « doukhobor » retentit pour la première fois à mon oreille, il me remplit, je me souviens, d'un sentiment qui tenait de l'effroi, de la curiosité et d'une admiration qu'il m'eût coûté d'avouer. Mon père, alors agent colonisateur dans l'Ouest, rentrait de l'un de ses pénibles voyages longs et hasardeux. Il avait le front soucieux, les yeux battus d'insomnie et des gestes, en retrouvant son fauteuil, qui accusaient une profonde lassitude.

— Ne faites pas de bruit, nous enjoignait notre mère. Votre père n'en peut plus. Il revient de chez ses Doukhobors.

Et c'est ainsi que j'appris de bonne heure à associer certains silences, même certaines inquiétudes de la maison au nom terrible et ensorceleur. Mon père montrait-il de l'abattement, j'en concluais que « ses » Doukhobors s'étaient livrés à quelques-unes de leurs frasques retentissantes ; ou ils s'étaient dépouillés de leurs vêtements et mis en marche par les froids les plus rigoureux, ne semblant craindre la morsure du vent non plus que les railleries des spectateurs ; ou, rassemblés hâtivement dans un wagon, ils revenaient chez eux sous l'escorte de la Gendarmerie royale, chantant et priant comme au retour d'un pèlerinage ; ou bien ils dépêchaient à Ottawa une de leurs nombreuses délégations.

Parfois, mon père se laissait aller à raconter ses aventures avec un sourire au coin des lèvres qui présageait le retour à la belle humeur. Il évoquait alors la silhouette imposante de ces Doukhobors qui, bien que pacifistes, se livraient à des actes qu'il serait difficile de qualifier autrement que de provocateurs. Il parlait aussi du sombre courage de leurs femmes et des chants nostalgiques qui s'élevaient du pays doukhobor comme une immense plainte coupée par celle du vent.

De sorte que je voyais passer sur les murs de notre cuisine, à l'heure où l'ombre s'épaissit, des images très souvent incohérentes : géants à fortes moustaches, coiffés de bonnets de fourrure, chaussés de grandes bottes de cuir, et cependant si doux de cœur qu'ils se refusaient à tuer la moindre bête des bois ; puis une lente procession de femmes attelées par quatre, par six, par huit à la charrue comme bêtes de somme, et qui creusaient les premiers labours de leurs terres. Elles passaient, l'échine tendue, veines gonflées, le ventre déchiré par des lanières de cuir ; et il me semblait voir jusqu'aux fines gouttes de sueur roulant de leurs paupières.

Lorsque pour la première fois de ma vie, en juillet 1942, je me trouvai parmi les Doukhobors, ce qui me frappa surtout chez eux fut la déception, le sentiment d'avoir manqué leur destinée. Bien sûr, je ne revis aucun des colosses moustachus et terribles de mon enfance ; pas plus qu'il n'y a encore de nos jours de colonies typiquement doukhobors. Des trois régions qu'ils colonisèrent aux environs de Kamsack, de Blaine Lake en Saskatchewan, et de Brillant en Colombie-Britannique, je n'ai visité que la première, théâtre de leur arrivée en 1898, et qui me paraissait à ce compte la plus intéressante. Verigin, village nommé d'après le chef doukhobor, Kamsack, Mikado, Rama, Buchanan dont ils composent une bonne partie de la population, n'ont rien de particulier. Ce sont des villages qui ressemblent à tous ceux de la plaine : deux ou trois silos à céréales au centre, une gare du C.N. en stuc gris blanc, le *box-car* du chef de section du chemin de fer, une école (les Doukhobors ne les brûlent plus) et des maisons qui s'assemblent au petit bonheur. L'unique ne se rencontre pas souvent au long des voyages. La variété de la terre est l'œuvre de l'homme. Et l'Ouest, engloutisseur d'hommes, se dérobe à l'empreinte de ces Russes.

Finalement, il n'y eut peut-être aucun groupe de l'Ouest plus prompt à se dénouer et se disperser que ces forcenés protestataires. Au nombre de 17 000 âmes, ils présentent la minorité probablement la plus confuse dans ses idées et peut-être, en définitive, celle qui sera le plus tôt assimilée. Soucieux de s'instruire, eux qui boudèrent âprement les bienfaits de l'éducation, ils évoluent si rapidement qu'il n'y aura bientôt plus de Doukhobors au sens que l'on prêtait il n'y a pas si longtemps à leur nom : de perpétuels insoumis. Ce qui ne veut pas dire qu'ils en sont arrivés à penser comme nous. Sans doute le dernier retranchement de leur violente résistance est-il quelque part dans leur pensée la mieux gardée.

Pour les Doukhobors, peuple longtemps malheureux, longtemps persécuté, le passé prend couleur de cauchemar et c'est l'avenir seul qui les soutient. Jamais ils n'ont cessé d'espérer (ayant cela de commun avec les Juifs) qu'ils entreront un jour dans leur terre promise. Tout en eux fut élan qui se brise, choc contre le présent et aussi, pendant longtemps, douloureuse attente.

Ainsi s'explique leur stoïque passivité sous le knout des cosaques du tsar ; ainsi, leur tragique insoumission aux lois de notre pays ; de même aussi, les étonnants succès que les plus doués d'entre eux obtiennent de nos jours dans les universités et dans la vie publique quand leur riche imagination s'accompagne de sens pratique. Peter Makaroff, longtemps secrétaire du dernier Peter Verigin de si triste mémoire, député C.C.F. à l'assemblée législative de la Saskatchewan, avocat de grand talent, démontra à quoi peut mener une audacieuse confiance en l'avenir lorsqu'elle est secondée par l'intelligence et une juste appréciation des biens matériels. Mais trop souvent les Doukhobors se contentent encore d'entretenir des chimères.

II

Il est bien difficile de préciser où et quand s'est élaboré le rêve doukhobor. Il demeura longtemps à l'état latent chez les moujiks de l'ancienne Russie avant que, de chaumière en chaumière, de buisson en buisson, de nuit en nuit, une pensée de commune révolte arrivât à s'imposer. Des paysans, qui vivaient dans la vallée du Don, à l'ouest de la mer d'Azov, avaient rompu tranquillement avec l'église orthodoxe occupée depuis tant d'années à discuter les sempiternelles questions de rites : comment se signer ? avec un ou deux doigts ? avec le pouce ou avec l'index ? cependant que le peuple attendait des paroles de vie et d'amour. Ces paysans, ces isolés pratiquaient entre-temps une forme de communisme chrétien et se déclaraient déjà hostiles à l'entraînement militaire.

Ils s'étaient nommés eux-mêmes Doukhobors, c'est-à-dire esprits engagés dans la lutte. Tolstoï, forcené réformateur, les cita bientôt en modèle au monde entier. Des paysans selon son cœur, ces mystiques épris de renoncement ! Des personnages qu'il eût pu créer, lui qui imagina les héros tourmentés de *Résurrection*.

Cependant, le Kremlin s'inquiétait et organisait déjà une déportation en masse. Plus tard, on retrouve les Doukhobors par-delà le Caucase, dans la région peut vallonnée et agréable des Montagnes-Humides. Ils y vivent heureux du moins pendant quelques années sous leur chef célèbre, la très belle et très astucieuse Lukeria. Deux bourgades s'élèvent qui deviendront les villes de Kars et de Tiflis. Le climat est doux, la terre, riche et propre à la culture des concombres et des melons d'eau dont les Doukhobors sont si friands. Ils trouvent moyen de goûter un confort tout terrestre en pratiquant la communauté des biens. Lukeria veille à leur éviter tout conflit. Elle se concilie les bonnes grâces des généraux cosaques et même des Turcs, ses voisins. C'est pourtant cette prudente Lukeria qui, de son char de parade, remarqua un jour le petit Peter Vasilich, un enfant si beau, si intelligent, qu'elle conçut le dessein de l'élever dans sa propre maison et d'en faire son successeur. Elle fit d'ailleurs si bien les choses que son jeune protégé prit bientôt aux yeux des Doukhobors la figure d'un envoyé de Dieu, sinon de l'incarnation même de Dieu.

La tragédie du peuple doukhobor se dessine déjà. Après avoir désavoué la tyrannie de l'ancien régime, voici qu'il se donne des maîtres tout-puissants et, qu'ayant commis cette erreur, il va suivre ses chefs jusqu'au bout de leur expérience, jusqu'au terme de leur folie. Les Doukhobors prétendirent longtemps qu'ils se gouvernaient d'un commun accord, ayant sur toutes choses une même idée chrétienne, ce qui contribua beaucoup à leur gagner l'admiration de Tolstoï et des Quakers d'Angleterre, mais en vérité ils furent toujours secrètement menés par leurs chefs.

Très jeune encore, Peter Vasilich Verigin fut exilé en Sibérie. Il y mena une vie de seigneur grâce à l'argent que lui envoyaient ses fidèles, mais il prenait grand soin de leur dépêcher par ses courriers des messages propres à attiser leur sympathie. Toute sa vie, il devait se complaire à entretenir sa réputation de martyr.

Entre autres stratagèmes pour encourager les siens à la résistance, ses lettres faisaient de fréquentes mais vagues allusions au pays heureux où ils étaient appelés à vivre. Vers 1896-1897, les Doukhobors, peut-être point si malheureux à cette époque que le monde voulut le croire — la suite de leur histoire nous renseigne sur leur étonnante propension à s'auréoler de persécution —, les Doukhobors commencèrent à rêver du Canada. C'était le pays où finiraient leurs misères, où ils s'aimeraient d'un amour tout chrétien, selon la prophétie de Verigin toujours en exil, mais soignant toujours sa publicité. Il semble pourtant que Verigin n'ait guère pris sa promesse au sérieux ; en tout cas, il fut le premier étonné lorsque, par des messagers venus en toute alacrité, il apprit le grand départ qui se tramait là-bas, dans les Montagnes-Humides.

Jamais le Canada ne fournit, comme en ce temps-là, matière si plaisante et douce aux songes d'un peuple. Il est vrai que la réclame faite auprès des émigrants, à cette époque — champs de blé mûr, machines agricoles, ciel de Provence ; c'est tout juste si on ne garantissait pas la pluie et le beau temps —, préparait de grandes déceptions.

J'ai traversé toute cette région de la Saskatchewan où arriva le premier contingent doukhobor durant l'été de 1898. J'ai essayé de la voir dans sa sauvagerie primitive. Ce devait être un pays coupé de marais et de bourbiers, assez richement boisé et certainement fort difficile d'accès. Un embranchement au nord de la première ligne du chemin de fer aboutissait, je crois, aux environs de Kamsack. Après cela, la grande brousse. On sait maintenant que les Doukhobors y menèrent la vie la plus dure qu'il soit possible d'imaginer. Les Quakers, le comte Tolstoï lui-même, avaient versé de fortes sommes pour pourvoir à leur établissement ; c'était quand même si peu, vu la difficulté de l'entreprise, que les Doukhobors manquèrent de tout : vivres, vêtements et même animaux de labour.

Mais il fallait défricher et labourer la terre neuve. Les femmes de ces gens-là eurent une espèce de courage surhumain. Il n'y avait point de chevaux, point de bœufs ; eh bien, ce seraient elles-mêmes qui tireraient la charrue à travers les champs d'abattis. L'horizon recula lentement devant ces groupes serrés qui avançaient avec les gestes et peut-être les chants des bateliers de la Volga ; mais, de loin, leurs cheveux blonds enveloppés de mouchoirs pâles, les laboureuses devaient évoquer plutôt l'image d'oiseaux blancs rasant les sillons gras.

Les hommes sont tôt requis pour la continuation du chemin de fer ; ils taillent les épinettes du pays en des milliers de traverses, ces « Bohunks » dont les compagnons de travail s'étonnent qu'ils soient contents de leur pain noir et de quelques cents l'heure. Ils ne seront pas longtemps satisfaits. Le désappointement se voit bientôt dans leurs visages fermés ; il s'entend dans leurs chants tristes ; mais ce désappointement vient moins de la nature hostile que des premières difficultés avec l'État. Le gouvernement de la Saskatchewan veille à la construction des écoles en pays doukhobor et y impose l'instruction obligatoire.

Les immigrés se rencontrent, de-ci de-là, dans leurs cabanes bâties en plein vent, en pleine détresse.

— On nous avait promis la liberté dans ce pays, se disent-ils l'un à l'autre. Mais voici qu'on agit avec nous comme dans l'ancienne Russie.

La moindre intervention du gouvernement leur paraît une atteinte à leurs croyances.

— Faut-il partir encore ? Mais où donc aller pour trouver la liberté ?

Sur cette liberté chimérique, ils ne sont d'ailleurs plus d'accord, et c'est bien la plus cruelle de leurs désillusions.

Peter Vasilich Verigin, relâché de Sibérie et admis au

Canada à la demande du gouvernement canadien, dans l'espoir que son influence sur les siens les ramènerait à la raison, apporte une grande déception. Il semble bien plus préoccupé de rattraper le temps perdu que d'éclairer ses fidèles. À Brillant, en Colombie-Britannique, il a sa maison de plaisance, de jolies suivantes qui se déplacent selon son caprice et l'entourent partout où il se montre, lui qui de l'exil engageait les siens au renoncement charnel.

Le chef tant aimé, tant adulé, donne des conseils trop contradictoires pour que les disciples puissent s'y retrouver. Singulier personnage, ce Peter Vasilich Verigin, tel qu'il émerge d'après les souvenirs que ses fidèles nous ont transmis. Un homme beau, altier, l'air mystique avec sa barbe soignée et ses yeux profonds, d'une douceur un peu fade. Un homme sensuel et ami du luxe malgré ses prêches incessants. Un orgueilleux jusque dans ses pénitences, disciple de Tolstoï, l'impitoyable châtieur d'âmes qui n'arrivait pas à dompter la sienne.

Ouvertement il prétend travailler de concert avec le gouvernement de notre pays. On l'a cependant toujours soupçonné d'encourager secrètement les siens à la désobéissance. les Doukhobors, qui cherchent une vérité profonde dans chacune de ses paroles, ne savent vraiment plus où se tourner. À leur pauvreté réelle s'ajoute un étonnement prodigieux que l'État cherche à leur imposer des lois, eux qui réclament des droits nombreux, mais si mal définis. Ils en arrivent à la confusion totale. Ils cessent d'envoyer leurs enfants à l'école ; ils brûlent même les écoles. Sur les entrefaites, Verigin meurt dans un accident de chemin de fer. Est-ce bien un accident ? osent murmurer certains méfiants. Pourtant, pendant quelques mois, quelques années, l'espoir renaît chez les plus désillusionnés. De la Russie, on attend le fils que le vieux chef a abandonné : Peter Petrovitch Verigin. Certains le disent prisonnier des Bolcheviques ; d'autres, à l'emploi du nouveau régime.

Verigin II, en tout cas, ne paraît pas pressé d'assumer les responsabilités que lui a léguées son père. Il reçoit bien des délégations et, semble-t-il, beaucoup d'argent, avant de se décider à venir au Canada. Les Doukhobors vivent dans une attente surexcitée. Enfin, Verigin atteint Montréal. Il y accorde une interview aux journalistes qu'il mystifie complètement. Il n'a pas fini d'étonner le monde. À travers des textes bibliques qu'il cite à tout propos, à tort et à travers, avec son gros humour de paysan et des idées assez confuses empruntées à la doctrine marxiste, l'homme restera toute sa vie une énigme.

Au hameau de Verigin, les têtus, les humbles se sont amenés de tous les coins de la campagne pour guetter l'arrivée de Petrushka. Il y descend mais c'est pour aller s'enfermer à l'abri des curieux, en compagnie de deux ou trois fidèles qu'il terrifie à force de jurons. Peut-être a-t-il horreur du rôle qu'on veut lui faire jouer. Il s'empresse de se montrer tout le contraire de l'idéal doukhobor ; il boit, cogne du poing, se livre à tous les excès de langage. Les fidèles, sous ses fenêtres, attendent toujours un mot de lui. Ils vont l'attendre longtemps. En fin de compte, ils ne recueilleront, lorsque le chef daignera se montrer, que de vagues sermons mêlés aux plus grossières invectives.

Faut-il s'étonner que dans leur douloureux isolement les Doukhobors se soient livrés à tous les excès ? Jamais très unis, ils se divisent ouvertement en divers groupes qui n'ont plus en commun que l'esprit de non-violence : les partisans du chef, les Doukhobors indépendants et, enfin, ces exaltés qui se nommèrent Fils de la Liberté.

Ces derniers se réclament de Dieu dans tous leurs actes de résistance. Ils refusent de donner leur nom au recensement parce que, disent-ils, Dieu a créé les hommes égaux et sans qualificatifs. Ils refusent de se prêter à l'enregistrement des naissances, décès et mariages pour une raison tout aussi extravagante. Ils se dévêtent en public pour faire acte d'humilité. Ils transposent leur exaspération, leur goût du renoncement et de la perfection en actes de négation et avec un déchaînement qui les mène vite à l'épuisement, cependant que Peter Petrovitch promène sa personne désabusée, et peut-être son remords, de Brillant au gros village de Kamsack où il s'est fait construire son propre hôtel, par rancune, dit-on, contre un propriétaire d'hôtel qui l'avait mis à la porte.

Des révoltés, ceux-là ? Plutôt des êtres perdus dans les labyrinthes de leur bonne volonté, déçus dans leurs espoirs, mortellement déçus et, pourtant, chercheurs tenaces, encore chercheurs d'illusions.

À la mort de Verigin II en 1939, J. C. Wright, le seul auteur à ma connaissance qui ait fait revivre la tragédie doukhobor au Canada, prétend qu'il ne leur restait plus en commun que le bortsch, le bain à la vapeur et les cornichons à l'aneth. J'aime croire qu'il leur reste davantage. Je ne parle pas de leur attitude de non-violence sur laquelle ils ne sont plus complètement d'accord ; quelques jeunes Doukhobors s'enrôlent volontairement de nos jours. Mais je crois qu'ils ont gardé une grande espérance. Ceux que j'ai connus me donnent à penser qu'ils gardent encore en eux le goût et le besoin de la terre promise.

III

Ils sont demeurés près de la terre. Et plusieurs y ont trouvé enfin paix et prospérité. Le plus riche fermier des environs de Canora, gros bourg de la Saskatchewan, est bien le Doukhobor Strelioff qui exploite avec l'aide de ses fils une immense propriété de quatre milles carrés, selon les méthodes les plus progressistes, et qui remporte à l'Exposition de Saskatoon, tous les ans sans manquer, quelque prix de mérite agricole.

Ils aiment toujours les bêtes avec une naïveté d'enfants. Ne décidèrent-ils pas autrefois, au jour de leur plus grande misère, de mettre leurs animaux domestiques en liberté, ne s'avisant pas qu'ils les condamnaient à une épreuve plus dure que l'hivernement à l'étable ? De nos jours, ils refusent encore de manger de la viande, car tuer les bêtes qui travaillent avec l'homme et pour l'homme leur paraît la dernière des ingratitudes.

Ils n'ont pas perdu leur douceur. Ni l'amour des fleurs, des oiseaux, de la verdure dont ils s'entourent comme pour défier le présent.

Ils ont conservé, ces déçus, un attrait pour la beauté qui leur ouvrira sans doute le chemin du paradis terrestre, chemin qu'ils ont cherché en tous sens.

Je songe à Masha, la Caucasienne venue des belles prairies aux environs de Kars. J'ai accompli pour me rendre chez elle des milles et des milles par des chemins fort incommodes et à travers une plaine désolée. Elle habite dans une région si reculée qu'elle semble au bout du monde. Masha y a cependant passé sa vie à planter des fleurs.

Et encore, elle leur avait demandé de pousser aux endroits les plus surprenants ! Ses fleurs, on peut s'attendre à les voir éclore dans le potager au besoin, et même dans les bouts de champs qui rejoignent la cour de ferme. Mais Masha avait fait venir en abondance pavots, giroflées et pétunias tout au long de l'allée soigneusement ratissée conduisant à l'espèce de guérite qui tenait lieu de cabinet d'aisance au milieu d'autres fleurs encore, si bien que je n'en ai vu nulle part au monde de si bien situé, de plus embaumé et, pour tout dire, de plus agréable. Masha avait-elle tant d'humour qu'il lui commandait d'égayer particulièrement cet endroit rebutant ? Ou ne pouvait-elle tout simplement pas s'arrêter de jeter partout à la volée des graines de fleurs ?

Vers le temps de mon passage, Masha était à la veille de marier sa très jolie fille Nathalie. La cérémonie, si on peut l'appeler ainsi, devait se passer dans la plus stricte simplicité. En somme, il ne s'agissait que de réunir les jeunes gens sous le même toit, de leur poser (les parents se chargent de ce devoir) les questions d'usage et de les laisser seuls au seuil de la chambre nuptiale. Évidemment, on n'oublierait pas de manger beaucoup de bortsch épaissi de crème sûre et de ces brioches piquées de graines de pavots que Masha mettait déjà à dorer dans son fourneau de terre cuite.

En revenant de chez Masha, alors que j'avais le plus de sympathie pour les simples joies des Doukhobors, je compris que ce peuple est peu aimé. En général, les fermiers de la Saskatchewan s'abstiennent de toute relation avec leurs voisins doukhobors ; encore que ceux-ci ne les accueillent pas toujours en amis, il est vrai. Lorsque je demandai aux uns et aux autres les motifs de cette inimitié, je n'obtins aucune réponse satisfaisante. Je m'aperçus d'ailleurs qu'on faisait parfois des exceptions à cette antipathie. En faveur des Doukhobors les plus pauvres, les plus malheureux ? Mais non. L'exception était toujours en faveur des Doukhobors enrichis, les seuls qui aient acquis droit d'estime.

Ainsi le reproche qu'on adresse aux Doukhobors — et les plus humbles, les plus ignorants en portent le poids —, c'est d'avoir échoué, eux qui osèrent, en terre canadienne, recommencer à neuf ni plus ni moins que toute l'aventure de vivre.

Les Mennonites

Je vis mourir un jour une vieille femme mennonite à l'hôpital, dans une salle commune. Elle était atteinte d'urémie et souffrait horriblement. Mais ce que je démêlais à travers ses plaintes, qui ne s'élevaient pas très haut, ce n'était pas l'angoisse ni le regret de perdre la vie, mais une grande honte qu'elle, la pauvresse, fût couchée dans un lit blanc, bien propre, à ne rien faire, pendant qu'il devait y avoir tant d'ouvrage, là-bas, sur la petite ferme, qui ne se faisait pas.

Elle tentait de grands efforts pour se soulever. Épuisée, elle se retournait contre le mur et disait d'une voix peinée :

— Mon homme doit être obligé d'aller traire les vaches. Il doit en être fâché.

— C'est bien son tour, disait la garde.

— Pensez-vous ! répliquait la malade. C'est un ouvrage de femme.

Et jusque dans ses derniers moments de lucidité, jusque dans son délire, elle suppliait qu'on lui apportât ses vieux souliers de travail, son mouchoir de peine et qu'on la laissât aller traire ses vaches.

Avec la vieille Martha est morte sans doute un peu de la grande misère des femmes mennonites. Mais pas entièrement. Il reste encore trop de vieilles et jeunes Martha qui, jusqu'au bout, jusqu'à la fin, jusqu'en Paradis, il me semble, portent leur pauvre désarroi et leur crainte d'avoir oublié quelque corvée terrestre.

Ainsi que les Huttérites et les Doukhobors, les Mennonites vinrent d'abord au Canada pour sauvegarder un idéal religieux. Ils forment le troisième et le dernier des groupes de mystiques. Avec les Huttérites, ils ont tant de points de ressemblance qu'on a souvent confondu les deux peuples. Comme eux ils sont des anabaptistes et se ressentent des enseignements du réformateur suisse Zwingli ; comme eux ils se vêtent simplement ; comme eux ils restent des pacifistes et comme eux ils conservent le goût du renoncement. Mais moins ascètes, moins sévères, moins portés aux extrémités, ils aiment et pratiquent davantage les vertus sociales.

Ces paysans mennonites que l'on trouve surtout au Manitoba et en Saskatchewan, en groupes casaniers, attachés à la terre, furent cependant de grands voyageurs et s'en ressentent. Ni complètement allemands, ni complètement russes, ils se réclament un peu de tous les pays qui les virent passer à la recherche de la liberté. Des Pays-Bas, où ils vécurent longtemps et où ils connurent les enseignements de Menno Simonis, ils ont gardé une politesse un peu compassée ; dans leur maison, de vieux bahuts patiemment sculptés à la main, des horloges au timbre cassé et fluet ; et, de la cuisine à l'étable, de petites cours carrelées qu'ils lavent à grande eau et frottent avec une propreté toute hollandaise. De l'Allemagne, ils ont une précision dans le détail et la langue du Sud lorsqu'ils n'ont pas adopté le russe. Enfin, des steppes du Dniéper, ils ont le samovar, relégué il est vrai au grenier, le bortsch et une certaine chaleur, un certain fatalisme aussi qui les humanise. Bien à eux, le souvenir du prêtre hollandais Menno Simonis qui se rangea à leur avis dans les discussions religieuses du seizième siècle et dont ils prirent plus tard le nom.

Bien à eux, surtout, une patiente, une infatigable endurance.

Moins aidés que les Doukhobors, moins riches à coup sûr que les économes Huttérites, c'est par de petits moyens, des sous comptés un à un, à très petites étapes, qu'ils arrivèrent au modeste succès matériel qu'on leur reconnaît aujourd'hui au Canada.

Lorsque j'étais enfant, ma mère pour me récompenser me conviait à une promenade qui toujours faisait mes délices. Nous partions de bon matin avec notre goûter et gagnions à travers les cours d'usine, les rues les moins élégantes de Winnipeg, un vieux petit quai branlant, aussi fou que moi de voyage, car il paraissait toujours prêt à partir à la dérive ; de là nous prenions un petit bateau qui, une fois ou deux par semaine, remontait la rivière Rouge jusqu'aux environs de Selkirk.

C'était presque tout de suite, au sortir de la ville, une belle campagne placide et qui ouvrait un large horizon. Des maisons blanchies à la chaux, très petites mais propres et avenantes, apparaissaient le long de la rivière. Nous voyions des femmes, coiffées de mouchoirs d'indienne, travailler aux champs. Nous en voyions qui, soulevant de grosses gerbes au bout des fourches, édifiaient des veillottes en un rien de temps. Nous passions près de la berge — la rivière n'étant pas très large — et nous entendions grincer les roues des charrettes à foin, crier la poulie des puits et nous voyions parfois un visage de femme se lever un instant. La Mennonite regardait passer le bateau de plaisance sans étonnement, sans joie, sans curiosité, sans comprendre peut-être. Elle essuyait un peu de sueur du coin de son tablier, puis se remettait au travail.

Elle était à toutes les besognes, cette femme-là. Elle semait le grain à poignées, au printemps. Elle sarclait et arrosait le jardin, l'été. À l'automne, elle récoltait les pommes de terre. Elle était si souvent penchée sur la terre brune que rarement la voyait-on se redresser tout à fait.

Elle allait quelquefois à la ville, à pied, par un chemin poussiéreux, avec de gros paniers de légumes aux bras. Elle en revenait, la main serrée sous son châle et ne la desserrait, au retour, que pour laisser tomber dans celle du maître jusqu'au dernier sou de ses recettes.

Elle élevait une famille nombreuse. Elle portait son enfant pendant les semences, pendant les labours, à la fenaison, dans les lourdes chaleurs des récoltes ; souvent elle lui donnait le jour aux champs entre deux besognes pressantes. Elle n'avait qu'une joie, celle de voir jouer sa petite fille blonde et de se dire : « Celle-là aura moins de peine que moi. »

C'était la femme de la première colonie mennonite au Canada ; le village n'a pas tellement grandi depuis ces temps-là. Les Mennonites y vivent toujours tranquillement, petites gens industrieux, ni très liants, ni riches, ni absolument pauvres, des gens simples dont on ne parle pas beaucoup. Mais leurs maisons blanches, leurs cours de ferme ratissées, leurs bâtiments passés à la chaux, composent, aux environs de Winnipeg, ce que cette ville, assise dans la plaine, peu favorisée dans ses abords, a de plus charmant et de plus pittoresque.

Les derniers Mennonites qui immigrèrent au Canada entre 1923 et 1927 — trois mille arrivèrent au pays dans la seule année de 1923 — venaient presque tous de la Russie. Ils sont établis dans l'arrondissement de Rosthern, gros bourg de la Saskatchewan. Au village même, ils habitent de gracieuses maisons enfoncées dans les sapins et les fleurs ; ils forment un noyau culturel et religieux dont la dévotion se répand dans tout le pays mennonite. Rosthern serait un peu, si l'on veut, comme le foyer de la survivance mennonite. Les nouveaux arrivés y ont leur temple, blanc et sévère, leurs assemblées et, surtout, une agence très active de colonisation mennonite, fondée par le Révérend David Toews, grand ami de son peuple. Je n'ai pas eu l'honneur de rencontrer le Révérend David Toews. Mais de partout j'ai entendu des louanges à son égard. Nul pasteur mennonite n'a travaillé aussi efficacement que lui sans doute au progrès matériel et spirituel des siens. On sait qu'il s'employa énergiquement à l'immigration de plusieurs milliers de réfugiés de la Russie au Canada. On sait qu'il obtint à cette fin, et sur sa seule parole d'honnête homme, des prêts importants des sociétés de chemin de fer canadiennes. Tout à l'honneur des nouveaux immigrés, tout à l'honneur de celui qui leur avait fait confiance, il faut bien le dire, cette dette fut promptement acquittée. Dès leurs premières récoltes, dès leur arrivée pour ainsi dire, les Mennonites de Russie commencèrent à rembourser leurs créanciers, comme de petites gens qui, avant tout, ne peuvent souffrir les dettes. Et pourtant ils durent s'engager lourdement, eux qui entrèrent au pays sans le sou !

Certains pionniers mennonites, établis depuis une vingtaine d'années dans cette région de Rosthern, s'étaient laissé tenter par l'inconnu et, désireux de s'en aller au Mexique, vendirent leurs terres à bas prix. Ce furent les nouveaux immigrés qui les achetèrent, aidés, conseillés par leur bureau de colonisation. Des Mennonites partaient, d'autres arrivaient ; on aurait pu croire que rien n'était changé.

Durant mon séjour à Rosthern où je pris pension dans un hôtel tenu par un couple du Québec — les nôtres se retrouvent aux endroits les plus imprévus dans l'Ouest —, j'eus le loisir de faire connaissance avec un grand nombre de ces nouveaux immigrés mennonites. Plusieurs étaient lettrés, d'un beau savoir et d'une haute culture. Certains s'étaient lancés dans les affaires et y réussissaient fort bien ; mais c'était le petit nombre. Lorsqu'ils s'instruisent, les Mennonites, portés avant tout aux choses éternelles, se livrent plutôt à l'enseignement, au professorat et même à l'évangélisation. Leurs missionnaires sont partout dans le monde, jusqu'en Chine. Cependant, ils restent surtout gens de la terre. Et les nouveaux venus vivent aux environs de Rosthern, à Hague surtout, dans de petits villages peut-être moins jolis que ceux de la rivière Rouge, mais beaucoup plus mécanisés.

Il n'est pas toujours aussi facile qu'autrefois de préciser vite, au détour du chemin : « Voici une ferme doukhobor », ou bien : « Voici une ferme mennonite. » Certes, on ne se méprend jamais sur l'intérieur de la maison. Il y a, là, une certaine méfiance ; ici, une hospitalité qui ne trompe pas. Mais, de loin, la ferme de l'Ouest n'a rien de singulier. La silhouette qu'on y aperçoit montée sur le siège du tracteur peut être aussi bien celle d'un immigrant pauvre que d'un prospère fermier écossais. La machine n'est plus le signe de la richesse et du progrès. Elle est une nécessité. On l'achète quelquefois avant les vêtements, avant le superflu de la table assurément.

J'ai passé une heure ou deux chez un fermier mennonite qui était occupé à réparer ses machines agricoles. Il possédait l'outillage moderne le plus complet : deux charrues, un extirpateur, un pulvérisateur, une herse, un tracteur, une moissonneuse-lieuse. Et j'en passe ! Il n'employait presque plus de chevaux pour aucun travail de la ferme. Il prétendait, comme bien des fermiers de l'Ouest, que l'emploi des machines agricoles coûte moins cher que l'utilisation des chevaux. Il parlait même d'acheter une faucheuse-moissonneuse-batteuse pour diminuer un tant soit peu le coût de la production. Il en parlait comme on aurait parlé à l'époque, en Abitibi, de s'acheter une faucille.

Il n'en nageait pas moins plus souvent dans les embarras

pécuniaires que dans l'argent. Mais il était dans le courant, dans la voie de l'Ouest. Cependant, sous cette adhésion au système qui l'entraînait, je distinguais encore chez lui l'irrésolution d'un homme habitué à de petits calculs, à de petits risques, habitué à compter les cents et qui s'effarait devant l'effroyable perspective de l'exploitation agricole laissée à l'initiative privée.

Les plus beaux succès mennonites ne sont pas toujours ceux qui correspondent à notre idée du progrès. Ils sont loin, ces gens précautionneux, d'avoir tous mécanisé l'agriculture à l'exemple du fermier que je viens de citer. Ils voient plutôt en petit et plutôt au jour le jour, selon le caractère d'un peuple qui a mis sa confiance dans la Providence. Rangés, peu dépensiers, peu exigeants, ils vivent encore, beaucoup d'entre eux, comme au temps de leur première installation au Manitoba. Ils forment encore un peuple de petites gens qui subsistent comme ils peuvent, un peuple qui gratte la terre, tient compte des cents, paie ses dettes et ne réussit pas à mettre grand-chose de côté pour les mauvais jours. Ce qui explique que, selon les standards de l'Ouest, ils sont jugés misérables et souvent arriérés.

Et pourtant, ils n'ont rien perdu de la patiente ingéniosité qui faisait dire aux premiers agents colonisateurs qu'ils étaient la crème des immigrés. J'avais entendu parler d'un certain Mennonite exemplaire. Sa terre était si appauvrie qu'elle ne convenait plus à la culture ; petit à petit, patiemment, en commençant par l'achat de trois ou quatre brebis, il en était arrivé à transformer sa ferme en ranch de moutons. Il n'avait pas de *creek,* pas de mare, pas de bourbier sur son quart de section, rien qu'un puits profond ; et chacun avait prédit à cet homme, dès le début de son entreprise, qu'il échouerait comme d'autres, à cause de la difficulté de l'approvisionnement en eau. Je passai en fin de juillet chez ce Mennonite qui habite non loin de Saskatoon. Et, de la route nationale, je vis comment il avait résolu le problème, d'une façon simple et ingénieuse. Au-dessus du puits, il avait construit une grande roue de bois, creuse à l'intérieur, de sorte qu'un chien pouvait s'y glisser. Le colley courait dans la roue qui tirait l'eau ; l'eau se déversait dans un conduit qui aboutissait au corral. Rien que ça ; il s'agissait d'y penser.

Au village de New Anlage, à quelque vingt milles de Rosthern, je suis tombée comme par hasard, comme par chance, sur un groupe de pionniers mennonites, fidèles à leurs anciennes traditions. Les Mennonites n'essayèrent jamais de vivre en communauté comme les Huttérites, mais ils bâtirent souvent leurs maisons de ferme en groupes serrés, autour d'un pâturage commun plutôt que sur leur concession. De sorte qu'ils habitent quelquefois à quatre ou cinq milles de leurs champs. Mais la vie au village se prête aux petites réunions chez ces gens qui ne voisinent guère qu'entre eux ; elle offre aux femmes qui besognent toujours l'occasion d'échanger les nouvelles par-dessus les clôtures ; pour tout dire, elle défie l'ennui, elle défie l'implacable isolement de la plaine auquel les Mennonites ne se sont jamais totalement habitués.

À ce village de New Anlage, les femmes fabriquent de tout ; et ce n'est pas un village pauvre ; il est plutôt dans l'aisance. Mais comment cesseraient-elles de travailler, ces femmes qui n'ont jamais appris à se distraire ? Autrefois, pour recouvrir les poutres équarries de leur maison, elles mêlaient du fumier, du sable et de la boue qu'elles tassaient de leurs pieds nus. Les maisons de bois, souvent élégantes, ne demandent plus cette corvée. Mais les femmes n'ont pas cessé d'en sortir dès l'aube, les cheveux cachés sous un bout d'indienne colorée, et de courir au travail. Elles ont, derrière leur logis, des petites cabanes d'été où elles s'enferment pour les gros travaux du ménage : la lessive, la cuisson du pain, le repassage. La maison, c'est pour le repos, pour la détente ; le maître en entrant n'y trouve qu'un calme frais et une ménagère qui a eu le temps de poser la soupe sur la table.

Là, à New Anlage, les Mennonites fabriquent encore le charbon de terre, tout comme en Écosse, ou plutôt un mélange combustible de tourbe et de fumier pétris, coupé en morceaux et mis à sécher au soleil. Cela ne coûte rien et donne quand même une certaine chaleur. Brûlant à petit feu dans de grands fourneaux enfoncés dans le mur et recouverts de briques, cela parvient à peu près à réchauffer la maison.

Cette maison, la plus humble peut-être de la plaine, est encore celle où le passant reçoit la plus chaude hospitalité. Vous ne faites qu'y entrer, et déjà la cafetière est sur le poêle et la Mennonite russe, cette femme souvent osseuse, les pommettes en relief, le visage triste avec des yeux qui brûlent au fond de leurs orbites, cette femme qui ne sort de sa soumission que pour traduire l'hospitalité, économe et silencieuse en tout, active le feu, ouvre le dressoir et choisit sa plus jolie faïence ; elle prend dans la huche un pain frais, court à la laiterie et prend en passant, au fond du seau qui pend dans le puits, du beurre bien frais ; elle beurre le pain, remplit les tasses et, toujours grave, toujours soucieuse de vous plaire, se tient derrière vous, droite, son ombre faisant une tache effacée sur le mur blanc, et demande à tout propos :

— Encore un peu de café ? Encore un peu de pain ? Encore du beurre ? Des confitures ?

Et quand vous avez bien mangé de ces fruits sauvages qu'elle a cueillis dans les bois et faits en gelée ou en confitures, de ce pain croustillant qu'elle a longuement pétri, de ce beurre qu'elle a moulé de ses mains fatiguées, quand vous avez bu de ce café qui est cher et rare et que l'on conserve pour les jours de fête, quand vous en avez pris une deuxième, une troisième fois, quand vous avez sans sourciller redemandé de la crème, du sucre, douceurs dont elle se prive elle-même à l'ordinaire, alors seulement elle a parfois, comme pour vous remercier, un si lent sourire qu'il vous étreint le cœur.

Un peuple qui n'a pas livré d'orageuses batailles pour garder sa foi et sa langue, mais qui, tranquillement, d'une façon douce et têtue, en arrive à suivre sa volonté. Un peuple sans éclat, qui a ses souffrances cachées, si humbles qu'on ne les mentionne guère, un peuple qui n'est pas gai ni cependant malheureux, un peuple content d'être chez nous, que dis-je, chez lui, un peuple qui dure surtout par le courage de ses femmes, un peuple à qui bien des vieilles Martha en mourant ont dû léguer leur tenace souci d'être toujours à la peine, à la besogne, au devoir.

L'Avenue Palestine

I

De Ridgedale, je partis en automobile avec le marchand de bétail, un Juif empressé, avenant, qui s'était engagé à me conduire gratuitement là où je voulais aller, mais qui profita de tous les arrêts, à toutes les fermes, pour conclure des marchés. J'étais fort intriguée, je l'avoue, car au fond de ce pays de brousse, de marais et de blés opulents, dans ce nord de la Saskatchewan, j'allais connaître ce qui ne se voit pas souvent au Canada : des Juifs de la terre, et même des Juifs défricheurs.

Au village d'Edenbridge — une synagogue dans les bois, et c'est tout —, je passai de l'automobile du marchand dans celle de Sam Boudry, le jeune instituteur juif qui se préparait vers ce temps à entrer dans l'Aviation canadienne.

Toutes les difficultés du long voyage, de Humbolt à Ridgedale dans un train mixte du C.N., un train qui transportait exactement trois passagers, jetait des traverses le long de la voie, pour la réparation de la ligne, traînait des wagons de bestiaux, chargeait la crème et faisait cent autres besognes, et puis de Ridgedale vers le nord, toujours plus au nord, toutes ces difficultés ne contribuaient qu'à augmenter mon intérêt.

Nous arrivons enfin dans une clairière où se dessine une

cabane grise. Et soudain ma hâte curieuse me fait honte. La porte de la cabane s'ouvre, un homme en sort qui vient vers nous avec cette faim de causer qu'éprouvent les solitaires. J'ai devant moi, torturé par le soleil brûlant, creusé de rides, un visage qui n'a pas de nationalité, pas d'autre parenté que celle des hommes de la Terre.

Mike Usishkin nous fait entrer. C'est un Juif russe, qui, sous le dernier tsar, exerça dans divers villages des métiers minables. Après l'avortement de la première révolution, il gagne Londres. Il devient peaussier du jour au lendemain. Il habite l'East End pouilleux, sordide, cet abominable quartier cockney où s'attardent les brouillards fangeux, les cris des remorqueurs de la Tamise, toutes les nostalgies, tous les dépaysements. Mais ce Juif aime la terre. Il cherche, il va longtemps chercher un petit logis dans la banlieue à des milles de son échoppe.

Cependant, du Canada, il reçoit des lettres qui ouvrent à son imagination des horizons vastes et reposants. Là-bas dans le nord de la Saskatchewan, entre la rivière Carrot et la rivière Perdue au nom qui éveille peut-être en lui l'instinct hébreu des symboles, cinq familles israélites sont établies aux environs d'un hameau qui prendra plus tard le nom d'Edenbridge.

C'est l'ère des *homesteads*. Mike Usishkin ramasse quelques biens, vend ce qu'il peut et s'embarque à Liverpool. Il arrive quelques mois plus tard à Star City sur la ligne nouvellement ouverte du chemin de fer ; il lui reste en poche exactement un dollar vingt-sept.

Mais de Star City au petit groupement israélite d'Edenbridge, la piste mesure plus de vingt-cinq milles. Au printemps de 1910, Mike Usishkin se met en route, la besace au dos, un bâton à la main. Il atteint la colonie juive : une seule cabane de six pieds sur douze où vivent ensemble six familles.

Le toit de chaume s'incline entre les arbres, évoquant un nid d'oiseaux. D'autres maisons s'élèvent bientôt tout au long d'un chemin péniblement gagné sur la brousse et les marais : la route que les commis voyageurs appelleront, appellent encore l'Avenue Palestine. D'autres familles arrivent. Dès 1912 ou 1913, elles reçoivent des prêts de la société de colonisation juive fondée par le baron de Hirsch. Mais Mike Usishkin et les premiers colons n'entendent parler de ce riche philanthrope français que longtemps après leurs pénibles débuts.

Mike retourne à Star City à pied comme à l'aller, s'embauche dans les chantiers, réalise la somme nécessaire à l'achat de graines de semence. Dès le printemps suivant, il commence à défricher sa concession et y bâtit une cabane.

Le reste, c'est l'histoire de bien des défricheurs, québécois, finlandais, doukhobors et mennonites. Mike Usishkin n'a pas besoin de la raconter, elle est écrite dans l'affaissement des minces épaules, dans le bleu fané des prunelles et dans la pauvreté de sa cabane.

Et pourtant c'est loin d'être une cabane pauvre. Partout, dans tous les coins, j'aperçois des livres : le Talmud, le récit de son voyage en Russie par le doyen de Cantorbéry, de gros bouquins de sociologie et d'histoire. (À vrai dire, je vis des livres dans toutes les maisons d'Edenbridge ; je pense qu'on les achète avant même la nourriture.) Sur la table, entre une marmite refroidie et un pain entamé, se trouve un petit cahier d'écolier couvert d'une écriture minutieuse. C'est le journal du colon juif. Je voudrais le citer en entier. Il contient des pages émouvantes. Il est dit à certain endroit : « Un jour que je poussais la charrue dans la terre qui n'avait jamais été retournée, j'aperçus des oiseaux qui s'enfuyaient avec des cris plaintifs et des gophers qui levaient un instant sur moi leurs yeux innocents et comme pleins de reproches ; des taupes, dans leur affolement, ne savaient où aller et se précipitaient, tête basse ; j'étais désolé d'apporter le désarroi chez ces bêtes douces et timides. Cependant, je repris la charrue et continuai mon sillon qui s'en allait droit comme la destinée que j'avais trouvée. »

Mike Usishkin ne parle plus. Sa parole ténue comme le grésillement des insectes s'est tue. Et toutes les voix de la forêt sont entrées dans la petite maison. Un silence de clairière. Le chant du grillon y résonne, tout au fond. Puis l'homme ramène ses mains aux jointures usées sur ses genoux. Il dit, les yeux chargés de lointain :

— Vous voyez, je ne suis pas un succès. C'était pas la peine de venir, vous qui cherchez des nouvelles.

Comment lui dire que jamais je ne perdrai le souvenir de ma rencontre avec lui !

Je me souviens, il quitta ses livres, des bouts de papier qui bruissaient autour de lui dans un bruit de songes. Il vint nous accompagner jusqu'à la barrière faite d'une porte de grange, où une petite ouverture avait été aménagée dans le bas, pour laisser entrer et sortir le chat à sa guise. Le maître se pencha pour redresser une dauphinelle que la pluie avait meurtrie. Lorsque je me retournai une dernière fois, je vis, mieux qu'à l'arrivée, la misère du seuil en pleine forêt, l'homme seul avec des mains qui cherchaient la compagnie des fleurs, et il me sembla pourtant, il me semble encore que ce colon pauvre avait atteint le bonheur tant recherché depuis Dieu sait combien de temps par des milliers d'hommes tout pareils à lui.

II

Nous reprenons la piste pour aboutir de nouveau à un chemin carrossable et parcourir la colonie entière. Elle s'étend sur une superficie d'une vingtaine de milles. Nous passons le pont de bois qui lui valut le nom d'Edenbridge. Il enjambe la rivière Carrot à un endroit que les premiers pionniers franchissaient au prix de terribles difficultés au temps des grandes pluies. Là, le vieux Usishkin au regard d'idéaliste russe, Max Gordon et d'autres durent lancer bien souvent leur monture à travers des eaux grondantes et déchaînées. Ensemble, ils décidèrent enfin de construire un pont. Dès lors, les visites entre voisins devinrent si agréables et faciles qu'on appela la légère passerelle le pont d'Eden. La colonie elle-même prit peu après ce nom gracieux et optimiste.

Une quarantaine de familles juives y cultivent aujourd'hui une terre généreuse, terre à blé par excellence. Nous arrivons bientôt chez les Shefferman, une famille de Juifs allemands. Les enfants et petits-enfants entourent l'ancêtre coiffé du yamarka. La table est mise pour le repas du soir : du fromage, du lait caillé, du pain odorant à croûte dorée, des biscuits secs piqués de graines de pavot. Le vieillard préside. Dans chaque famille, je trouve cette étroite union entre les générations, des gestes émus, prompts et affectueux pour servir l'aïeul le premier. Des jeunes gens impatients et même radicaux m'avouent qu'ils suivent les coutumes de la tribu pour ne pas déplaire aux grands-parents.

Shefferman est un homme petit, nerveux, la figure glabre, les cheveux grisonnants. Comme Mike Usishkin il a connu la fièvre des grandes villes, mais contrairement au peaussier famélique de l'East End, il se faisait à New York de bonnes journées dans l'exercice du métier de mécanicien.

Dans la salle où la nappe de riche velours oriental, rapportée par quelque grand voyageur ami de la famille, met la seule note de luxe, j'aperçois la photo du baron de Hirsch : une belle figure d'aristocrate, des yeux vifs, profonds, une fine barbe soignée. Après Jéhovah, c'est lui sans doute qu'on vénère le plus dans les petites maisons d'Edenbridge. Lorsque l'obscurité descend sur le grand pays sans contour, nu comme la mer, et que la lampe à l'huile pose son reflet sur le grenat de la nappe, c'est de lui qu'on parle le plus souvent avec des soupirs de reconnaissance et des regards qui se tournent vers la cloison comme pour inclure le richissime banquier dans le cercle de la famille.

N'a-t-il pas laissé quarante millions de dollars pour aider les Juifs désireux de retourner à la terre ? Ne les aide-t-il pas tous les jours ?

En fait, ce capital, administré par la société de colonisation juive, apporte du secours aux fermiers israélites en Argentine, en Palestine et au Canada à peu près dans la même mesure que le ministère de la Colonisation dans le Québec secourut les colons de l'Abitibi. Sauf que les fermiers d'Edenbridge ne touchent l'argent qu'à titre d'emprunt. Ils en font la demande presque exclusivement pour l'achat de machines agricoles, et plusieurs, il faut le dire, sont fortement endettés. Certains entendent liquider leurs dettes cette année même. La récolte s'annonçait abondante vers le temps de mon passage, une des plus belles, sinon la meilleure depuis que les pionniers Vickars, Usishkin, Boudry et Gordon virent pousser entre les abattis une moisson miraculeuse, une si grande moisson qu'elle semblait véritablement la réponse de Jéhovah à leurs prières : quarante-cinq minots à l'acre. Les uns disent : cinquante minots.

Le soleil oblique répand une lumière blonde sur les épis serrés portant fièrement leurs granules. C'est le blé *thatcher* qui sait résister à la rouille. C'est le souple *reward* qui se relève de lui-même après les grands vents. C'est l'orge à bière, c'est l'orge *plush* qui grandit, se forme et mûrit en soixante jours, c'est le seigle déjà doré dont les têtes font sur la plaine comme un mouvement de traîne soyeuse. Nous atteignons la ferme des Goldsberg. Cette mer de blé, d'orge, d'avoine, de seigle, c'est bel et bien leur domaine.

La maison apparaît derrière un havre d'érables manitobains. Une haie de lilas entoure un jardin planté d'œillets et d'hortensias. Six fenêtres montrent six pots de géraniums dans un ordre précis. La cour de ferme, flanquée de bâtiments peints en ocre ou blanchis à la chaux, offre une surface raclée, ratissée, si propre qu'on y voit voler une seule petite plume blanche. Tout est ordonné, séduisant comme dans une ferme des cantons de l'Est. Et c'est ici pourtant que je vais tomber en pleine effervescence, en pleine gaieté, en plein paradoxe juif.

Les aboiements du chien ont alerté Rébecca Goldsberg. Elle arrive de la laiterie et trottine à travers la cour. En vérité, elle ne marche jamais. Elle court toujours un peu, les bras ballants, les épaules légèrement affaissées, comme si elle était sans cesse sur le point de se pencher pour ramasser quelque objet. Ronde, petite, le menton vif et pointu, elle a dans la voix l'accent de la Russie et, dans tous ses gestes, une fièvre, une hâte indescriptible.

Je lui demande, presque dès l'abord, si elle veut bien me garder pour la nuit, car vraiment je n'ose plus espérer retourner à Ridgedale ce jour même. Et la voilà tout de suite épanouie et qui commence à me faire un lit dans un coin de la salle à manger !

Une ombre frêle tranche le pas de la porte. Sam, le fils unique, rentre pour la soupe. Je vois à contrejour son visage mince, ses traits d'adolescent creusés par la fatigue. En l'absence du père qui est à la foire de Melfort, le bourg voisin, Sam Goldsberg a assumé aujourd'hui tous les travaux de la ferme. Il se glisse, fourbu, vers la cuvette d'eau et boit à longs traits, puis soudain retrouve toute sa jeune vivacité et devient aussi loquace que sa mère. Ou je me trompe ou j'ai bien là devant moi le jeune Juif qui déjà voit grand et connaît le besoin de laisser sa marque dans le monde. La nuit va se charger de m'éclairer sur ce point, car la nuit me révéla sur cette famille tout ce que le passant peut espérer connaître de l'intime des êtres. Mais il ne faut pas brouiller l'ordre des événements. Il faut attendre l'arrivée de Moïse Goldsberg.

Nous étions assis autour de la table de la cuisine ; la lampe jetait un reflet tremblotant dans les vitres lorsqu'on entendit une automobile stopper devant la maison. La voix de Moïse souhaita le bonsoir au voisin qui l'avait ramené. Vive comme un gopher, toujours trottinant, le buste penché, les bras en avirons, Rébecca détalait déjà à la rencontre de son homme. Des chuchotements prolongés, puis tous deux entrèrent et Moïse vint me serrer la main comme s'il me connaissait depuis toujours.

Moïse Goldsberg est le type du Juif gai. Et la gaieté juive, je devais l'apprendre ce soir-là, dépasse toute forme de gaieté. C'est une gaieté qui rit fort et presque pour rien, qui retourne une blague et la raconte et s'en nourrit pendant des heures. Et ce soir-là, Moïse en avait à revendre. D'autres fermiers, je suppose, rentraient de la foire à cette heure avec le souvenir d'avoir bien ri ; lui rentrait avec de quoi faire rire toute la famille.

Il raconta au moins dix fois l'histoire du géant de sept pieds neuf pouces et du nain de trois pieds qui se promenaient ensemble et se parlaient de haut en bas ; ou plutôt il la mima avec des gestes qui remplissaient toute la cuisine. Il grimpait sur une chaise quand il était le géant et se rapetissait dans un coin quand il était le nain. Et chaque fois qu'il recommençait, Rébecca trottinait autour de lui pour saisir toutes les expressions de son visage, et Sammie, dans l'ombre, guettait son père avec des yeux luisants de jeune écureuil.

Demain, ce serait son tour d'aller à la foire. D'avance il se repaissait du spectacle.

Ses parents abordèrent bientôt la question du voyage. Rébecca tout de suite prit en considération les dépenses. Pour la première fois dans cette extraordinaire maison, il y eut un silence. Il y eut jusqu'au chien Brownie qui s'assit un temps sur sa queue, étira une oreille inquiète et sembla peser une résolution importante.

À la fin, presque timidement, Moïse hasarda :

— Deux piastres, mâ-ma, penses-tu que ça suffirait ?

Rébecca eut un haut-le-corps.

— Deux piastres, pâ-pa !

Puis son instinct maternel reprenant le dessus, elle ajouta aussitôt :

— Mettons deux piastres et vingt-cinq cents, pâ-pa ; il faut bien qu'il mange demain, cet enfant-là. Trois repas au restaurant...

— Trois piastres alors, proposa papa Moïse sans trop regarder sa femme.

Il y eut une minute houleuse. Le regard des époux se rencontra, hâtif, presque angoissé.

Puis Rébecca pleurnicha :

— Trois piastres, pâ-pa !

Pendant tout ce débat, Sammie ne disait mot, les yeux sur ses parents, la bouche un peu tremblante, saisi de la gravité de l'heure.

Enfin il fut décidé qu'avec trois piastres Sammie pourrait faire le voyage confortablement. On lui recommanda d'économiser sur tout, sauf sur le manger. Et on passa à d'autres soucis. Les Goldsberg n'ayant point d'automobile, Sammie proposa de faire le trajet à bicyclette jusqu'à la gare voisine. Le groupe envisagea une autre décision et fut instamment partagé.

— Le train part à sept heures, ça veut dire qu'il faut que tu te lèves à cinq heures et demie, conclut Moïse.
— Non ! cinq heures ! fit la prudente Rébecca.
— Mais non, mâ-ma, cinq heures et demie !
— Non, cinq heures, pâ-pa !
La discussion s'éleva.
Les gestes rapides scandaient l'argument.
Il ressortit enfin de tout cela que la soirée avançait et que, de toute façon, Sammie aurait à se lever de très bonne heure. On parla d'aller se coucher tôt pendant une heure ou deux. On en parla jusque passé minuit.

Rébecca avait préparé à mon intention un sofa dans la salle à manger. Comme la chambre des époux et celle de Sammie donnaient sur cette pièce, j'étais bien installée pour recevoir les courants d'air et les confidences gratuites. J'avais espéré que la conversation cesserait une heure ou deux passé minuit. C'était bien peu connaître la bouillonnante Rébecca. L'angoisse la hantait. Quant à Moïse, une surexcitation intense lui brûlait le cerveau.

Au bout d'un très court moment de silence, j'entendis :
— Sammie, dors-tu ? Non ? Bien, penses-tu qu'avec deux piastres et soixante-quinze cents, mettons deux piastres et quatre-vingts cents, tu puisses t'en tirer ?

Ici, la voix claironnante de Moïse entra dans le duo nocturne :
— Voyons, mâ-ma, ça prend une piastre rien que pour le billet aller et retour...
— Tais-toi ! ronchonna Rébecca. Tu connais rien à l'argent, toi, pâ-pa.
— Tu peux tout de même pas rogner sur le billet, insista Moïse.
— C'est à voir, dit Rébecca... Dors-tu, Sammie ?

Quand il n'y eut plus de réponse de la petite chambre de Sammie, elle se retourna pesamment sous l'édredon de plumes et soudain passa à des préoccupations autrement douloureuses.

— Pour Sammie, dit-elle, dans un chuchotement très distinct, qu'est-ce qu'on va décider ? Si on l'envoie au *high school*, ça veut dire quatre cents piastres pour le moins, hein, pâ-pa. Plus les gages d'un employé qu'il faudra prendre. On peut dire mille piastres.

Un silence, puis elle poursuivit :

— D'un autre côté, si on le garde à la maison, ça nous fait mille piastres dans notre poche. De quoi payer une bonne partie de ce qu'on doit à la société de colonisation. Pâ-pa, qu'est-ce qu'on va bien faire ?

Mais je pense qu'elle ne parlait que pour raffermir sa décision, car un peu plus tard, elle ajouta :

— Notre Sammie, il est si intelligent, et c'est pas comme s'il voulait quitter la ferme. Cette idée d'étudier au collège d'agriculture et de devenir un fermier expert, c'est beau, tu sais, Moïse.

Moïse acquiesça. Elle le contredit pour la forme. Puis elle se rangea à son avis. Mais aussitôt elle fut saisie de crainte. « On perdra peut-être notre terre avec tout ça, Mo. On perdra tout, Mo, du train qu'on va. Demain la foire, et l'année prochaine le *high school*. » La voix de Rébecca se fit pleurarde. Elle envisagea la ruine, l'expropriation. Elle se vit dans le chemin. Elle retourna à l'usine coudre des chemises, une douzaine à la journée comme dans sa jeunesse. Elle descendit plus bas encore. Elle finit par vendre des journaux et elle arriva même, la pauvre, à manquer de pain. Puis, soudain, elle remonta d'un bond et demanda d'une voix claire, effilée, où il n'y avait plus qu'une détermination tendue :

— Cinquante cochons, Mo, ça nous rapporterait bien cinq cents piastres clair ?

À trois heures, elle vendit ses cinquante cochons. Elle mit ses poules sur le marché. À quatre heures, elle vendait non plus cinquante, mais soixante cochons. Elle faisait des veillottes dans le champ avec Moïse. Il y avait belle lurette qu'elle avait renvoyé l'homme engagé. À cinq heures et demie, le réveil sonna et les deux époux allèrent tirer Sammie d'un sommeil profond. L'heureux garçon ! On trouva son meilleur complet, on l'habilla, les pieds nus de Rébecca battant le lino en vitesse, on lui fit boire du lait, on l'escorta à la porte et, soudain, dans un grand élan de générosité, on lui recommanda de dépenser jusqu'au dernier de ses cents. Puis rompue enfin, Rébecca se glissa entre les draps de son lit et avoua :

— Bien moi, à présent, je dors.

J'avais pris une résolution tout à l'opposé.

Je voulais voir, seule, dans la fraîche lumière du matin, le visage du pays. Je voulais en respirer l'air. Je partis à pied et passai quelques fermes qui s'éveillaient avec des cris de basse-cour, des bruits de sonnaille, des mugissements dans les corrals et des femmes qui sortaient déjà, un seau à la main, suivies de petits enfants, pieds nus, à demi vêtus, demandant du lait avec des pleurs et des visages tout barbouillés de sommeil.

Le soleil grandit. Je rencontrai une jeune femme israélite qui entraînait deux enfants à la cueillette des fruits sauvages. Leurs seaux de fer-blanc tintaient encore, balancés à bout de bras, lorsque je vis passer une charrette à foin.

Plus tard, je croisai le vieux père de Sam Boudry qui me donna le bonjour en yiddish par distraction. Au puits, des femmes tiraient l'eau et d'autres mettaient déjà la lessive à sécher. Les hommes attelaient les chevaux.

Le soleil ruisselait maintenant sur la terre, et toutes les fermes bruissaient de vie. Des champs, venait le bruit des faucheuses, semblable au crissement des ciseaux dans la soie. Et je sus que je n'avais pas besoin de m'aventurer plus loin. Étais-je allée vers le passé ou l'avenir des Juifs ? Je ne pouvais dire, mais je savais que quelque part je les avais rencontrés sur la route de leur essentielle dignité.

Je revins lentement, car je me sentais fatiguée maintenant, vers la maison de Rébecca. De loin l'arôme du café me réconforta. Sur la table, j'aperçus une jatte de lait bien frais, du pain, du fromage de ferme et même, comme j'avais annoncé que je partirais tôt, des pâtés au poisson et du *lockshen* roulés dans un paquet et que je devais apporter. Mais ce qui m'étonna le plus, ce fut de voir Rébecca. Elle avait eu le temps de se friser, de se bichonner, de se passer une jolie robe. Ainsi parée, elle se planta sur le seuil et dit :

— À l'heure qu'il est, je ne suis pas en guenilles ; vous pouvez prendre une photo et nous faire une petite réclame, hein. On sait jamais...

Mais comme, avant de partir, je voulais la dédommager en argent pour sa peine, elle se prit à rire et à rire. Elle appela Moïse. Elle appela Sammie, oubliant qu'il était parti. Elle appela tout le monde. Elle se tapait dans les mains et se disait : « Ça, c'est le plus drôle qui nous est arrivé depuis longtemps ! » Et Mo, plié en deux, pouffait.

Tout d'un coup, cependant, ils s'arrêtèrent ensemble de rire pour se montrer fâchés tous deux.

— Encore une offre pareille, encore un mot seulement comme je viens d'en entendre, et je vous mets à la porte ! menaça Rébecca.

J'étais déjà pour ainsi dire à la porte.

Aussi, après un moment de réflexion, Mo et Rébecca repartirent à rire de bon cœur. Et moi avec eux cette fois.

Les Sudètes de Good Soil

I

Elizabetha Haeckl sourit lorsque je posai ma valise sur le seuil de sa cabane et demandai :

— Pourriez-vous me faire une petite place ? J'aimerais bien rester chez vous quelques jours.

La maison était exiguë. Elizabetha se tenait contre la porte, un peu derrière son mari.

J'entendais le bruit de la voiture qui m'avait conduite à cette ferme éloignée décroître, se perdre au loin dans le chemin raboteux. Le ciel était bas, chargé de nuages. Et je me disais : « Si Elizabetha ne veut pas me garder, je vais être embêtée. À quarante milles de l'hôtel le plus proche ! »

Je ne donnais plus très cher à cette minute pour le projet qui m'avait séduite la veille : arriver seule, en passante, à une ferme sudète, n'importe laquelle, et demander l'hospitalité. Car je professais alors que pour bien connaître les gens il fallait être à leur merci.

Elizabetha Haeckl, en tablier de ménage, les mains gardant la trace de la pâte, souriait encore, mais son sourire avait l'air de demander une explication. Enfin, elle parut comprendre.

Elle s'effaça un peu pour me laisser passer et, soudain, ses lèvres s'entrouvrirent joliment et elle prononça deux mots anglais qu'elle avait dû chercher avec difficulté, car tout son visage exprimait l'effort et la joie d'avoir trouvé.

— *Welcome... in...*

Je pénétrai sous le plafond qui était de grosses poutres basses et noircies. Sur le poêle fumait la soupe. Quatre grands chiens sortirent aussitôt de sous un lit, se jetèrent sur moi en gambadant et agitant les rideaux de leur longue queue. Elizabetha prit ma valise et s'en alla la déposer derrière une tenture.

J'étais agréée.

La maison sentait l'anis, le sucre fondu, le fromage frais, le chou, l'oignon, avec une fine odeur acide qui devait être celle du vinaigre sur le fourneau : tous les ingrédients de ces délicieux plats que sont les *kochen*, le *kase,* les *knoedl* et les *pyroski*. Sur le dressoir, le *tzwiback* me mettait l'eau à la bouche : un gâteau coupé en tranches, recuit au four tiède, saupoudré de sucre pulvérisé très sec. Je lui trouvai un goût de biscotte et d'amande.

La maison comprenait une seule grande pièce et un réduit. La grande pièce servait de cuisine dans sa moitié, dans l'autre, de salle à manger et de chambre à coucher. Le lit, qui était profond, fort haut et fort large, occupait tout le fond de la maison. Les chiens, ayant apparemment élu domicile sous ce meuble, s'y réfugièrent tous après avoir inspecté ma valise et mes effets. Ils passèrent l'un après l'autre sous la frange d'un couvre-lit joliment travaillé et d'une blancheur éclatante. Aux fenêtres tombaient des rideaux de fine dentelle ; ici, je découvrais une faïence de Pilsen, là, un petit rien de Karlsbad et, au mur, un paysage de Prague qui élargissait soudain la pièce et y faisait entrer la Moldau et une statue du bon Wenceslas. Ainsi cette maison de la plaine, de rondins et de mortier fruste, avait l'air, comme par miracle, de se souvenir d'un pays qu'elle n'avait jamais vu. Mais je visitai dix autres maisons voisines qui lui ressemblaient. Le foyer d'Elizabetha, c'est un peu celui de tous les Sudètes.

Dans le bouleversement du départ, peu de femmes sudètes eurent le loisir de réfléchir à ce qu'il convenait d'apporter ; elles choisirent souvent l'agréable avant l'utile. M. Haeckl me raconta qu'il avait bien recommandé à sa femme de ne s'encombrer d'aucun objet pesant, surtout d'aucun objet qu'ils pourraient facilement se procurer au Canada. Vers le milieu du voyage, remarquant qu'une valise était très lourde, il l'ouvrit et, sous une pile de linge plié, découvrit que madame Haeckl y avait caché son moulin à moudre le café.

Quand M. Haeckl racontait cette histoire devant sa femme, elle souriait finement de ce sourire plein de sous-entendus, indulgent à la prétendue supériorité des hommes. Elle sortait son moulin, elle moulait devant lui du café et disait :

— Avoue quand même que mon café, il a un goût de la Tchécoslovaquie.

Il n'y avait pas moyen de lui ôter cette idée.

De même qu'on n'aurait jamais pu lui faire croire qu'il fait chaud parfois au Canada. Même quand elle était en nage !

Nous nous retirâmes vers minuit, le premier soir, après avoir bien causé. Par la porte entrouverte, nous parvenait une brise à peine tiédie. Madame Haeckl déposa pourtant sur moi deux édredons de plumes d'oie légers comme un nuage mais qui ne m'en faisaient pas moins jusqu'au menton une montagne.

Chaque fois que j'essayais de me déplacer sous cette masse de plumes, Elizabetha me la ramenait doucement sur tout le corps. On lui avait dit qu'il faisait froid au Canada. Elle était arrivée décidée à trouver un pays de neige et de banquises. Et maintenant on ne pouvait pas plus lui enlever cette idée que la certitude de boire du café de Prague quand elle l'avait d'abord moulu dans son petit moulin pendu au mur ! Pas un jour ne passait sans qu'elle se félicitât d'avoir su soustraire ses édredons de plumes à Hitler.

Je l'entendis dire avec étonnement au milieu de la nuit :

— C'est drôle, il ne fait pourtant pas chaud, et il me semble que je suffoque.

Elle se leva de très bonne heure pour dénicher dans une cachette à elle deux ou trois jolies tasses peintes à la main.

Elle les mit sur la table et déclara :

— Elles viennent de Prague, vous allez voir que le café va être encore meilleur.

Aussitôt elle se prit à rire et ajouta :

— Ça, Haeckl ne savait pas encore que je les avais apportées.

Elle guettait en même temps du coin de l'œil, un peu timide, un reproche qui ne vint pas. Car M. Haeckl était ému et moi de même.

Malgré la table de gros bois franc à pieds laids et mal tournés, la jolie porcelaine racontait tout : Prague au temps heureux, la gracieuse maison abandonnée, l'exil, les courageux essais, l'acceptation, la joie dans l'acceptation, la beauté dans l'acceptation. Elle racontait l'histoire de bien des Sudètes.

Ils sont naïfs, au fond, ces gens qui font ici, sans trop montrer leur désarroi, le dur apprentissage de l'agriculture. Aucun des immigrés sudètes qui arrivèrent au Canada en 1939 ne cultivait la terre en Tchécoslovaquie. Ils venaient presque tous de villes et de villages et ils étaient tous gens de métiers. M. Haeckl était mineur. (Mme Haeckl, cette femme si douce, si fine, dans les assemblées publiques livrait de bonnes batailles au nazisme ; elle était depuis longtemps sur la liste des suspects de la Gestapo.) M. Wagner, chez qui je passai une journée, était fonctionnaire à Braunau ; sa femme Elfrieda était dans la haute couture; Panzner, voisin des Haeckl, fut serrurier; un autre voisin, ébéniste. Le seul groupe des Sudètes établis en Saskatchewan, à Loon Lake, à Good Soil et Bright Sand, comprend des maçons, des carreleurs, des fonctionnaires, des médecins — dont l'un pratique maintenant à North Battleford, je crois —, des artisans qui se groupèrent pendant quelque temps pour fabriquer des jouets, puis des sténographes, des vendeuses, des garde-malades.

Mais ils ne savaient pas atteler les chevaux, ils ne savaient pas traire les vaches, ni faire des clôtures, ni labourer. En outre, peu d'entre eux connaissaient l'anglais. Et ils étaient transplantés dans le grand nord de la Saskatchewan, à trente, quarante, cinquante milles du chemin de fer, si ce n'est davantage. Qu'ils aient réussi à se tirer d'affaire, la plupart, reste un témoignage de leur courage, et aussi de l'effort du Canadien National dans la réalisation de leur établissement.

Ils entraient au pays, fort heureusement, avec la garantie de 1 500 dollars pour chaque famille. Peu après l'invasion du pays sudète, M. Benès avait en effet obtenu un prêt important du gouvernement britannique à l'usage des réfugiés refluant vers la Bohème. La misérable histoire de Munich créait en Angleterre un grand mouvement de pitié envers les Tchèques sans foyer. Les petites gens du peuple se cotisaient pour leur venir en aide. Je me souviens qu'à cette époque, j'assistai souvent à Londres à des scènes qui révèlent tout entier le caractère des bourgeois anglais. « Pauvres Tchèques ! » disait un jour, dans un restaurant, une femme aux mains couvertes de bagues. Elle en arrachait deux ou trois et clamait : « Tiens, je vais vendre tout ça pour faire ma petite part. Pauvres, malheureux Tchèques ! »

Quelques mois plus tard, des Allemands, établis au Canada et nourris de propagande nazie, avaient l'incroyable naïveté de croire aux promesses d'Hitler et de préparer leur retour, eux, en Allemagne. En même temps, trois cents familles tchèques, qui connaissaient, elles, la valeur de ces promesses, arrivaient au Canada. Le Canadien Pacifique en établissait la moitié à Tupper Creek sur un immense ranch de la Compagnie, dans la vallée de la rivière à la Paix ; le Canadien National s'occupait de l'installation des cent cinquante autres familles dans le nord-ouest de la Saskatchewan. Il achetait à leur intention plusieurs des terres mises en vente par les fermiers allemands des environs de Saint-Walburg, si désireux de quitter le pays. Dans leur hâte de regagner le troisième Reich, ces gens sacrifièrent leurs terres, dont plusieurs partiellement défrichées et comprenant des bâtiments en assez bon état, à des prix variant de 500 à 1 000 dollars. Les Sudètes bénéficièrent de cette déroute. Sur la somme qui leur était allouée, il fut encore possible d'acheter les machines agricoles les plus indispensables, de la graine de semence, des animaux. Mais si cette somme de 1 500 dollars par foyer suffisait à l'installation d'une petite famille, elle était loin de satisfaire aux besoins d'une famille nombreuse. D'ailleurs, les unes avaient obtenu en partage une concession défrichée, d'autres, un terrain boisé ; les unes, une ferme à proximité du chemin de fer, d'autres, cent soixante acres au fond des brousses. Les directeurs du C.N. répartirent sagement le capital qu'ils administraient ; et d'après ce que j'ai vu, ils montrèrent un grand souci d'humanité. Ce n'est pas l'avis de tous les Sudètes. On vit chez eux ce qu'on voit en tout pays de colonisation. « Un tel a reçu plus que moi pour son argent. Mon voisin doit être dans la manche des C.N. Voyez, il a trois chevaux quand je n'en ai que deux ! » La première récolte leur ayant été réclamée pour édifier un fonds commun, plusieurs Sudètes se crurent lésés. Malentendu qu'intensifia la difficulté de se comprendre, faute, chez les Sudètes, de connaître l'anglais.

Pourtant, à ma connaissance, aucun autre groupe d'immigrés, Doukhobors, Mennonites ou Slaves, ne bénéficia de si grands avantages dès son arrivée dans l'Ouest. Toutes les précautions furent prises pour protéger les Sudètes contre l'exploitation. Le service de colonisation les logea d'abord gratuitement dans des wagons désaffectés, réunis au bout du village de Saint-Walburg. En peu de temps, leurs maisons furent prêtes, plusieurs construites en bois, selon un plan fort économique, et d'aspect plutôt agréable. Ils reçurent des chevaux, des harnais, le fourrage pour le premier hiver, des poêles de chauffage, des meubles et une allocation de subsistance pour toute une année.

Entre-temps, M. Sinclair, chef du service de la colonisation en Saskatchewan, voyageait d'une ferme sudète à l'autre. Il travailla aux champs avec les colons, leur apprit à faire tenir un attelage, à labourer, à semer, à faucher les récoltes. Il distribua au fur et à mesure, et pour chaque groupe de familles, l'outillage agricole. Tout cela prélevé sur une somme qui en aucun cas ne devait excéder un total de 1 500 dollars. Peu de fermiers, même parmi ceux qui possédaient un capital plus élevé pour leur établissement dans l'Ouest, ont réussi à s'installer aussi confortablement en si peu de temps.

II

Ils sont loin, ces Sudètes, d'être tous devenus des agriculteurs modèles en quatre ans. Plusieurs ont quitté la terre pour se livrer dans les villes à l'exercice de leur métier. Un grand nombre de jeunes gens se sont engagés dans l'armée canadienne ou dans l'armée tchèque. Mais trop sont restés fidèles à la besogne initiale pour qu'on puisse leur faire l'injure de douter de leur bonne volonté. Ceux-là se débrouillent. Il en est qui sèment encore trop tôt ; d'autres, trop tard. Il en est, comme cette jeune fermière qui, dans son zèle à extirper les mauvaises herbes, arrache les plantes du potager. Il en est qui portent leurs fréquents ennuis chez le voisin ; et le voisin, d'habitude, prête secours.

La ferme sudète comprend seize, vingt, vingt-cinq acres en culture, parfois cent, rarement plus. Elle est presque toujours éloignée des marchés. Et cependant la vente de la crème et des bestiaux reste la source la plus sûre de revenus. J'ai vu bien des fermiers sudètes qui entreprenaient un voyage de quarante milles en charrette pour aller livrer un seul porc au point de chargement. Ils vendent encore un peu de luzerne, de grain, mais je doute qu'ils se fassent, la plupart, plus de vingt à vingt-cinq dollars par mois. Cependant, ils ont tous reçu leurs titres de propriété, étant désormais maîtres chez eux de faire marcher les choses comme il leur plaît.

On ne peut dire qu'ils aiment vraiment la terre, qui est dure et âpre et a de quoi les dérouter. Ce qu'ils aiment surtout, ce sont les petites choses de la ferme. Ils remplissent leur maison de chats et de chiens ; ils n'en défendent pas toujours l'accès aux plus gros colleys rongés de puces ; ils élèvent des oies, d'abord parce que les oies sont sociables, et encore pour être sûrs de ne pas manquer de plumes pour leurs édredons ; il les soignent trop et les rendent malades à force de les faire manger ; ils se privent parfois de lait pour en verser une soucoupe pleine à la chatte ; ils donnent à toutes les bêtes, même aux poules, des noms qui correspondent à leur tempérament et sont parfois fort bien trouvés ; aux chats, Carlotta ou Mouri ; aux chiens mal élevés qui n'en finissent plus de se gratter, Hitler ou Goebbels.

Ils seraient plus à l'aise, je pense, sur de petites fermes comme en Tchécoslovaquie que sur leur quart de section. Ils disent : « J'ai défriché deux acres » comme on dirait : « J'ai ouvert à moi tout seul le Témiscamingue. » Ce n'est pas à eux que le gouvernement aura à recommander de réduire la production de blé. Quand ils en ont sept ou huit acres, ils se rengorgent, ils prennent des allures de gros propriétaires terriens, ils se croisent les bras et vous déclarent : « J'ai énormément de blé. » Mais jamais ils ne parlent ainsi sans frémir un peu, comme s'ils venaient d'avouer : « J'ai du bonheur », et craignaient par là d'irriter les dieux.

Ils n'auront jamais l'audace des pionniers. Déboiser un petit carré pour le champ de pommes de terre leur paraît une entreprise inouïe. Ils parlent d'abattre un arbre comme d'une chose effrayante. Ils parlent de la mort de leurs animaux comme d'une calamité des plus affligeantes. Je tombai chez les Haeckl en pleine tragédie. Leur vache venait de mourir. Elizabetha racontait à tout venant, à tout propos, que c'était la meilleure bête qui fût, douce, avenante, pas rueuse une miette, avec des yeux de miel, qui s'amenait d'elle-même des pâturages tous les soirs à six heures et quart exactement, qui venait jusqu'à la porte de la cuisine et même, je crois, mettait sa tête dans la porte. Cela cessa de me surprendre lorsqu'elle avoua un peu plus tard qu'elle accueillait la bête tous les soirs avec une pomme de terre chaude trempée dans du beurre. Ils avaient tellement parlé de cette vache défunte que j'en entendis parler à mon tour partout où j'allai, et dans les termes les plus déférents, les plus empreints de grave sympathie. Même à Saskatoon, dans les bureaux de la colonisation, on me dit :

— Vous ne savez pas, il est arrivé un grand malheur : la bonne vache des Haeckl est morte !

À Loon Lake, de son petit cottage où elle vivait pendant l'été en véritable ermite, ne lisant même pas les journaux pour mieux se reposer, Mme Sinclair me confia tout de suite, dès mon arrivée :

— Vous venez de chez les Sudètes. Alors vous devez être au courant : c'est bien triste, hein, la vache des Haeckl qui est morte. Une vache si ponctuelle !

Ils sont doux, mais leur douceur a quelque chose d'étonnant, d'incompréhensible. Elle s'adresse aux bêtes, elle s'adresse aux étrangers ; elle n'est pas faite pour leurs compatriotes. Entre eux, ils ne s'aiment guère. Ce qu'il y a de violent en eux, c'est contre eux qu'ils le tournent.

Ils ne viennent pas des mêmes villages, des mêmes villes, il est vrai. Ils furent élevés dans des conditions sociales fort différentes. La plupart ne se connurent que dans l'exil. Tout de même, ayant souffert les mêmes ennuis, les mêmes déchirements, on pourrait croire qu'ils devraient être contents de se trouver ensemble, libres dans un pays de liberté.

J'allais un jour d'un voisin à l'autre et mon hôte me dit :

— J'irai vous conduire, mais je n'entrerai pas ; je ne m'entends pas avec mon voisin.

Pourtant un voisin dans l'Ouest est bien souvent le seul homme à qui l'on puisse parler en dehors des voyages exceptionnels. Mon hôte fit comme il avait dit. Il eut même le courage de souhaiter le bonjour à son ennemi. J'avais l'impression qu'il existait entre ces deux hommes une animosité polie, courtoise si l'on veut, une animosité de civilisés, la pire qui soit. S'ils s'étaient crié des bêtises par-dessus leur clôture comme le font les paysans ukrainiens, peut-être en seraient-ils venus à rire ensemble. Mais chacun nourrissait son inimitié dans l'ennui, dans la solitude, et en arrivait à lui donner des proportions qui n'avaient plus aucun rapport avec leurs griefs.

J'ignore ce que pouvaient être ces griefs, mais je vis chez les deux voisins sudètes la même énergie, la même politesse, la même propreté, la même industrie, et c'était bien ça qui restait le plus navrant, car ils se montraient de toute évidence faits pour s'entendre.

Je reçus des deux familles la même hospitalité, sauf qu'en dernier lieu, la situation se compliqua du fait que je venais de chez l'ennemi. Je m'aperçus qu'on entendait me traiter comme une victime arrachée au malheur. Je n'eus pas à m'en plaindre. Les efforts de ces braves gens pour me prouver qu'ils étaient les plus hospitaliers m'émeuvent encore. C'était si enfantin, si triste, au fond.

Nous possédions peu de mots pour alimenter la conversation. La jeune femme, Elfrieda, connaissait un rien de français, des termes relatifs à la couture, ce qui ne nous aidait pas beaucoup, et guère plus d'anglais. Mais entre nous, sur la table, il y avait un petit dictionnaire. Elle y pigeait des mots anglais, à mon tour j'y pigeais des mots tchèques et nous arrivions à faire des bouts de phrase. Elle voulut savoir si j'aimais le poulet, et là-dessus nous eûmes beaucoup de difficulté à nous entendre. Mais enfin le poulet eut la tête coupée et fut au four. Elfrieda avait pris mes protestations de politesse pour une envie folle de manger du poulet. Entre-temps, elle eut recours au dictionnaire pour me faire part d'une recette que je lui demandais. Elle allait du poêle à la table et chaque fois, avant de toucher au livre précieux, s'essuyait les mains avec précaution. À la fin, je réussis à lui faire comprendre que j'admirais beaucoup sa persévérance. Et elle arriva, après de pénibles recherches, à m'expliquer à peu près sa pensée, elle qui de Prague n'avait guère apporté plus que n'avait réussi à sauver Elizabetha, moins même puisque ce n'était en fin de compte que son nécessaire à couture :

— Ce que j'apprends, ça personne, au moins, peut ôter à moi.

Petite Ukraine

I

À des milliers de signes, j'ai reconnu que le souvenir de l'Ukraine vit encore dans les Prairies : un géranium ardent sur une fenêtre, un tourbillon de pas, une frénésie de sons, la folie de la danse au soir des noces déployée dans la cabane pauvre, le signe de croix trois fois répété devant l'iconostase d'une petite église, les yeux de braise d'une image de Madone dans sa châsse dorée. Une vieille femme a levé au soleil sa main ridée chargée de trois alliances, et il n'y avait que moi, l'étrangère, pour m'en étonner : c'est qu'elle avait été trois fois mariée. C'est qu'elle se pliait encore aux coutumes apportées d'Ukraine.

Une voix m'accueillit dans une langue étrangère le soir de novembre où je descendis du local Edmonton-North-Battleford dans un petit village de l'Alberta. Sous les coups de vent et dans la neige d'une nuit canadienne se dessina une coupole portant sur son dos arrondi une seule étoile. Au fond de l'obscurité apparut le monastère des pères de Saint-Basile, ordre ukrainien. Mundare, village dont la population est à 80 pour cent ukrainienne ; Mundare où ils sont comme dans une citadelle avec leurs moines, leur presse, leur salle de réunion et aussi leur désunion, avec leurs palabres, leurs fêtes ; Mundare où la jeunesse parle un anglais impeccable et voit tous les films de cow-boys ; Mundare rappelle le souvenir de l'Ukraine et le rejette. À des milliers d'autres signes, j'ai donc compris aussi que s'éteint ce souvenir de l'Ukraine en notre pays.

Ils se sont appelés eux-mêmes, je crois, les Irlandais du continent. La politique les sépare ; leurs religions achèvent leur désunion. Il n'y a pas plus d'amitié entre un Ukrainien orthodoxe et un Ukrainien catholique qu'entre un habitant de l'Ulster et un Irlandais du Sud. Le même désir de brasser les mêmes griefs aux mêmes occasions.

On pourrait encore les comparer à nous du Canada français. Comme nous, ils ont une nostalgie du passé qui revient dans leurs fréquents discours. On pourrait aussi les comparer aux Russes qui sont leurs demi-frères, bien qu'ils n'en conviennent pas volontiers. Larges d'esprit et tolérants en ce qui touche les choses du Canada, ils restent fanatiques à l'endroit de ce qui est perdu au fond de leur passé. Ils séparent de la grande littérature russe ce qui est proprement à eux ; ils veulent à tout prix que Gogol reste un Ukrainien plutôt qu'une des gloires des peuples slaves. Ils ne pardonnent pas aux Soviets d'avoir imposé l'enseignement du russe dans les écoles de la république ukrainienne. Mais ici, ils apprennent l'anglais, ils oublient leur langue et se déclarent heureux et absolument libres. La liberté pour eux, c'est d'abord de se dire leur fait. Au nombre de six cent mille au Canada, ils cherchent à se réunir et n'y parviennent pas. Parce que individualistes plus encore que nationalistes, ils ont trouvé chez nous leur vraie patrie. Parce que libres ici de ressasser leurs anciens griefs, ils en arrivent à attacher beaucoup plus d'importance à leurs biens matériels.

Il faut opposer les Ukrainiens surtout les uns aux autres. J'ai tout vu chez eux, même en Alberta et en Saskatchewan où ils ressemblent pourtant le plus à eux-mêmes : dans bien des villages, la cloche de l'église orthodoxe à coupole et celle de la chapelle catholique sonnant ensemble, le pope et le prêtre se saluant brièvement au passage ; les cabanes les plus sales, les plus noires de crasse, et aussi des chaumières si blanches, si douces, que vous en aviez le cœur tout serré ; des traits durs, de véritables personnages de leur Gogol (je songe à Tarass Boulba), rancuniers et vindicatifs, avec du sang de cosaque courant encore dans leurs veines, prêts à saisir le couteau, prêts à laver l'injure dans le sang, et cependant les visages de femmes les plus beaux peut-être qui soient, dans les plis d'un mouchoir blanc, graves et lumineux comme une icône à la clarté des cierges.

J'ai vu des maisons de ferme modernes, le tracteur au champ, le camion devant la porte, l'auto au garage ; et aussi des toits de chaume, un plancher de terre battue et, sur la table, rien que du lait caillé, du pain noir.

Je causai un jour avec un jeune professeur ukrainien, fin lettré, hautement cultivé, poète et musicien. Il m'emmena chez lui faire la connaissance de son père. C'était un petit vieux qui signait des papiers de sa croix et qui crachait par terre avec mépris quand on ne partageait pas son avis. La mère, elle, souriait sous son châle quand elle voyait les belles manières de son fils. Elle disait, sans mélancolie, avec une certaine fierté : « Toi mon grand, t'es né au bout du champ d'orge, un jour que j'aidais ton père à faire des veillottes. »

J'ai reçu chez certains Ukrainiens la plus douce hospitalité. D'autres auraient essayé de me faire payer jusqu'à l'air que je respirais chez eux. Un charretier ukrainien, qui faisait la distribution du courrier dans une région éloignée, s'engagea un jour à me conduire à une dizaine de milles au-delà de son trajet. Nous convînmes du prix, qui était exorbitant. À cause des mauvais chemins, il refusa cependant de me conduire à destination. Il me laissa exactement là où il devait s'arrêter. Mais il voulut toucher le prix du voyage. Et comme je le regardais avec étonnement, il conclut :

— Mais la gazoline que j'ai brûlée en plus à cause de vous, là bien assise à côté de moi, vous comptez pas ça, je suppose ! Et encore, les ressorts qui s'usent !

II

Cet homme qui besogne en grognant est un des plus rudes travailleurs qui soient. Il chigne et se lamente sur tout, mais il peine. Il s'acharne contre les arbres, contre le temps, contre son destin dans un silence lourd de colère et de méfiance. La terre est son ennemie. Il la dompte avec une espèce de rage concentrée. Mais ses besoins sont simples et primitifs : le gros tabac en feuilles, le saucisson à l'ail, le bortsch les soirs de réunion. S'il garde au-delà de sa vie terne une seule pensée qui frémit et ne se soumet pas, c'est à l'égard de son fils : il le veut mieux instruit que lui. Il veut aussi que Tina, sa blonde jeune fille, sorte de la maison où elle est servante à petits gages. Mais il ne dit rien car il est lié par une sorte de pacte silencieux aux hasards des saisons. Il compte ses cents, il les cache sous le plancher, il fait trimer sa vieille et puis, quand elle est aussi usée que lui, il lui rapporte un jour de la ville un beau châle neuf qu'elle essaie en tremblant de bonheur ; un autre jour vient où ils s'étonnent d'être devenus tous deux fatigués, meurtris... et riches de quelques centaines de dollars qu'ils ne savent plus comment dépenser, car Tina, en effet, a quitté son tablier de bonne, Tina ne met les pieds qu'une fois l'an dans la cabane misérable. Et elle garde de cette visite, pour le reste de l'année, un souvenir irritant.

Il est de vieux Ukrainiens qui s'en vont toujours, comme Samuel Chapdelaine, plus loin dans la forêt lorsqu'une concession est en bonne voie de culture, cherchant je ne sais quelle âpre bataille à la mesure de leur silencieux entêtement.

Il en est qui jamais ne desserreront les cordons de leur bourse, entretenant seulement l'illusion qui, de jour en jour, aide la vieille épouse à supporter ses fardeaux, à continuer sa besogne jusqu'aux dernières rides, jusqu'aux pas chancelants, jusqu'au sourire édenté.

Et elle, la pauvre vieille, accomplit quand même, dans l'entêtement aussi, sa mission qui est de mettre des points de broderie à la nappe de coton, des œufs peints sur la table au matin de Pâques et, dans la vie aride, des bribes de chansons. C'est en elle que vit la plus belle Ukraine.

L'homme enfonce le tabac d'un pouce durci dans sa pipe. Un pli noue ses sourcils touffus. Il pense à son champ de blé qui devrait rapporter du quarante à l'acre. Il est loin des soupirs de la vieille Natacha. Le plus âpre au gain parmi les plus âpres.

Et cela me rappelle un conte de la plaine, qui passe pour véridique.

Un vendeur de machines agricoles se présenta un jour chez un certain Nikolychuck à qui il avait cédé, plusieurs années plus tôt, à crédit bien entendu, une faucheuse-lieuse, une batteuse, un tracteur et je ne sais quoi encore. Il était décidé, cette fois, ou à recouvrer une forte somme ou à reprendre ses machines. Il arriva chez Nikolychuck au temps des battages. L'Ukrainien, comme toujours, se répandit en doléances. Le vendeur faillit bien se laisser apitoyer. La maison était pauvre, raconta-t-il, à vous arracher des larmes : un saucisson, noir de mouches, pendu aux poutres, des grabats dans les coins, des rondins et des tabourets pour s'asseoir.

Tout de même, en personne qui en a bien vu, l'homme d'affaires s'en tint à sa décision. Il accorda un sursis d'une demi-heure au larmoyant Nikolychuck, puis il sortit dans la cour et par bonheur alla s'appuyer à une fenêtre qui donnait sur la cuisine. Et de là, il vit un spectacle fort curieux. Nikolychuck, sa femme, ses enfants, se livraient à une véritable course au trésor. Ils fouillaient tous ensemble sous les grabats et en tiraient des billets ; ils déplaçaient la huche, le dressoir et sortaient d'autres billets ; ils dénichaient des marmites rouillées, des vieux pots de fer et, y plongeant la main, la retiraient pleine de billets ; ils crevaient les matelas et trouvaient encore des billets. Le vendeur m'assura qu'ils en trouvèrent partout, jusque sous les poutres du plafond.

Nikolychuck sortit enfin, les moustaches tombantes, l'œil noyé de larmes, mais retenant sur lui un tourbillon de billets de banque ; il y en avait pour quinze cents dollars.

Je ne sais ce que vaut cette histoire, me venant d'un vendeur ; mais les Ukrainiens à qui je la conte y croient les premiers.

Ce paysan têtu, méfiant et souvent sournois, garde cependant au fond du cœur comme un miraculeux goût de fête qui, une fois l'an au moins, le porte à la sociabilité.

J'étais dans un milieu ukrainien vers le temps de la fête de Saint-Pierre-et-Saint-Paul et je fus invitée au banquet annuel qui a lieu à cette occasion. De tous les coins de la campagne arrivèrent des gens de ferme. De ceux qui portent le châle et de ceux qui choisissent leurs habits dans le catalogue. De ceux qui avaient trait les vaches de bon matin, attelé les chevaux à la charrette, mis tous les enfants au fond sur une couche de paille, et de ceux qui roulent en automobile. De ceux qui ne bougent de leur cabane qu'une fois ou deux par an et de ceux qui fréquentent le cinéma de la ville voisine les samedis soirs. Tout le monde y vint, et c'est bien ce que je trouvai le plus beau, l'avocat du village et le plus pauvre paysan avec sa femme et ses enfants encore couverts de brindilles jaunes et sentant l'étable, l'instituteur et de petites servantes employées chez de riches fermiers des environs. Demain, ils ne se salueront peut-être pas, mais aujourd'hui ils sont amis, ils sont frères. Ils viennent de partout pour manger des *pyrohy,* des *holopce,* des *kasha,* des *hychky,* de tous ces pâtés bourrés de crème sure, de chou, de riz et de fromage. Mais ils viennent surtout pour chanter leurs chansons, danser leurs danses, se sentir au moins une fois unis, entendre parler de leur poète Chevtchenko, de leurs héros dont les portraits sont dans la salle, de l'Ukraine pour ce jour-ci brillamment ressuscitée dans son ancienne splendeur.

Il y eut beaucoup de discours vers la fin du repas, ennuyeux à ce qu'il me sembla. Je vis pourtant dans l'assistance une petite vieille qui ne touchait plus à aucun mets, mais qui, doucement, avec ses mains rugueuses jointes sur sa poitrine comme pour une prière, pleurait. Et c'est cependant encore à cette même fête qu'un jeune homme bien mis, tout frais du *high school,* me glissa à l'oreille :

— Oui, tout ça, c'est de la belle foutaise ! On l'a quittée, l'Ukraine. C'est pas mon idée qu'on y retournera. Alors, à quoi bon toute cette résurrection une fois par année !

À mi-chemin peut-être entre l'émotion de la vieille femme que je vis en larmes, et l'assurance du jeune étudiant qui enverrait tout promener, doit exister une vérité acceptable pour une bonne partie des Ukrainiens.

Quelques-uns n'avouent pas leur origine et s'emploient même le mieux du monde à n'en montrer aucune trace. D'autres font du patriotisme par intérêt comme on vend des chaussures, de l'assurance-vie, d'autres encore, indéniablement sincères, exploitent par vocation des particularités ethniques. Il en est d'attachés à leur rêve d'une libre Ukraine, plus qu'à la vie, plus qu'à la vérité. Mais plusieurs, plusieurs autres, et c'est le plus grand nombre je crois, concilient les traditions et la vie moderne d'une façon pratique et sommaire : une belle fête une fois en passant, et le train-train habituel dans le courant populaire le reste du temps.

À North Battleford, ville bâtie à ce qu'il me semble de bouts de planches, de bouts de zinc, et qui paraît ne tenir ensemble que par un tour de jongleur, dans cette ville animée, bruyante, cosmopolite, les Ukrainiens arrivent les samedis à pleines charrettes, à pleines automobiles, et emplissent les rues et parlent dans leur langue et bloquent les entrées des magasins et forment des groupes devant toutes les devantures et concluent des marchés et vous mettent plein les yeux des mouchoirs de toute couleur et des moustaches jaunes et de gros paquets d'ail et de gigot.

À Prince Albert, cette autre ville fort vivante du Nord, mais combien plus avenante et jolie avec sa promenade le long de la rivière Saskatchewan, ses arbres, sa verdure, son va-et-vient déjà moins bariolé, plus digne, les Ukrainiens descendent comme une foule en vacances. Ils y sont pour une heure ou deux seulement, mais quiconque passerait à Prince Albert vers ce temps-là pourrait bien revenir avec la légende que c'est surtout une ville ukrainienne. Voici les soldats ukrainiens se promenant avec leur femme qu'ils font venir en fin de semaine ; voici une vieille qui décide de se peser pour la première fois mais ne sait pas trop où loger sa pièce de monnaie dans la bascule automatique, et paraît tout embarrassée et quand même ravie de son essai ; en voici une autre précautionneusement occupée à faire ses emplettes, son argent dans le coin de son mouchoir et le mouchoir faisant une grosse boule sous son bras ; et voici des petites filles blondes, à longues nattes sur le dos, qui trottinent dans les magasins et craignent toujours d'y perdre leur mère ; voici des vieux devant les tavernes qui essuient leur moustache sur le bout de leur manche ; voici la couleur, le mouvement, la liberté d'un peuple qui montre pour une fois un visage heureux chez nous.

À Edmonton même, ce qu'on aperçoit d'abord du magnifique pont à niveau élevé, ce pont qui franchit si aisément la Saskatchewan du Nord, c'est bien la coupole de l'église ukrainienne.

Dans bien des petits villages et de gros villages de l'Ouest où ils ne sont même pas en majorité, les Ukrainiens ont envahi la Main Street.

Je me promenais parfois le soir à Canora en Saskatchewan. Je croisais des Polonais, des Canadiens anglais, des Doukhobors ; j'apercevais sur le seuil de son café celui que l'on retrouve dans tous les hameaux, dans tous les bourgs de l'Ouest, celui qui paraît toujours s'ennuyer et ne jamais se décourager, celui que partout on nomme Charlie : le restaurateur chinois. Je sentais en passant une odeur de chop-suey, puis je voyais d'autres visages ; j'en voyais de toutes les nationalités, mais dès que je levais les yeux, je lisais aux affiches des noms ukrainiens. Le photographe ukrainien a, au bout d'une impasse, une petite vitrine toute pleine de mariages ukrainiens. Les médecins ukrainiens ont leur carte, l'une au-dessus de l'autre ; le chiropraticien propose ses services à trois ou quatre fenêtres ; un magasin de nouveautés ukrainien offre deux belles devantures ; enfin, les avocats ukrainiens (ce qu'il en faut pour démêler toutes les histoires que leurs clients ont entre eux !) remplissent les étages.

Mais si j'allais jusqu'au bout du village et m'aventurais un peu dans la campagne, je distinguais bientôt dans une plaine rase un toit de chaume comme en Bukovine. J'allais en moins d'une heure des buildings où les avocats ont leur bureau à la petite maison ukrainienne en torchis. Ainsi l'on va chez le peuple ukrainien d'une surprise à l'autre. L'Ukrainien, c'est toutes les ténacités, toutes les possibilités, l'irréconciliable.

Je voudrais ne parler que du paysan ukrainien, et je m'aperçois que c'est impossible. Le peuple ukrainien reste, à ce qu'on dit, un peuple de paysans ; mais ce sont des paysans qui ont le goût de l'éducation et qui, lorsqu'ils s'instruisent, se portent aux professions libérales, au professorat, à l'enseignement, à la musique et à la politique. Ils envahissent les collèges d'agriculture, les *high schools*, les universités de la Saskatchewan et de l'Alberta. Ce sont des paysans qui se transforment complètement en moins de deux générations.

Le groupement ukrainien au Canada, le plus important après le bloc canadien-français, n'est plus un peuple de la terre ; il n'est même plus une minorité au sens véritable. Il se mêle trop à la vie nationale, il a trop participé à une expression canadienne pour mériter ce qualificatif. Étrange chose : ce peuple le plus féru de nationalisme, celui qui aurait pu le plus facilement résister à l'assimilation, est quand même celui qui s'est le plus complètement adapté au pays, qui, non seulement s'y est adapté, mais a contribué à façonner le visage de l'Ouest du Canada. Ses traditions passent, ont passé à l'héritage national. Ses danses, ses costumes pittoresques, ses chants, nous les tenons pour nôtres.

Il me semble que le folklore ukrainien, comme tous les folklores d'ailleurs, a produit un pur miracle. Car, en définitive, ce qui nous relie à ce peuple, c'est moins son histoire, son passé agité, ses dissensions, son penchant pour la politique, que l'expression poétique de ses malheurs et de ses joies ou, si l'on veut, son histoire, mais traduite en poésie et en ardente musique.

Les Ukrainiens ont apporté ici bien des vieilles rancunes. Ils ne sont pas venus au Canada pour sauver une mystique comme les Doukhobors, les Mennonites et les Huttérites, mais pour échapper à des dissensions politiques, à des disputes de clan, et surtout, bien souvent, pour posséder la terre et édifier de modestes fortunes.

Ils ont cependant donné infiniment à notre pays. Ils ont doté l'Ouest de petites églises ravissantes avec des coupoles qui apparaissent au loin dans la plaine et donnent à ce pays neuf, uniforme, je ne sais quelle grâce inattendu, quel rappel d'Orient, de lumière, et qui ne sont pas déplacées parce qu'elles sont d'abord naïves et simples, et dans la plaine comme elles auraient pu être dans la steppe. Ils ont bâti avec du bois en rondins, avec du mortier fruste, de petites maisons qu'ils recouvrirent ensuite d'une telle blancheur qu'elles évoquent, hiver et été, on ne sait trop comment, rien qu'avec leur blancheur sans doute, les cierges allumés, tout le mystère, toute la clarté des Pâques russes. Ils ont défriché et mis en valeur une partie considérable de l'ouest du pays. Ils continuent leur avance au Nord jusque dans le canton de Rivière-la-Paix où on les voit souvent vivre en bon voisinage avec des gens du Québec.

On ne pourrait imaginer notre pays sans eux, qui lui ont apporté une teinte indéfinissable de rudesse et d'extrême douceur, de violente gaieté et de violente protestation, le fond même sans doute de ce peuple tout en excès, tout en bondissements.

Les pêcheurs de Gaspésie
Une voile dans la nuit

I

Il arrive, en Gaspésie, que pendant la nuit on soit tiré de son sommeil par de vagues lueurs courant le long de la côte, et comme par l'intuition que des ombres, pressées de devancer le jour dans leur effort quotidien de travail, vont, viennent déjà, à la voix seulement se reconnaissant dans la pénombre. Des lampes s'allument derrière les carreaux embués des maisons. Puis des lanternes surgissent sur la route. On entend bientôt le son des rames heurtant la vague. Puis c'est l'explosion des moteurs, ce teuf-teuf qui se prolonge dans le pays comme sa véritable respiration nocturne. Une goélette apparaît, voiles gonflées ; une autre la suit ; d'autres encore se précisent, sortant de la brume tels de grands oiseaux blancs. Pendant quelque temps elles voguent ensemble et les hommes dans l'embrun, d'un pont à l'autre, se hèlent joyeusement. Les salutations franchissent les épaisseurs de houle et de vent. « Bonjour, Lias... — Bonjour, Zacharie... » Les voix s'éteignent ; les goélettes elles-mêmes se quittent, disparaissent à tour de rôle vers les horizons embués. Et là-bas, déjà loin, sur les côtes de Gaspésie, fument les maisons silencieuses où dorment dans des chambres bien closes les femmes et les enfants des pêcheurs.

Dans quelques heures le soleil aura percé le brouillard, il dessinera ces anses, ces baies et ces calanques d'où sont parties les lueurs indécises des falots, l'incertaine blancheur des misaines ; les villages apparaîtront avec leurs couleurs, leurs toits, leur clocher, et leurs femmes à la lessive, et les enfants à leurs jeux, et des silhouettes maniant la faucille ou soulevant des quintaux. On dira que la vie reprend dans le pays ; en vérité elle ne fera que continuer. L'homme de Gaspésie, avant que toutes les étoiles aient disparu, a déjà atteint le large et son œil repose sur la baie profonde. Le pays, si on ne l'a pas vu la nuit, à travers la brume, c'est qu'on ne le verra jamais.

Comment dire... Il y eut un matin indécis et lourd d'orage où je découvris la terre vivante de Gaspésie ; et c'était sur mer, et c'était presque la nuit encore. Alors l'autre a reculé bien loin ; la Gaspésie des automobilistes, des touristes et des petits stands à bricoles. La Gaspésie reprenait son beau visage humide, rafraîchi par l'aurore. Elle me disait son vieil effort. Effort patient, courageux, constant, ancien déjà et repris à la même heure depuis des générations par des hommes qui se ressemblent. Depuis si longtemps qu'ils se lèvent tôt, en tout temps, de bourrasque et de clémence, les pêcheurs de Gaspésie ont acquis l'habitude de regarder les étoiles et le soleil levant et le fin pointillé des vagues sous les gouttes de pluie ; et cela leur a fait une âme sage et en même temps fraîche comme l'aube elle-même. Cette vérité m'est devenue visible et claire à travers le père Elias Langlois. Sur ses traits, à travers des perles de pluie, luisait le visage de son pays.

Je connaissais déjà le père Elias. Je l'avais rencontré il y a trois ans à Port-Daniel où il exerce le métier de pêcheur qu'il a appris de son père et qu'il transmet à son fils, enrichi de ses propres connaissances. Car le vieil Elias, qui sait qu'on apprend des siècles, n'ignore pas que le présent offre des découvertes.

Chaque fois que j'ai visité sa goélette, la *Marie-Louise*, j'ai été surprise d'y voir un gréement nouveau. Cette année, il venait d'installer une machine à débarrasser les crocs de la traille de leurs appâts ; il l'appelait le « dépâteur », et le traitait avec aménité ou lui lançait des « acrapes de machine », selon qu'elle fonctionnait bien ou lui refusait tout service. Il n'est pas routinier, le père Elias — c'est en quoi il se distingue de bien d'autres pêcheurs —, ni ébloui cependant par le progrès. Il en use à sa convenance. Quand il entend parler d'une nouvelle invention, il n'affecte point le mépris ni une confiance trop large. Il déclare en roulant sa chique : « Eh ben ! on va voir de quoi ç'a l'air, hein ! » Et il fait comme il dit.

Je n'avais pas oublié son visage auquel de rudes pattes-d'oie et de grandes lignes tirant la bouche donnent l'expression d'un rire silencieux, ni son rire lui-même, futé et fréquent, ni le tabac à chique qu'il promène d'une joue à l'autre, ni surtout cette profonde joie écrite sur sa figure quand, voyant se lever le jour, il songe encore à s'en émerveiller. On ne pouvait oublier cet homme de Gaspésie. Mais je n'espérais pas qu'il se souvienne de moi. Pourtant, dès qu'il sut que je voulais aller à la pêche en mer, il me fit dire par la fiancée de son fils de nous tenir prêtes toutes deux pour le lendemain à la première heure et, afin d'être prête, de venir occuper chez lui, au village, la chambre de visite. Ainsi Constance, que j'avais vue il y a trois ans, était fiancée à Stanislas ! Cela me fit plaisir. Et aussi que le père Elias eût retenu mon nom. Dans sa mémoire, j'étais restée, je resterai toujours, je le crains bien, « celle qui fait des contes ». Lorsqu'il lira ceci, qui n'est pourtant que le récit d'un jour dans sa vie, il s'écriera, je pense, dans le silence de sa maison, les pieds sur le fourneau : « Crédine, v'là encore un beau conte ! »

Il se trouva qu'il était fort tard lorsque j'arrivai, guidée par

Constance qui connaissait les lieux, la manière d'ouvrir la barrière sans la faire crier et aussi toute l'amitié que cette maison avait pour elle et pour qui venait avec elle.

Les pêcheurs se couchent tôt. La maison sommeillait ; mais on avait laissé pour nous une lampe allumée.

Ma chambre était prête, ouverte sur la salle à manger et sans doute la plus commode de la maison. Je n'ai pas vu madame Langlois. Il se peut que jamais je ne la voie. Sa présence pourtant se révélait partout dans cette petite chambre de campagne où en entrant on sentait tomber de soi la fatigue de la journée. Le lit aux draps frais embaumait ; sur la table il y avait une cruche d'eau froide, une serviette propre, un petit peigne rose et des allumettes pour la lampe ; et, dernière attention, un bout de miroir avait été posé sur la fenêtre et jetait là un bref éclat comme un rayon de lune.

La lampe éclairait faiblement ces humbles et doux apprêts. Elle projetait un reflet tremblant sur les tapis au crochet, à motifs ingénus, disposés agréablement sur le plancher de bois clair. Elle faisait doucement briller des images saintes, tristes comme on les voit toujours à la campagne, portant de grandes douleurs, mais consolantes aussi. C'était pieux, simple et sincère et cela faisait remonter de loin, en une lente vague, comme un souvenir des premières prières apprises dans l'enfance.

Cependant, comme je ne parvenais pas à m'endormir et que deux ou trois heures déjà avaient fui, voici qu'un pas pesant résonna au-dessus de ma tête. Puis ce pas fit craquer l'escalier. Et presque aussitôt la voix du père Elias éclata dans la maison endormie comme l'appel d'un capitaine à ses mousses.

— Ho ! les matelots, cria-t-il, ho ! c'est le temps de se lever !

Et passant devant ma porte, afin que je ne me méprisse pas sur le sens de son commandement, il lança :

— Ho ! Ho ! les matelots !

Il ne devait pas être plus de quatre heures. Aucune clarté

ne venait du dehors. C'était froid et ténébreux. Quelques minutes passèrent où je savourai le calme délicieux d'être si bien parmi des inconnus, dans la tiède chaleur de leur maison et de leur confiance.

Cependant, de la cuisine flottait déjà une odeur de friture et de pain frais. Je trouvai le père Elias, son bonnet de marin sur le front, en train de fricoter une énorme quantité d'œufs au jambon. Son fils Lislas mettait la table, c'est-à-dire qu'il transportait, du garde-manger à la table, le pain entier, le fromage entier, le beurre entier ; mais se rappelant soudain les fines tasses de sa mère, il s'évertua à les chercher. Les simagrées ne regardaient pas le père Elias. Comme Lislas menait ses recherches sur les étagères les plus élevées, le père nous tendit de grossières, énormes tasses de thé bouillant. Lui qui savait flâner comme nul autre quand le temps était à la flânerie, se dépêchait aussi comme nul autre au moment de partir et de devancer le jour. Les couverts furent disposés. On s'assit autour d'une lampe qui fumait. Le père Elias mangeait à fortes bouchées, de bon appétit. Il avait l'habitude de ces levers en pleine nuit, de ces grosses platées au réveil. Toujours il avait aimé sans doute cette activité nocturne, le privilège de se faire à manger à son goût et de semer aussi un peu de désordre dans la cuisine, ces préparatifs d'évasion au bord du jour et un repas abondant, à ce moment-là, pour s'aguerrir. C'était donc pour lui une source de divertissement et de rire incontrôlable que de nous voir, Constance et moi, sans grande faim.

— Ho ! mangez, disait-il. Y a de l'ouvrage à faire, faut prendre des forces, faut manger !

La lampe fumait de plus en plus, la mèche trop haute. Je ne distinguais que des ombres assises autour de la table. Et pourtant j'avais l'impression d'être dans un endroit sûr, avec des amis sûrs. Soudain je compris pourquoi ; c'était la joie du métier qui, inondant le cœur du père Elias, se communiquait à nous. Plus que la joie du métier... La joie du monde, peut-être. Une joie qui n'avait pas de prix ! Complète, absolue, prenante et si rare que je ne l'ai rencontrée que deux fois dans ma vie : chez un fermier dans un lointain village de l'Ouest par un jour ensoleillé de septembre où l'homme, rentrant son blé, éprouvait, à chaque gerbe qu'il élevait et jetait dans la charrette, la sensation d'accomplir une tâche qui nourrissait le monde, enrichissait l'amitié ; et chez ces Gaspésiens qui, allant à la pêche, comprennent vraiment qu'ils sont indispensables à l'équilibre et à la paix du monde. Ce que Saint-Exupéry appelle « l'acceptation de ses responsabilités ».

— Ho ! disait le père Elias à Constance. Mange, ma fille. Tu seras pas gros bonne à tirer la traille. Mange, mange donc, la fille.

Et Lislas ajoutait de sa douce voix chantante :

— C'est vré, mange, Constance. C'est mieux de manger.

Elle était toute petite, Constance, et montrait au bout de la table une tête ensommeillée. Sûre qu'elle aurait le mal de mer, elle regardait les plats de travers, résistait à toutes les instances qu'on lui adressait et semblait déjà accepter le tangage comme un martyre dont rien ne saurait la protéger.

Dès que nous eûmes avalé une dernière bouchée, le père Elias se leva, petit de taille, mais nerveux, solide, tout en muscles tendus sous sa peau bronzée.

— Ho ! on part !

Il disait « Ho ! » comme ça, à tout instant, pour nous mettre en branle et s'amusait prodigieusement de ce « ho ! » qui chaque fois nous trouvait sur pied, prêtes à le suivre, toutes saisies de bonne volonté. Il avait ainsi sans doute dit « ho ! » toute sa vie pour mater sa nature et s'entraîner à un travail ardu. C'était le beau refrain de ses jours, et peut-être le seul écho des peines, des lourdeurs, des paresses vaincues.

II

Une aube sale, indécise, accusait les collines de Port-Daniel comme nous sortions de la petite maison tièdement chauffée.

C'est bizarre. Cette maison, je ne l'ai jamais vue au soleil, je ne l'ai même jamais vue sauf à travers une fine pluie serrée et dans la lueur dansante des falots agités à bout de bras. Elle est au fond de mon souvenir comme ces doux paysages entrevus en des moments de fatigue, d'espoir peut-être, qui jamais ne se précisent et qui pourtant jamais non plus ne s'effacent de la mémoire. Ainsi, mon souvenir ne retient de la maison du père Elias que les choses essentielles : la chaleur du poêle allumé en plein nuit et qui va longtemps ronronner sa chanson pour le seul chat endormi ; l'odeur fraîche de la catalogne ; le crépitement de la pluie sur les vitres ; les géraniums rouges entre les rideaux écartés ; la senteur et le goût du pain ; la lueur affolée de la lampe quand, la porte ouverte, l'air froid s'est jeté sur elle pour l'éteindre ; et, dernière vision, la chaise agitée comme si une présence invisible était venue s'y asseoir et continuer là, au coin du feu, une rêverie commencée il y a bien longtemps.

Nul détail vain n'est venu s'interposer entre cette maison et le visage d'hospitalité, de durée, qu'elle a voulu me montrer.

Mais la maison avec sa porte refermée maintenant, avec son potager que je devinais trempé sous la pluie, ses quelques fleurs tardives, la petite étable pour la vache, de même que la cuisine laissée un peu sens dessus dessous, tout cela était de la terre, et en m'en allant avec le père Elias je renonçais aux choses de la terre, de même qu'il les avait quittées chaque matin et précisément pour leur conserver leur caractère d'ineffable sécurité.

Nous approchions de la mer dont on entendait les grands coups sourds sur la grève. Il pleuvait de plus en plus fort. C'était triste comme en fin de novembre. Le père Elias paraissait ne pas s'en apercevoir. Il fredonnait en marchant à grandes enjambées qui pliaient son corps mince en avant à chaque pas et lui donnaient l'air de suivre une piste. Parfois il relevait brusquement la tête comme s'il venait d'apercevoir à ses pieds quelque objet précieux et alors, à l'abri du suroît, on voyait ses yeux briller comme des galets polis, la nuit, sous le feu des étoiles. La grande désolation de ce matin gris était sans effet sur ce petit homme revêtu de son ciré, qui avançait comme un rayon en marche. Sans doute qu'à travers la bruine il voyait mieux les belles journées ensoleillées de sa vie, les joies qui avaient été les siennes, de même qu'il faut parfois quitter un pays pour savoir qu'on y a été heureux. Lui, le père Elias, n'avait pourtant jamais eu besoin de s'éloigner pour concevoir la sagesse de sa vie. Il la retrouvait chaque matin sur ce sentier qu'il suivait, les yeux en éveil.

— Ho ! dit-il en arrivant à la barque. Embarquez, les demoiselles.

Son fils Lislas prit les rames. Deux autres pêcheurs nous avaient rejoints et avaient pris place avec nous dans la petite embarcation.

— Ho ! dit le vieux, rame, son garçon. Rame, son Lislas !

On arriva ainsi, secoués par bien des « ho ! », au môle de Port-Daniel où s'assemblent les goélettes. Des ombres se précisaient et se hâtaient sur les schooners en mouvement et sur ceux qui étaient prêts à s'élancer. Il y avait, au bout du quai, toute une petite flottille dont les moteurs toussotaient, souvent rétifs à tourner. Les hommes s'interpellaient d'un pont à l'autre :

— Bonjour, Saphat !

— Bonjour, Lias... T'as des créatures avec toi à matin, je

cré ben. Te v'la astheur que t'as besoin de compagnie, toi, pour aller à la pêche !

— Ben 'cout donc, Saphat... C'est-i la jalouserie qui te fait parler ?

Les voix semblaient venir de très loin à cause du ciel bas, chargé de nuages, et cela donnait à leur accent joyeux une saveur encore plus grande et plus étrange.

On entendit le timonier Saphat, engagé dans l'écoutille, gronder contre son moteur.

— Ho ! Lislas, dit le père Elias, vas-y donc voir si tu peux y partir son acrape d'engin. C'est-i pas drôle un peu, lui, qu'il aye toujours c'te même misère à tous les matins !

Lislas enjamba le bord de la goélette et alla prêter secours à Saphat. On prêta aussi des jambières à Poélon de la barque qui nous touchait à gauche. Et on emprunta à droite, de Nestor, un trench-coat qui fit merveilleusement mon affaire.

Puis le père Elias dit :

— Bon ben ! c'est assez de berlandages ! Arrive, Lislas. Ho ! Ho ! On part !

Et on partit.

Derrière nous la flottille s'ébranlait, un grand mât dépouillé en tête, ensuite quelques voiles lâches en retard et qui semblaient ramper sur l'eau comme des mouettes avant qu'elles ne prennent leur vol. Bientôt on les eut perdues de vue. Nous étions seuls dans la brume avec notre journée de travail devant nous.

La veille, la traille avait été jetée dans la baie, munie des poids qui l'entraînent dans les eaux profondes. Quatre milles de traille ! Après une heure de navigation on repéra le premier baril flottant qui en marque le commencement. Tout aussitôt l'équipage entra dans un jeu précis, presque silencieux. Lislas manœuvrait le timon, surveillait l'engin, parfois l'éteignait ; un des pêcheurs serrait un peu la grande voile, hâlait la misaine ; alors, pendant quelques minutes, on boulinait, cependant que le père Elias, campé solidement, tirait à lui la traille. Il s'agissait de ne jamais la mettre en danger, de ne point lui imprimer un mouvement trop brusque et surtout de toujours régler la marche lente de la goélette sur la résistance qu'elle offrait. Un effort trop vigoureux, trop sec, et la traille aurait pu se briser.

Elle obéissait bien aux gestes de l'homme qui en mesurait la tension du seul contact furtif de ses doigts, de même que le pêcheur à la ligne sait interpréter les secousses légères qu'elle lui communique. Elle venait docilement, comme un long serpent flexible, un pied de corde à chaque mouvement du bras, un peu gluante, parfois un peu emmêlée, parfois grasse et lisse et apportant, avec de la vase, la surprise d'une étoile marine ou de ces petits arbres minuscules, moitié roc, moitié matière végétale, qui poussent au fond de la mer. Quelquefois, le père Elias se penchait, cueillait une de ces petites merveilles colorées et me la tendait sans dire mot. Derrière lui, un de ses aides recevait la traille et la « calait », c'est-à-dire l'enroulait sur elle-même comme une ménagère pelotonne sa laine pour qu'elle ne s'embrouille pas. Mais ce travail qui paraît facile demande beaucoup d'application. Un novice ne saurait jamais tasser cette traille, tour sur tour, sans la mêler ; le pêcheur habile sait quels gestes précis accomplir pour l'enrouler facilement comme un lasso, en ménageant la pointe des crocs. Cette traille en usage sur les côtes de la Gaspésie est à la fois très simple et très ingénieuse : une corde solide de la grosseur d'un câble moyen, à laquelle s'ajoute à tous les deux ou trois pieds une autre corde, plus mince, peu longue et armée d'un croc qui retient l'appât.

Cependant, elle venait à peu près vide. J'ai appris ce jour-là ce que c'est que de faire une mauvaise pêche. On est là, les yeux fixés sur l'eau, on voit venir croc après croc et presque toujours l'appât y est intact. On a mis, hier, trois ou quatre heures à boitter la traille, et cela semble une dérision de voir apparaître, inutiles, ces petits morceaux de hareng qui n'ont point tenté la morue.

Ce fut ainsi pendant longtemps. On continuait à tirer la traille, et aucun poisson ne venait avec elle. Enfin, un reflet glauque se joua dans les profondeurs de l'eau. D'ailleurs, à la résistance que lui offrait la traille, le père Elias savait déjà « qu'il y en avait une ».

Cela nous encouragea tous un peu quand enfin il y eut dans la cale un poisson d'une vingtaine de livres. Mais il fut longtemps le seul à frétiller sur le fond de la barque et à nous regarder de ses yeux mornes, presque éteints. La traille venait trop facilement, vide et vide et vide.

— Pourtant, disait le père Elias, la morue va commencer à se montrer.

Elle ne se montrait pas, et j'ai ressenti ce jour-là les sentiments que devait éprouver le pêcheur Elias : tantôt l'espoir, tantôt une lourde déception, tantôt l'espoir encore, et puis quelque chose qui grugeait le cœur.

— Crédine d'affaires ! disait le père Elias.

Et c'était tout ce qu'il disait.

Je l'avais vu pêcher, il y a trois ans, lorsque la morue était abondante mais ne donnait qu'un cent, un cent et demi la livre ; je le voyais aujourd'hui n'en pas trouver quand enfin elle aurait rapporté trois ou quatre cents la livre. Mais j'avais devant moi le même homme : pas abattu, soucieux peut-être, et cependant inébranlable dans sa vocation.

— Demain, dit-il, on essaiera plus près de la côte.

Puis après un silence :

— Ou ben encore plus au large.

Et ne perdant plus de temps à ces projets, il donna toute son attention aux deux hommes qui se trouvaient à bord afin d'apprendre le métier : l'un, qu'on appelait « Liam », abrégé de

William, se montrait, assez âgé, plein de bon vouloir ; l'autre, presque un enfant, mettait, à exécuter ses petites besognes, un empressement silencieux, touchant, passionné. De temps en temps et à tour de rôle, le père Elias les envoyait tirer la traille ou « caler » ou haler les voiles. Il était avec eux d'une grande bonhomie, leur enseignait tout ce qui doit s'accomplir sur une barque de pêche, mais le faisait par l'exemple plutôt que par la parole.

Ce n'est que vers midi, comme nous revenions vers la côte, que je compris pourquoi ces deux « nouveaux » se trouvaient à bord, et pourquoi Lislas et Constance, appuyés au grand mât, paraissaient se faire des adieux. Le lendemain, Lislas devait partir pour l'armée. Depuis l'âge de douze ans, il avait accompagné le vieil Elias en mer. Ces deux-là s'entendaient si bien que les mots devenaient inutiles entre eux ; avant que le regard de l'un eût rejoint celui de l'autre, ils s'étaient compris. Ils formaient la plus belle équipe de pêcheurs qu'on puisse trouver. Mais c'était aujourd'hui le dernier voyage de Lislas. C'était la fin de cette longue et étroite camaraderie, de cette course à deux vers le lever du soleil et des lents retours ensemble, tous deux la pipe aux lèvres, coude contre coude à la proue qui soulevait des vagues. Peut-être même que pour le père Elias c'était comme le déchirement brusque d'un rêve. Une révélation brutale. Non plus Lislas avec sa voix d'enfant : « Son pé, m'en-tu partir l'engin ? Son pé, la traille vient pas. Son pé, qu'es-ce que je vas fére ? » Non ! Plus Lislas enfant ! Mais Lislas, un gars solide, plus grand d'une tête que son père ! Lislas s'en allant et lui, le père Elias, déjà vieux. Oui, oui, un vieil homme déjà et sans fils à qui dire à tout instant : « T'as vu, c'te belle morue ? T'as vu, Lislas, le ciel s'éclaircir : on aura du beau temps ! » Un vieil homme tout seul qui parlera pour entendre le son de sa voix !

Et cependant, aujourd'hui, on était allé à la pêche comme d'habitude, à la même heure. Et qui donc aurait pu dire que le père Elias n'était pas gai ?

III

Au retour, il y a dans la journée bien remplie des pêcheurs une belle heure de flânerie où, le moteur éteint, les voiles gonflées entraînent le petit navire mollement comme un oiseau qui se plaît à planer après les courses fatigantes. On dirait alors que la goélette à misaine rouge aime se laisser porter par les flots et, s'en allant doucement, se regarder passer elle-même. Un frémissement de la grande voile et elle se renverse comme pour revoir le ciel bleu ; un relâchement subit de la toile claquante et elle se penche sur l'onde pour ressaisir sa vivante image. À cette heure, les hommes sont comme la barque même qui les porte, le corps abandonné à toutes les molles secousses, roulant, tanguant un peu ; et ils suivent une confuse méditation. Puis vient le temps d'assouvir ces robustes appétits qu'a creusés l'air salin. Alors, on allume le poêle dans le *cubby*; et on mange debout, ou assis sur des paquets de cordages ou étendu de tout son long sur le pont, un couteau à la main, une tranche de pain entre les doigts qui ont le goût du sel et du goémon.

Il devait être près de midi. Nous revenions vers la côte, ramenant peu de morue ; quelques cents livres au plus qui représentaient le travail de deux jours et de quatre hommes. Mais le soleil inondait le pont frais lavé et des écailles de poisson y luisaient comme des taches huileuses à la surface de l'eau, rouges, bleues, vertes, avec des éclats de phosphore. Mais la brise prenait la voile et la gonflait et la laissait soudain pantelante, affaissée, puis la redressait et la remplissait si bien qu'elle s'offrait ronde et tendue comme un ballon. Et les hommes de Gaspésie, retrouvant le vieil espoir qui les soutient depuis toujours, oscillaient de leur long corps mince, les mains noueuses et fortes au bout des bras ballants, et commençaient à songer à leur grosse faim.

— Et ben ! oui, dit le père Elias. C'est le temps de manger.

Il s'engagea dans le petit escalier qui mène à la cabane pratiquée sous le pont, meublée d'un poêle et de la litière des hommes.

Avant d'y disparaître, la tête haute, il déclara :

— Mon idée, qu'en plaçant les rets au ras de la côte, demain, on la trouvera la morue.

Lislas avait rejoint Constance à l'avant de la goélette. Ils s'étaient assis tous deux sur un ciré revêtant la forme anguleuse de l'ancre. Ils s'entretenaient de leur amitié, de leur avenir. Constance sans doute promettait d'attendre son bonheur, comme le père Elias voulait bien remettre le sien jusqu'aux derniers, derniers jours de sa vie terrestre, comme tous ils étaient merveilleusement préparés à la patience. Sur son visage de jeune fille luisait un beau sourire gêné et troublant. Elle avait oublié son mal de mer et laissait voir à Lislas un regard doux et ferme qui paraissait franchir la distance et aller très loin, au-delà des années meurtrières, au-delà de la rivière sanglante, jusqu'à ce soleil qu'il y aurait un jour, jusqu'à cette proue enflammée qu'un jour ils retrouveraient. Mais pas encore, non, pas encore ils ne songeaient à manger.

Pourtant le père Elias dévorait de grosses tranches de pain sur lesquelles il posait, taillées vivement, de généreuses portions de fromage. Maintenant que Constance, qu'il aimait comme sa fille, souriait, il osait se régaler.

Il m'offrit une tasse de thé brûlant noir et corsé, un vrai

poison. Je pris le gobelet de ces doigts salés et rudes qui tremblaient peut-être un peu.

C'est vrai qu'il était resté dans sa cabane plus de temps qu'il n'en faut pour infuser le thé. Plus de temps qu'il n'en faut pour trouver le gros pain dans le sac aux provisions. Peut-être le temps de coller son front quelques minutes à la cloison froide et dure...

— Buvez-moi ça, dit-il. Ça recrinque !

Seuls ces quelques mots me permirent de deviner le chagrin qu'il était sûrement allé ressasser tout seul dans son *cubby*. Puis il redevint joyeux, taquin, blagueur, très content de Constance qu'il se mit à « faire étriver ».

Je pris la tasse de ses mains et, soudain, à travers ce vieux pêcheur rude à la besogne mais tendre au fond comme une femme, la douce terre courageuse m'apparut, entière, avec ce visage un peu fatigué mais où les rides marquent l'habitude du sourire.

Elle n'avait plus besoin de mots pour me parler ; elle était là, vivante sous mes yeux. La Gaspésie, c'était cela : l'attente de deux fiancés, l'effort toujours le même du père Elias, l'effort aussi de ce pauvre Liam qui s'entraînait à la pêche comme un jeune homme — les jeunes devant partir —, qui devait trouver humiliant à son âge de moins bien caler la traille que le premier mousse et qui cependant n'en montrait rien. C'était cette grande bonne volonté et aussi cette douleur enveloppée de gêne, de réticence, comme d'un brouillard, ce sourire humide et frais sous les gouttes de soleil.

La voile cinglait vers la côte, nageant maintenant dans l'azur en mouvements réguliers et tenaces — la mince voile que tous les vents, il faut le dire, que tous les vents ont voulu déchirer.

LE MANITOBA

I

Ce n'est pas impunément qu'on retourne aux endroits qui nous ont vus jeunes, dont on est parti un jour avec le naïf désir d'accomplir quelque chose qui nous ferait peut-être mieux voir de notre petite patrie. Le cœur s'inquiète de ne plus trouver les choses aimées telles qu'elles étaient ; il craint de décevoir, ou d'être déçu. M'envolant de Dorval vers l'Ouest, je ressens presque autant d'appréhension que de joie. Le Manitoba, saurai-je seulement le voir tel qu'il est aujourd'hui ? Ce n'est pas sûr. J'ai tant de souvenirs et, on le sait, en définitive ce sont nos souvenirs qui l'emportent.

Aucun n'a pour moi plus de charme que celui des petits villages de la plaine. Je sais pourtant que les villes, là-bas, doivent à présent mieux exprimer la réalité du pays ; mais, pour ma part, je les ai toujours trouvées un peu décevantes — peut-être parce que pas encore assez villes justement. Même Winnipeg, énorme en étendue, la quatrième ville du pays et centre industriel de l'Ouest, même Winnipeg, en dépit de beaux quartiers d'habitation, de certains coins sur la Rouge et sur l'Assiniboine, ombreux, attirants, où l'on peut encore rêver, de vastes parcs — hectares et hectares de verdure —, offre dans son ensemble un étrange aspect décousu, avec des boutiques minables encloses entre des buildings modernes, avec çà et là d'anciennes maisons de bois genre 1900, avec le va-et-vient toujours mélancolique, me semble-t-il, de ses quartiers d'immigrants.

Sans doute à qui parcourt pour la première fois la Main ou la Portage, ces deux vastes artères qui en mon enfance me semblaient larges comme des prairies, les plus venteuses du monde dit-on, sans doute Winnipeg apparaît-elle comme une ville en pleine transition, non plus ville pionnière, mais pas encore achevée, toujours en branle. Une bonne partie de la ville attend le pic du démolisseur, tout comme l'ancienne rue Dorchester à Montréal, il y a une quinzaine d'années. C'est l'époque si ingrate de presque toutes les villes canadiennes.

Ensuite on tombe aux petites villes : Saint-Boniface, par-delà la rivière Rouge, devant Winnipeg, sa sœur jumelle, mais peut-on imaginer jumelles plus dissemblables ; Brandon, cité du blé, où se tient la foire agricole de la province, ville industrielle aussi ; ou encore Selkirk, ancien poste de traite de fourrures, en aval sur la Rouge, sis à l'endroit le plus favorable au trafic riverain. Son nom lui vient de lord Selkirk, seigneur écossais qui, en 1812, avec un groupe de ses compatriotes, parvenait à la fourche de l'Assiniboine et de la Rouge, pour y fonder, sous le nom de *Red River Settlement,* la première colonie agricole dans ce qui était alors le Rupert's Land, immense fief de la compagnie de la Baie d'Hudson. Tels furent les débuts de Winnipeg qui ne prit toutefois ce nom qu'à l'entrée de la province dans la Confédération, en 1870. Vers ce même temps, ou presque, l'abbé Provencher, missionnaire venu du Québec, établissait sur le versant opposé de la rivière la première mission catholique et française de la Rivière-Rouge — qui allait devenir Saint-Boniface.

Mais une plus ancienne pénétration française, entreprise par La Vérendrye et ses fils, a laissé un peu partout au Manitoba des noms qui en témoignent. Ce sont, en souvenir des forts édifiés par les Français : Fort Rouge, aujourd'hui un quartier de Winnipeg ; Fort-la-Reine, aujourd'hui Portage-la-Prairie ; Fort Saint-Charles — le plus ancien, au lac des Bois ; le fort Maurepas, à l'embouchure de la rivière Winnipeg, et *The Pas,* sans doute autrefois Le Pas. De même, le lac Dauphin qui nous parle d'un temps où l'on pouvait rattacher à un fils de France quelque grande étendue d'eau découverte au bout du monde.

Mon enfance au Manitoba connut la séduction de ce nom : La Vérendrye. Ainsi se répétait au dix-huitième siècle, en Prairie canadienne, la même aventure de colonisation et de christianisation qui avait eu lieu au Québec un siècle auparavant. Chacune a eu ses héros. Pour nous, au Manitoba, nous avions en particulière estime ces infatigables voyageurs : La Vérendrye, ses fils, son neveu, ces intrépides explorateurs qui, en canot, à pied, portageant, par trois fois s'élancèrent à la reconnaissance des terres immenses à l'ouest des Grands Lacs. Quelques-uns furent massacrés en route ; d'autres moururent avant d'atteindre le but. Le grand Pierre de La Vérendrye lui-même ne franchit pas les terribles étapes des dernières marches de la plaine. Son fils François seul les atteignit en 1743, à pied pour une bonne partie de la route, à cheval seulement vers la fin du voyage, n'ayant pu se procurer des montures que des Indiens Mandanes (les seuls à en avoir à l'époque), et c'est par le Montana qu'enfin il parvint aux contreforts des Rocheuses. Devant lui, cette insurpassable barrière ! Ainsi aboutissait l'idée fixe, la hantise qui pendant trois siècles anima, domina tant d'explorateurs, Portugais, Espagnols, Français, Anglais : trouver la fameuse route de l'Inde. Ils allaient en bonne direction, mais, sans s'en douter, à travers l'épaisseur d'un continent. Cependant, intéressés aux affaires, ils laissaient derrière eux de petites garnisons ; surtout, ils négociaient des contrats de fourrures avec les tribus.

Il y a encore, au Manitoba, d'autres petites villes d'origine plus récente, telle, par exemple, Transcona, centre ferroviaire, tout près de Winnipeg; et, évidemment, les jeunes villes du Grand Nord : Flin Flon, ville de l'or, Thompson, centre du nickel, et surtout Churchill, sur la baie d'Hudson. Après quoi, ce ne sont plus au Manitoba que des villages.

Mais d'adorables villages ! Du moins, il y a quelque vingt ans, plusieurs possédaient leurs caractères distinctifs de petites colonies slaves ou françaises ou écossaises ou encore islandaises, comme Gimli sur le lac Winnipeg, village de pêcheurs aux cheveux blonds, aux larges visages, comme aussi ces groupements de sectes religieuses un peu farouches, les Mennonites, les Huttérites.

En bordure de la Rouge, non loin de Winnipeg, s'étendait une sorte de petite Ukraine. Elle mirait dans l'eau placide ses maisonnettes blanchies au lait de chaux, teintées parfois de rose ou de bleu tendre, avec leur cour de ferme toujours en activité, avec leur puits à long balancier dressé haut, et, travaillant aux champs, des femmes en fichus de tête, au regard énigmatique.

J'ai hâte de revoir au moins quelques-uns de ces villages. Mais les retrouverai-je tels qu'ils m'apparaissaient, pittoresques, un peu en marge, curieusement vivants, curieusement silencieux ? Dans ma jeunesse, je me souviens, je n'aimais rien tant que de partir à la découverte de ces villages comme à celle d'une petite Europe en raccourci.

Certains villages avaient une telle allure de France — car on faisait ici aussi la distinction entre Français du Canada et Français de France — qu'en y arrivant on pouvait avoir l'impression de descendre en Bretagne ou chez les Auvergnats. C'était Saint-Claude, Notre-Dame-de-Lourdes, d'autres encore. À Saint-Claude, Maurice Constantin-Weyer vécut et travailla un peu à la manière (et presque contemporain) de Louis Hémon à Péribonka, se louant dans les fermes, scrutant, écoutant le pays, écrivant, du moins en partie, ses grands romans sur l'Ouest canadien : *Un homme se penche sur son passé* (Prix Goncourt), *Bourrasque, Manitoba,* œuvres où respirent la plaine sauvage, le souffle vivifiant de ces temps. Plus tard, rentré en France, il écrivit d'une manière peut-être plus châtiée d'autres romans, mais où je ne retrouve plus ce frémissement de liberté, cette espèce de griserie un peu mélancolique qui font le charme profond de son œuvre inspirée par la Prairie.

L'avion jusqu'ici a survolé la terre de si haut que ces souvenirs de terres, de colonies, d'immigration lente, à pied, en canot, paraissent pathétiques. Mais on approche de la frontière Manitoba-Ontario. Sans doute pour nous permettre d'entrevoir la région du lac des Bois, le pilote abaisse un peu son vol. Des nuages s'écartent. On aperçoit un curieux lacis d'eau, d'îlots boisés, de détroits, de miroitements.

C'est un des plus charmants endroits de vacances que je connaisse, également aimé des Manitobains, des Ontariens, et des Américains. Presque chaque villégiateur assez riche y a sa petite île à lui, où il est seul dans un peu de forêt, avec son canot moteur. Partout dans notre pays, de l'est à l'ouest, l'homme moderne, harassé, joue, quand il le peut, à revivre une sorte de vie pionnière.

Ce dédale d'eau et de bois, c'est aussi la route que suivit La Vérendrye avec sa flottille de canots avironnés par des Indiens. Ce fut longtemps, à partir des Grands Lacs, le seul accès à la Plaine. Par ici, pour parvenir à la colonie de Rivière-Rouge où les appelait Mgr Provencher, voyagèrent les quatre premières Sœurs grises à venir ouvrir une école dans l'Ouest. On se demande si, ayant à portager, à dormir sous la tente, ces femmes se vêtirent de façon spéciale, quelles purent être leurs émotions, leur frayeur peut-être ; ou, au contraire, si elles ne connurent pas de l'exaltation à vivre cette rude équipée.

De nouveau, nous voguons en d'épais bancs de nuages. La

terre disparaît. Nous sommes dans une sorte de monde intermédiaire, blanc de toutes parts. Des nuages dessous ; des nuages au-dessus ; entre ces étages aériens brille le soleil comme à travers du verre dépoli. C'est un monde beau, sans difficultés. Là du moins, aimons-nous l'imaginer, il n'y a plus de peine ; rien ni personne ne souffre.

Et penser aux voyages d'autrefois, de cette hauteur, alors qu'on vole à quelque cinq cents milles à l'heure, renouvelle l'impression vertigineuse du progrès matériel accompli en notre temps.

Voici que se dispersent à nouveau les nuages. J'aperçois la terre. Cette fois, c'est le Manitoba, c'est bien la plaine, rase, infinie, les « terres planches » comme je l'entendais dire au temps de mon enfance. Aussitôt, je suis assise à l'extrême bord de mon siège, je tends le cou, le regard, vers la plaine aperçue, si bien que le voyageur qui occupe le siège près du hublot me l'offre de bonne grâce.

II

Il y a à peine cent ans — c'est en 1970 seulement, en effet, que le Manitoba fêta son centenaire —, les Métis, les Sioux, les Saulteux parcouraient à cheval ces étendues, à la poursuite du gibier, peut-être encore du bison, espèce de mastodonte de l'Ouest — mais en restait-il encore pour la peine à l'époque ? L'herbe haute ondulait, le vent sifflait. C'était encore la Prairie sauvage que Louis Riel, tout autant peut-être que les droits des naturels du pays, entendait défendre. La curieuse et pathétique figure que ce Louis Riel ! En 1869, la compagnie de la Baie d'Hudson ayant cédé ses droits territoriaux au gouvernement d'Ottawa, les Métis de Rivière-Rouge, non consultés et à juste titre inquiets d'être dépossédés de leurs terres, se donnèrent comme chef Louis Riel et, alliés à presque toute la population de la colonie, formèrent un gouvernement provisoire pour tenter de discuter avec Ottawa de leur représentation dans le futur gouvernement manitobain. Puis ce fut ce que l'on sait : les malentendus, la prise de possession par les Métis du Fort Garry, poste de la Compagnie, l'exécution de Scott, la fuite aux États-Unis de Louis Riel qui devait réapparaître quinze ans plus tard en Saskatchewan pour livrer semblable combat. Étrange figure fort contestée, apôtre aux yeux des uns, traître aux yeux des autres, visionnaire, homme passionné, véhément, et, peut-être, en certaines années de sa vie, atteint d'une sorte de délire, son souvenir hante toujours les esprits au Manitoba.

Je vois, en bas, le sol plat jusqu'au plus lointain de l'horizon, plat comme une piste d'envol. Naguère, quand je revenais par chemin de fer au Manitoba, longtemps avant l'heure, j'avais, comme une enfant, le visage collé à la vitre, je guettais l'apparition des terres droites. Quel était donc leur attrait sur moi ? Aujourd'hui encore, je ne le vois pas clairement. Il demeure toujours une part de mystère dans nos attachements. Peut-être était-ce par atavisme que j'éprouvais tant d'amour à l'égard de ces plaines, pour d'autres monotones — mais alors c'est qu'ils ne les connaissent pas ; la plaine n'est monotone qu'en apparence. Mon grand-père partit de son petit village de montagne, au Québec, pour venir s'installer avec sa famille au Manitoba, sans doute séduit par l'image qu'il eut d'une plaine facile à travailler, au sol le plus riche du monde — et peut-être par quelque autre vision intérieure qu'il ne tenta pas d'exprimer.

En tout cas, de l'avion, je l'imagine progressant, lui et sa famille, à petites journées, en « waguine » tirée par des bœufs, progressant douze, quinze milles par jour peut-être — et cela il y a à peine plus de quatre-vingts ans. Voilà des rapprochements qui donnent à réfléchir sur le courage humain. Où donc se montre-t-il le plus grand ? En nos temps où l'homme prétend explorer l'univers entier ? Ou alors qu'il allait à pied, en canot, en chariot grinçant, vers le mystère des horizons nouveaux ? Peut-être s'agit-il au fond du même courage toujours, qui a animé, anime, animera l'homme dans sa condition d'être pensant, environné d'inconnu.

De mieux en mieux, la plaine du Manitoba se dessine à mes yeux, son horizontalité parfaite, la division de ses terres en milles carrés, enserrées toutes par les petites routes de terre, dites routes de section. C'est plat à l'infini, comment oser dire que je me suis languie de voir cela ? Pourtant, c'est vrai. C'est que, lorsqu'on est en bas, marchant dans cette immensité, rien n'arrête le regard, rien ne détourne du ciel qui devient infiniment présent. C'est une curieuse chose qu'on puisse dans la plaine se sentir si petit et en même temps le cœur soulevé d'aise.

Je vois bien à présent la belle terre lourde. À cette époque de l'année, fraîchement labourée, légèrement humide, elle a sa couleur bitumineuse la plus noire. C'est cette riche terre à blé qui attira mon grand-père, qui attira une immigration du Québec, puis d'Ukraine, enfin de partout, tant qu'il y en eut à prendre.

Les carrés de noir — si noirs qu'on dirait des parkings goudronnés — alternent avec des pièces d'un blond un peu brûlé, doux au regard, qui me rappelle certains jaunes passés des toiles de Goodridge Roberts. Mais quant à l'idée d'immensité, de solitude, qui se dégage de notre pays, c'est Jean-Paul Lemieux, je pense, qui a su le mieux l'exprimer.

Du ciel, le grand damier interminable s'étend en toutes directions. À dire vrai, sous des nuages qui en forment la voûte, le pays, avec ce carrelage jaune et noir à perte de vue, éveille l'idée d'un immense hall aux piliers de soleil. C'est très beau. Je suis saisie de ravissement. Puis apparaît Winnipeg.

Sous des traits de soleil, les toits colorés de ses petites maisons de banlieue, déjà rigoureusement alignées, prennent feu. Le Grand Winnipeg étale sur le sol une sorte de géante étoile, aux pointes nombreuses. On sent que, du centre, la ville pousse fortement vers sa périphérie. Ce que je guette surtout, ce sont les boucles, parfois s'enroulant plusieurs fois sur elles-mêmes, de la rivière Rouge, de l'Assiniboine aussi, la rivière la plus sinueuse du monde. D'un côté, Saint-Boniface, de l'autre, Winnipeg. Les deux anciens petits postes de Rivière-Rouge sont devenus une des très importantes agglomérations canadiennes. Et, sous le soleil déclinant, encore vif, le spectacle est impressionnant.

Manitoba, en indien Cri — ou Assiniboine — signifie : voix du Manitou. Près des bords du lac, près des *narrows* — rétrécissement ou détroit des eaux, que l'on traverse aujourd'hui en bac —, les indigènes y entendaient s'engouffrer, gronder le vent et les vagues avec un tel bruit qu'ils pouvaient croire que c'était la voix de leur créateur. C'est de Louis Riel pourtant que le pays reçut ce beau nom à la fois doux et sonore. Paraît-il, on le prononçait autrefois Manitobah. Sir Wilfrid Laurier, en ses discours de campagne électorale, à Winnipeg, lui donnait sa terminaison grave.

Ce Manitoba, en 1869 encore le Rupert's Land, et administré par le Conseil d'Assiniboine — lequel comprenait le gouverneur de la compagnie de la Baie d'Hudson, l'évêque catholique et l'évêque anglican —, c'est aujourd'hui, quoiqu'il n'atteigne pas un million de population, une de nos provinces les plus dynamiques. On y voit peut-être mieux qu'ailleurs combien vite tout progresse au Canada.

C'est en tout cas bien autre chose qu'une terre à blé, encore que cette culture, et celle des céréales annexes : avoine, orge, seigle et lin, si on ajoute le produit des minoteries et toutes les céréales apprêtées, représente toujours la principale source de revenus au Manitoba. Les grandes fortunes y sont pourtant à présent de haute finance.

Le Manitoba n'est pas non plus — loin de là — qu'une plaine rase.

Par paliers, elle s'élève à des paysages ondulants, très beaux, pour aboutir, dans le Sud, à la petite chaîne des collines Pembina, et, vers le nord-ouest, aux montagnes Porcupine et Riding — celle-ci autrefois Dauphin, avec un parc national aux arbres bien plus grands que n'importe où ailleurs au Manitoba. C'est un endroit de villégiature recherché ; y subsistent, pensionnaires de l'État, les derniers survivants des hordes de bisons d'autrefois.

Comme le Québec, comme l'Ontario, le Manitoba a aussi son Grand Nord, rugueux, difficile, mais probablement riche à l'excès de minerais, sa part du bouclier précambrien. On extrait l'or à Flin Flon, à Thompson de si riches dépôts de nickel que l'on ne peut en prévoir la fin. Ce dernier développement minier est déjà rattaché par rail — un très long parcours — au Pas. Et, surtout, le Manitoba a sa fenêtre sur la mer. Cette province continentale, depuis Winnipeg pourrait-on dire, a, par voie d'eau — la rivière Rouge, puis son grand lac Winnipeg, long de près de trois cents milles, puis la rivière Nelson — accès à la baie d'Hudson, et sur ce rivage lointain, son port maritime : Churchill. C'est une petite ville hétéroclite, offrant le spectacle de grands silos à céréales, d'une flotte de bateaux à blé, d'écoles modernes pour les enfants esquimaux et autres, de petites maisons préfabriquées gréées de tout le confort possible, et sans doute y voit-on aussi des chiens errants, des Indiens en mocassins, et l'éternelle gravité de ce pays dur.

Le rêve d'une sortie sur la mer, ce furent sans doute John Dafoe, autrefois rédacteur du *Winnipeg Free Press*, et John Dalgleish qui, les premiers, le conçurent. Il se réalisa en partie, modestement, sous le nom de *On The Bay Association*. Plus tard, sous l'impulsion des magnats du blé, il prit un essor considérable et faillit porter atteinte à la prospérité établie des ports sur les Grands Lacs : Port Arthur et Fort William, aujourd'hui Thunder Bay, qui vivent du transbordement des céréales, et même à la suprématie de Toronto et de Montréal.

En plus d'être plaine rase, ou ondulante, ou savane du Nord, le Manitoba est encore un pays de beaucoup d'eau. Une grande partie de son territoire baignait autrefois sous une vaste mer intérieure, le lac Agassiz, nommé d'après le naturaliste suisse dont les travaux sur l'époque glaciaire en Amérique du Nord font autorité. Du reste, même un profane, ne s'entendant guère à des recherches de cet ordre, en traversant la plaine d'aujourd'hui, pourrait reconnaître à l'œil nu la trace d'anciens rivages que l'Agassiz, peu à peu, en se retirant, a laissés derrière lui — et, paraît-il, jusqu'à des coquillages sur le haut de la montagne Dauphin.

De cette partie de l'Agassiz asséché, il reste la plaine infiniment fertile, le vieux fond du lac. Il reste aussi — sans doute pour longtemps encore — de grands lacs : le Winnipeg, le Winnipegosis, le Manitoba ; des cours d'eau reliés les uns aux autres, à ne plus pouvoir les compter, et enfin, dans leur voisinage, une plaine basse, lacustre, de foin haut, de petits arbres, de grands ciels émouvants souvent peuplés d'oiseaux sauvages.

III

C'est le pays que je me suis attachée à faire revivre dans *La Petite Poule d'Eau*.

On dit que le criminel retourne à l'endroit de son forfait. Le romancier aussi a tendance à vouloir revoir les choses et les êtres auxquels, pour les traduire, il a si longtemps pensé.

Je n'ai pu en fin de compte échapper à la tentation d'aller voir si le ciel nuageux, si l'horizon humide, si le pays dont j'avais eu à travers des années un tel souvenir tenait de la réalité. Je connaissais ce doute affreux : ce que j'ai dit, est-ce du moins vrai ? Car, si l'on fabrique dans le métier, c'est ordinairement pour mieux rendre compte des aspects multiples de la vérité. Trouverais-je encore le petit hameau que j'avais décrit ? Ne se serait-il pas mis à grandir, à devenir méconnaissable ? Et ma chère île, qu'en serait-il ?

Eh bien, je me faisais en vain du souci. Car, là-bas, plus rien pour ainsi dire. Alors que tant d'endroits ailleurs au Manitoba ont poussé à vue d'œil, ici, à Portage-des-Prés, la vie s'est retirée, elle semble avoir voulu effacer jusqu'à ses traces. À Portage-des-Prés, toute seule, absurdement seule, une petite cabane basse qui fait magasin. Mais à qui, à quoi sert-il, si loin ? Quant à mon île, même plus moyen de s'y rendre. En sorte que ce pays, déjà comme un songe quand je l'ai décrit, aujourd'hui semble doublement avoir été rêvé.

Par ailleurs, Sainte-Rose-du-Lac, non loin, est devenu un beau village actif, sous l'impulsion d'une population énergique et diverse. Y habitent et travaillent côte à côte les Ukrainiens entreprenants, des Polonais, des Scandinaves, des Flamands, des Canadiens français, sans doute aussi des descendants des fondateurs français de cette paroisse.

Ici et ailleurs les Français vinrent en assez bon nombre au début du siècle et après la Première Grande Guerre.

Quelques-uns arrivèrent avec chevaux de race, mobilier, vaisselier, soie de France, avec intendance et domesticité complète, pour s'établir en seigneurs-fermiers dans des brousses où les plus aguerris des hommes eussent eu peine à s'en tirer.

Qu'est-il advenu de ces bizarres expériences ? Peut-être reste-t-il quelques traces çà et là, à Fannystelle, à Notre-Dame-de-Lourdes, à Sainte-Rose-du-Lac, de ces rêves extravagants.

Vers le début du siècle, le Manitoba semble avoir exercé sur des Français de qualité une singulière fascination.

Quand j'étais enfant, je me rappelle, nous avions presque autant d'amis français que canadiens. C'étaient de très grands noms souvent. Ainsi venait chez nous le baron Jehan de Froment de Champdumont, personnage haut en couleur, que j'écoutais, bouche bée, nous raconter un passé prodigieux, des déboires prodigieux. Je ne prenais pas assez garde alors à ce qu'avait d'insolite, de fascinant, la présence parmi nous de ces égarés, de ces utopistes. Aujourd'hui seulement, je sais quel souffle du monde lointain nous est venu avec ces chercheurs de mirage, peu souvent pratiques, mais dont l'excès même d'illusion nous a laissé quelque chose de merveilleusement exalté.

Le Manitoba c'est donc tout cela : des villages où l'on peut encore, en y entrant, aux noms qu'on déchiffre aux enseignes, à l'allure des gens, se reconnaître chez des Canadiens d'origine française ; chez des Allemands mennonites, comme à Steinback, par exemple ; chez des Ukrainiens ; ou chez ces sectes d'une religion sévère, tels les Huttérites ; ou encore, en de petits villages canadiens-français presque aussi anciens que Saint-Boniface : Saint-François-Xavier, et celui-ci que j'aime peut-être encore le mieux, Saint-Norbert, sur la rivière Rouge.

Mais avant tout, au point de vue démographique, le Manitoba c'est une étroite bande, au sud, densément peuplée — et après, le désert presque ! C'est, d'un côté, une ville immense, dévoreuse d'hommes et d'immigrants, c'est le Grand Winnipeg qui, sous l'autorité métropolitaine, groupe environ 450 000 âmes — soit plus d'une moitié de la population du Manitoba — et, de l'autre, l'espace, le ciel, la douce campagne plane que l'on retrouve toujours là-bas avec un sentiment d'aise, encore comme toujours quelque peu la prairie sauvage.

Qu'ai-je encore revu au Manitoba ? Bien entendu, Saint-Boniface, et tout ce côté, si attirant, de la vie d'expression française dans la province manitobaine. Également presque tous les villages canadiens-français de la vallée de la rivière Rouge — mais peut-on appeler vallée ce doux, ce plat déroulement — : Sainte-Agathe, Saint-Jean-Baptiste, Letellier qui me plaît encore particulièrement, tout de bois bâti, non encore envahi par ces matériaux sans éclat et sans vie, les imitations brique, les imitations asphalte. Joli village paisible près de sa petite rivière aux Roseaux — là même où fut inhumé Du Frost de la Jemmeraye, neveu de La Vérendrye —, Letellier a, presque entièrement blanc, un air rêveur et placide. Saint-Norbert aussi a à mes yeux beaucoup de charme, entre ses deux rivières, la Sale (*The Stinking*) et la Rouge, qui décrit là une de ses plus amples boucles. De temps en temps, elle s'étale ainsi en un arrondi des plus gracieux. Lente rivière somnolente, prenant son temps, se promenant à travers le pays pour tout voir, tout contempler, elle donne, à la regarder, une sorte de paix et de détente !

J'ai parcouru aussi les terres de son confluent, l'Assiniboine, et revu quelques-uns de ces villages : Saint-Charles, à quelques milles de Winnipeg, comme engourdi dans sa tranquillité des temps passés ; Saint-François-Xavier, connu autrefois sous le nom de Prairie-au-Cheval-Blanc. Tous ces villages, avec leur église, leur couvent et leur presbytère groupés ensemble au centre, rappellent étonnamment le Québec, sauf qu'on les voit habituellement paraître de loin, à plat sur le sol nivelé, et, si c'est au temps des moissons, seule la pointe du clocher émerge des flots de graminées en mouvement qui, cependant, s'abaissent parfois assez pour laisser entrevoir un peu plus de ce petit village perdu là-bas.

J'avoue que j'ai une tendresse pour ces villages au bout des longs champs plats. S'ils ne sont pas toujours les plus jolis, au Manitoba, ils en sont encore, je pense, les plus originaux.

Et ceci m'amène à examiner ce que nous appelons le fait français au Canada. Peut-être est-ce ici qu'il convient le mieux de l'approfondir pour essayer d'y voir clair. Car, perdue au milieu du continent, de toutes parts environnée d'éléments ethniques les plus divers, la population canadienne-française du Manitoba, ne représentant que huit pour cent de l'ensemble, forme à la lettre de petits îlots ayant pour centre de rayonnement Saint-Boniface avec son journal en langue française, ses institutions secondaires d'enseignement, sa radio et, depuis peu, son poste de télévision française.

Mais Saint-Boniface presque tout entier gagne son pain à Winnipeg, ou, tout au moins, dans un monde de langue anglaise. De toute nécessité, il faut ici, pour gagner sa vie, connaître l'anglais. Presque tous ont à devenir bilingues. Est-ce à dire pour cela que le français soit négligé ? Non, certainement, mais de plus en plus, la lutte est vive et difficile. Car la vie se joue sur deux plans distincts : l'anglais, le jour, au travail, pour les affaires ; le français, le soir, en famille, comme en un havre. Ce n'est donc pas surprenant que le Manitoba français perde chaque année un peu de ses forces vives. Les uns cèdent au courant : une génération parle encore le français, la suivante, à peine. D'autres, nourris, épris de culture française, pour en trouver davantage, retournent d'où venaient leurs familles, au Québec. C'est le drame des communautés de langue française au Manitoba que de s'exposer, en élevant leurs enfants dans l'amour du français, à les perdre.

Par malheur, la communauté canadienne-française de l'Ouest n'assimile que rarement les Néo-Canadiens arrivés au pays en si grand nombre. Même les Flamands de Saint-Boniface ont été, sauf quelques exceptions, perdus à la cause, eux pourtant qui inclinaient de notre côté et qu'on avait pu espérer rallier.

Outre cela, le Manitoba ne reçoit plus guère de sang neuf, comme il en avait l'habitude, ou du Québec, ou encore de la France dont lui est venu, au début de ce siècle, le plus magnifique des cadeaux : d'entreprenantes, de fortes personnalités.

Le Manitoba français donne encore ; il ne reçoit plus guère ; là est, je crois, la poignante vérité.

Je suis allée ce soir, appuyée au parapet du pont Norwood, longuement regarder, en face, par-delà la rivière Rouge, Saint-Boniface et sa silhouette contre le ciel. C'est un des meilleurs endroits pour la bien voir, un peu en retrait de la berge, avec sa cathédrale au premier plan, sise au même endroit que la première petite église de Mgr Provencher.

Le soleil dorait l'eau sommeillante. Je voyais se détacher contre le soir serein les tours jumelées de la cathédrale[1] et la nef du grand vaisseau bâti de pierre de Tyndall, cette fameuse pierre calcaire du Manitoba qui fonce en vieillissant ; je voyais l'hôpital des Sœurs grises, leur ancienne petite Maison provinciale[2], si bien conservée, le dôme du collège, maintes flèches, maints clochers.

De ce côté-ci de la rivière, à Winnipeg, on nommait naguère Saint-Boniface la Sainte, ou la Ville-Cathédrale ; ailleurs, peut-être l'a-t-on souvent nommée ville citadelle, à cause de sa résistance. On pourrait tout aussi bien dire : ville d'âme.

Mais cette ville de clochers a tout un arrière-plan d'industrie. Derrière les dômes et les flèches, se dessine, tout aussi visible, un paysage de tours à blé, de minoteries et de raffineries d'huile. Sa cour à bestiaux, avec le Canada Packers et la Swift Canadian, groupe l'établissement le plus important au Canada

---

1. Partiellement détruite par le feu en 1968.
2. Devenue musée historique.

pour l'abattage des animaux et la production des viandes apprêtées.

Autre paradoxe, si l'on peut dire : Saint-Boniface, avec une population de 38 000 âmes, garde son titre de première ville canadienne de langue française en dehors du Québec ; mais, sur ces 38 000 âmes, 12 000 seulement sont de langue française. Des banlieues entières de Saint-Boniface ne parlent que l'anglais. Il n'y a peut-être plus que le vieux Saint-Boniface à rester strictement français d'expression.

Je contemple la ligne de la ville se profilant contre le beau ciel manitobain. Je pense à sa solitude, à sa résistance farouche, à ce je ne sais quoi de pathétique qui émane d'elle près de sa rêveuse rivière Rouge. Et je sens monter en moi une angoisse[3].

IV

Si l'on me demande ce qu'est en définitive, pour moi, le Manitoba, l'image qui me vient spontanément à l'esprit — et contenant toutes les autres —, c'est d'abord celle de la plaine ouverte, géante, et cependant si tendre et rêveuse.

Mais la ville aussi m'a reconquise. Même Winnipeg, maintenant que je m'y suis refaite, me rappelle toutes les raisons que j'eus de l'aimer : ses paresseuses rivières ; quelques-uns des plus beaux concerts de musique que j'aie entendus

---

3. Aujourd'hui, en 1977, mon sentiment est plus serein. Maints signes m'inclinent à espérer que pourrait renaître ici — sous une autre forme — l'attachement à notre origine et à notre destin particulier tel que je l'ai connu dans mon enfance et qui m'a profondément marquée. En fait, un de ces miraculeux retours à soi comme il s'en est produit tant de fois déjà dans l'histoire du Canada français.

dans ma vie, là, dans son auditorium blanc ; l'émotion qui m'a saisie, enfant, dans le vieux théâtre Walker, à ma première pièce de Shakespeare. Cette ville est aussi le berceau et le foyer du fameux Winnipeg Ballet qui, en tournée, enchanta tout le pays. Et puis, à Winnipeg, j'ai sans doute connu les plus beaux Noëls du monde.

Imaginez la Portage, sous la neige scintillante, pareille à un gigantesque arbre de Noël ! Chaque poteau, enveloppé de verdure de forêt, brille de boules éclairées ; de trottoir en trottoir se tendent au-dessus de la rue des guirlandes de sapin, des festons de lumière. Le spectacle est brillant, nostalgique et, en cette ville si neuve, suggère quelque chose de Dickens.

C'est cependant sur une impression d'été que je voudrais quitter la terre manitobaine — l'excessif été de là-bas que nous avons tant chéri.

J'ai pu un jour m'aventurer hors des *highways* — de superbes routes, mais c'est autre chose que je cherchais. J'ai pu une fois encore, comme je l'aime, marcher seule par une petite route de terre, à plat sur le sol à l'infini.

Alors, quand la journée est chaude, que le soleil brille, on peut voir, au loin sur la plaine, trembler un fin mirage d'eau. L'impression en est si forte qu'il faut cent fois l'avoir déjouée pour cesser d'y croire. Et même alors on ne peut s'empêcher de marcher vers le mirage.

Les arbres trempent leurs pieds dans cette eau du bord du ciel. Des maisons lointaines paraissent à demi inondées. Les choses flottent un peu, comme tirées par un faible courant. On continue, on s'approche : ce que l'on avait vu à l'eau est pourtant parfaitement stable, au sec. Mais, plus loin, se renouvelle le doux mirage. Est-ce l'ancien lac Agassiz, dont c'est ici le vieux fond, est-ce le lac perdu qui tente de renaître, du moins en songe ?

Enfant, je me suis bien des fois usé, crevé les yeux, à tâcher de repérer dans la plaine, sous le soleil éblouissant, ces grands silos qui en signalent au loin les villages. Avec mes yeux d'alors, un tour d'horizon pouvait me valoir dix, douze de ces « châteaux » de l'Ouest.

Je vais par ma petite route isolée, et j'ai le cœur inondé de joie comme si j'étais en vérité dans le milieu du monde. C'est peut-être le plus beau temps de l'année, en mai. Le grand pays s'éveille à la vie. Des touffes de graminées, d'un vert tendre, à ras le sol, tranchent sur son noir gras. D'innombrables oiseaux sont arrivés, les uns pour s'établir, d'autres de passage, voyageurs qui iront beaucoup plus au nord. D'entendre, lancé à travers tant d'espace, le doux cri plaintif, à deux notes, de la bécassine, est quelque chose qui ne s'oublie pas. Ni non plus ne peut-on revenir de la surprise émue que provoque l'apparition dans tant de ciel de la mince alouette des champs, avec son bavardage, sa gaieté, son petit jabot jaune barré de noir, ses vifs yeux perçants.

Peut-être pourrais-je marcher indéfiniment par route pareille, par temps pareil.

Par route pareille, par temps pareil, je crois voir que n'ont pas vécu en vain leurs dures vies de sacrifices ni mes parents ni leurs parents à eux.

J'imagine que nos frères de langue au Manitoba pourraient devenir solidaires du Québec et le Québec de ces vies qu'il a trop longtemps ignorées ou laissées à elles-mêmes.

Je rêve d'une fraternité s'établissant du moins entre nous, de l'Acadie, du Québec, des colonies ontariennes, des Prairies.

Ou est-ce là mirage encore ?

PAYSAGES DE FRANCE

Sainte-Anne-la-Palud

La chapelle, ainsi qu'on en voit plusieurs au Finistère, était seule. La lande l'entourait, raboteuse, inculte, allant rejoindre, grise comme elle et comme elle gonflée d'ennui, la mer plaintive.

Le vent emplissait le paysage ; de gros nuages y passaient souvent à la dérive. De longs temps de solitude gardaient à cette terre sa tristesse d'anciens marais salants. Les paludiers autrefois y avaient récolté la plus pauvre des récoltes : le sel de la mer. Ils s'étaient dispersés. Ici on n'apercevait plus rien d'humain.

Jusqu'au bout de l'horizon s'étendait le silence, avec ses ajoncs, ses pierres chaudes. Aucune habitation, aucun indice de vie. Seulement cette petite chapelle fermée.

Et sa sainte Anne s'y ennuyait d'un bout à l'autre de l'année.

Jusqu'au jour du pardon.

Alors la Miraculeuse voyait surgir autour d'elle des sources de bière aigrelette, des pèlerins à pied, munis de bâtons de route, d'autres venus en cars bondés de Quimper ; de très vieilles gens naïfs et sourds ; d'autres qui entendaient en profiter ; une foule de gens ; bientôt une ville ; une éclosion de prières, d'intérêts et d'oraisons ; enfin, une foi qui dépassait tout et qui était peut-être le miracle.

Cela commença au petit jour par la caravane des forains, en bonne amitié avec la sainte Anne du désert, dont ils tirent les plus gros profits de l'année. Les roulottes branlantes, les camion de la ménagerie s'installèrent les premiers aux abords de la chapelle ; des pancartes annonçaient l'homme le plus petit du monde, le singe-lion, et maintes autres tristesses proposées au divertissement des foules.

Tout était en place alors que la route amena un autre flot. Les marchands cette fois. Sur des planches vite dressées en comptoir, ils offrirent des nougats de Montélimar, des caramels, des bonbons à la menthe en de gros bocaux de verre. Ils vendaient aussi des chapelets — quelques vieilles, dans les églises, les égrèneront peut-être en évoquant le mystère de la rédemption. Ces chapelets, on les voyait suspendus au devant des tentes entre les sucreries et les gerbes de ballons. Médailles et statues, saucissons à l'ail, pâtés de foie gras, melons juteux et grappes de raisin vert ; grappes de rosaire et grosses pêches molles et parfumées ; reine-claudes, cierges et régimes de bananes ; en une heure, le stock bien étalé chatoyait, bruissait, attirait.

Les roulottes, les tentes et les comptoirs commençaient à dessiner une ville — une ville du désert, toute resserrée, où la concurrence se montrait déjà effrénée. Les allées en étaient étroites, sinueuses et agitées ; ici, vingt marchands proposaient, d'étalage en étalage identique, des images coloriées de la sainte ; ailleurs, c'était la rue des crêperies qui sentait très fort la graisse répandue sur les plaques chauffées ; il y avait encore la venelle des buvettes en plein air, très encombrée. Plus loin, on tombait sur le tassement multicolore des cabanes sur roues : la baraque du tir ; l'alignement des boîtes de conserve bosselées qu'il s'agissait d'abattre avec des pelotes bourrées de crin. Et toute la camelote des enjeux forains : poupées de son et peignes de corne ; bouteilles poussiéreuses de piquette et cadeaux défraîchis ; tout le bazar traîné de fête en fête, d'un bout à l'autre du pays.

Cependant par la route venait encore du monde : des soutanes noires que le vent gonflait ; des processions de scouts portant le havresac et la couverture ficelée au dos ; des jeunes filles à bicyclette, en shorts ; toute une volée de coiffes de Fouesnant ; puis encore des curés et des moines ; et d'autres coiffes, probablement du pays Bigouden. Dans le lointain, on ne distinguait que leur mouvement tout blanc, monotone, au gré de la démarche roulante des commères.

Tout cela s'engouffra au centre du campement, dans une atmosphère de ripaille moyenâgeuse, sentant la friture, la sueur et le crottin. Les gens de Bannalec y rencontraient ceux de Huelgoat. On se hélait, on se saluait dans la vieille langue celtique. Bientôt, de partout, on s'organisait pour casser la croûte. Des paniers tressés, sortaient de grosses miches, des fromages. Le cidre et le gros rouge coulaient des gourdes. Des feux étaient allumés, ici et là, à chaque creux du pays raboteux. De place en place broutaient de petits chevaux, même un âne attaché à un piquet. Sur les monticules, des tentes étaient dressées ; il y en avait des vertes, des rouges et des blanches, très loin, jusque sur les hauteurs des dunes. La ville née du matin, avec son centre grouillant et ses plus distants faubourgs, tenait tout entière enfermée dans le gouffre de la plaine rongée comme un cratère. Le cirque y déversait les flonflons des boîtes automatiques à rouages grinçants. Et les chevaux, les petits cochons roses, les vieux coqs à crête salie du manège tournaient, tournaient.

Et rien n'étonnait plus de ce qu'offrait la nuit touffue : ni les dromadaires du cirque, à tête altière et grande démarche aisée faite pour les trajets les plus vides de la terre, quand on les vit venir à la file contre le ciel assombri ; ni les appels qui s'entrecroisaient : « Venez voir le veau à deux têtes, le

phénomène de la nature... Oubliez vos soucis sur le scooter... »
Rien ne surprenait, ni même, issu du vieux clocher breton, le
premier orémus qui tomba tout à coup sur la foule à travers
les éclats métalliques d'un haut-parleur. Bavarde, crédule,
ripailleuse, dévote, mystique et profiteuse, c'était l'humanité de
jadis et de toujours qui s'était donné rendez-vous, ce soir, sur
les hauts lieux stériles de la lande.

En quoi les haut-parleurs eussent-ils pu changer son âme
lasse et toujours jeune ?

On vendait, on achetait. La moitié du monde de Sainte-
Anne-la-Palud, à ce qu'il semblait, vendait des cierges à l'autre
moitié. Cent commères étaient devenues marchandes à
l'instant et, des paquets de bougies sous le bras, faisaient
commerce au plus fort des attroupements et jusque sur le pas
de la chapelle. Les unes cédaient les cierges à trente francs, en
extorquaient quarante si elles le pouvaient. Dans la foule pres-
sée, elles allaient, cherchant d'un œil perspicace les estivants,
acheteurs moins avertis que les paroissiens avoisinants. Les
recettes gonflaient des sacoches pansues qu'elles portaient sur
le ventre. Elles écoulaient aussi des abat-jour pieux fabriqués
à Lourdes et sans doute dédiés à la Vierge, mais dont le succès
là-bas avait garanti la vogue dans le monde entier.

Des milliers de flammes jaillirent, à l'abri de ces petits cor-
nets de carton où les caractères imprimés d'un cantique res-
sortaient en transparence.

Le chant des orgues bondissait de la chapelle, distribué par
le haut-parleur en rafales irrégulières. Et la Sainte-Anne-la-
Palud sortie de sa niche, portée sur les épaules des dévotes,
apparut sur le portique. Des milliers de bougies scintillaient ;
une vague énorme de prières déferla du plus profond de la
nuit et, tout au fond, continua pour lui seul, là-bas, le cantique
sombre et silencieux de la mer.

La procession, une vingtaine de mille personnes, peut-être

davantage, prit à travers la lande obscure. On allait promener sainte Anne dans son sauvage territoire, par la falaise, par le marais, cahin-caha, tout autour du domaine pauvre où n'avait jamais fleuri que l'insensé appel du bonheur individuel.

On enfonçait dans des trous, on s'empêtrait dans des racines de bruyères, on s'écorchait aux épines des ajoncs. Les bougies montaient, descendaient, remontaient. La procession, partie assez lentement, gagnait de la vitesse. Elle surplomba la mer à bonne allure. Là-bas, dans les champs nus, elle formait un fouillis de petites lueurs égarées ; un autre groupe suivait, assez loin, engagé dans les endroits les plus accidentés. Cependant, la boucle lumineuse, à la sortie de la chapelle, gagnait toujours des adhérents. Ceux-là, joyeuse compagnie d'estivants et de curieux, partaient en bandes d'amis. Quelquefois, un coup de vent éteignait plusieurs bougies ; on s'arrêtait pour quêter la flamme d'un voisin ; et la procession arrivant comme un flot sur cette halte imprévue la contournait, refluait tout alentour en un cercle de lueurs éparpillées.

Il y avait, postés en dehors de la procession, des sceptiques, des pessimistes qui ne croyaient pas à sainte Anne et qui le montraient par un air soucieux et désabusé. Il y en avait qui auraient cru peut-être en son intervention s'ils en eussent obtenu une faveur quelconque. Ils lui proposaient un peu à la manière d'un chantage leurs souhaits défiants. Mais la plupart des prières étaient graves ; elles allaient à sainte Anne comme à leur seule ressource.

Les cierges défilaient.

Les visages défilaient.

Il y avait beaucoup de marins dont les faces échauffées par des flots de cidre brillaient au fond de l'obscurité d'une contrition déjà défaillante.

Des femmes surtout ! Le peuple véritable de la dévotion et de la pénitence.

Elles venaient en longues robes noires, les unes sous de hautes coiffes très droites qui fendaient la nuit d'un beau mouvement altier ; d'autres, de petites vieilles, trottinaient sous des coiffes à brides, plates, qui leur donnaient un air de quémandeuses ; et leurs cœurs ne mendiaient, en effet, que les plus timides aumônes : un peu d'aide par-ci, un peu d'aide par-là.

Quelquefois, la lueur des cierges captait le feu des jupes brodées, des tabliers pailletés ; tout cela, un instant, étincelait. Une jeune mariée s'avançait dans la splendide, l'unique robe riche de sa vie. Elle était audacieuse. Elle demandait toute une vie d'amour qui jamais ne fléchirait.

Aux oscillations d'une bougie, on devinait la marche roulante d'une paysanne habituée à porter des sabots. Et le bruit sourd des pas, le murmure des prières suivaient, accompagnés d'essoufflements, de griefs inapaisés, la sainte Anne de bronze en robe dorée. Les pauvres l'avaient habillée comme une riche dame ; ce n'était pas de sa faute.

Elle dévalait maintenant les dernières pentes sèches, elle remontait les aspérités de la lande. Elle revenait vers la chapelle aux vitraux brillants, rappelée du haut du rocher par l'instrument moderne, le tout-puissant haut-parleur, qui ne la conjurait pas moins contre les vieux fléaux.

« O sainte Anne la Palud, éloignez la guerre. »

Les forains attendaient avec impatience la rentrée de la sainte en sa niche afin de reprendre les affaires. Les friteries avaient pris de l'avance ; de grands baquets de frites, disposés à l'avant des tentes, déversaient une odeur alléchante. Justement, le gros de la procession avait rattrapé les porteurs de sainte Anne et s'engouffrait dans la chapelle ; tout ce qui pouvait y trouver place s'y tassait, debout ; des milliers d'autres personnes se groupaient autour du lieu saint, appuyées aux murets de pierre, assises sur des talus.

Le campement agité, la grande foule à demi visible auprès

de la chapelle, tout s'éclairait à la manière des peintures flamandes. La lumière semblait venir du dedans, de l'éclat des yeux. Elle s'attachait, çà et là, à des détails décousus. La plus grande partie du tableau restait dans l'ombre. Tantôt, le marchand de ballons en ressortait ; on voyait sa grappe de grosses bulles légères ; ensuite, on apercevait le ventre, ceint d'un tablier blanc, du marchand de pâtés ; plus loin, des mains rouges qui découpaient des saucissons. Les visages des femmes venaient à la vie par l'auréole de la coiffe blanche et, parfois, par une préoccupation du regard qu'on avait eu le temps de saisir.

Les Avé se succédaient sur les marches de pierre, dans la nef remplie, tout autour de la chapelle. On en disait pour les marins qui avaient péri en mer, pour ceux qui s'embarquaient.

Au loin, la roue du cirque avait recommencé de tourner. On entendait par bribes, au milieu des litanies, l'appel des bonimenteurs :

— Venez voir l'unique lion-singe que j'ai capturé... « Ora pro nobis... »

Pêle-mêle flottaient les odeurs de cierge et de crêpes, de fruits blets et d'encens.

— Entrez, entrez, messieurs dames, entrez dans le hall des miroirs déformants...

« Adressons à sainte Anne une prière toute spéciale en faveur des soldats morts en Indochine. »

Un fort roulement, de temps à autre, couvrait les répons de la foule. C'était la course furieuse des chariots des montagnes russes.

« Ora pro nobis... »

— Du nougat frais, des pralines !

« Pour les naufragés... »

« Sainte Marie, mère de Dieu, priez pour nous, pauvres pécheurs... »

« Ainsi soit-il... de tous nos désirs, demandait la folle ville de Sainte-Anne-la-Palud. O sainte Anne, un petit profit sur les recettes de l'an passé ! Et sainte Anne, le repos quand tous nous aurons fini de vendre et d'acheter ! »

« Amen ! »

Le haut-parleur annonça un sermon. Aussitôt une bonne partie des fidèles décampa en vitesse vers les lueurs de la fête foraine et les ruelles de la ville marchande. Les affaires reprenaient un peu partout.

On se préparait aussi à dormir. Des scouts étalaient leurs couvertures au renflement de quelque petite butte au-dessus des lumières.

On chantait ici, on priait encore autour de la chapelle ; de vieilles femmes y restaient assises dans l'herbe humide. Des plaintes qui n'avaient jamais frappé d'oreille humaine continuaient à relancer sainte Anne.

« O épouse de Joachim, accorde-moi d'endurer le mien de mari, moins rangé que le tien. Tu n'as pas su ce que c'était que de vivre avec un ivrogne ! »

Des pèlerins s'enroulaient dans leur seul manteau pour dormir à la belle étoile. Et une prière très pure, il se peut, s'élevait de quelque coin de la lande. Une âme droite ne mettait peut-être dans sa prière que l'étonnement et la solidarité parfaite de la douleur, sans souci de la monnayer.

Peu à peu s'éteignirent les flambeaux et les feux des campements.

Les roulottes brillantes attirèrent alors tout ce qui restait de foule.

Puis les forains eux-mêmes fermèrent boutique.

Le calme descendit sur la lande. Sur les ménageries et sur la masse des tentes-magasins, sur les bruyères et jusque sur les sables de la grève.

Dès le lendemain, on ressortirait sainte Anne. Deux fois

encore on la promènerait autour de son inculte pays. Personne n'en paraîtrait las, ni surtout la sainte d'être fêtée, choyée, cajolée, puisque, les processions finies, elle en aurait pour un an à s'ennuyer, oubliée dans sa chapelle que bientôt le froid et l'odeur du moisi envahiraient.

Et c'était toujours du froid et de leur intolérable solitude que Bretons, Bretonnes, curieux et la Sainte-Anne-la-Palud elle-même peut-être, une fois par année, au pardon du mois d'août, avec des cierges et de la boustifaille, des jambons salés, des litanies et de la bière, mais jamais ensemble s'échappaient.

Concarneau, septembre 1948.

La Camargue

Après la plaine d'Arles nous avions atteint un pays vraiment étrange. L'étang de Vaccarès de temps à autre débordait des roseaux qui le gardent ; puis la route nous en éloignait. Mais partout il y avait de l'eau sur ce pays bas, souvent plus bas que le niveau de la mer. Une eau malsaine. Une eau chargée du sel de la mer. Elle rongeait tout : herbes, plantes, mas zébrés de rouille, humeur et amitié.

Plus loin, le sel nourrissait. Tout au bout de la Camargue, dans les grandes salines du Badon, des milliers d'ouvriers vivaient du sel, exilés entre ciel et mer. On parlait d'une ville là-bas : cinéma, lumière, magasins et profits. C'était loin encore et, avant, le sel détruisait.

Seuls, de place en place, de petits tamaris grêles agitaient leur feuillage d'hiver. Et pourtant quelle splendeur en ce pays de saumure ! Ces régions où l'homme a peine à subsister plaisent souvent aux créatures les plus défiantes et les plus délicates. Chaque printemps, sur les eaux mobiles du Vaccarès, s'assemblent des milliers d'oiseaux : aigrettes, cigognes, petits canards d'une espèce rare, ibis et flamants roses ; ils gîtent dans les touffes de roseaux et y restent le temps qu'il leur plaît. Quelquefois, en retrouvant l'étang morose, nous saisissions le vol furtif d'un de ses habitants, vite disparu en jetant son cri de solitude.

Mais ce pays n'était pas encore assez désert pour que s'y établît la paix. De loin en loin, quelques vieux mas survivaient avec leurs tuiles roussies. De la terre constamment lavée et irriguée, on avait obtenu quelques petits arbres, un peu de foin. De quoi vivre et se plaindre !

Un soir, à l'un de ces vieux mas ayant presque tout perdu de leur crépi rose, nous nous étions arrêtés. Là, comme ailleurs, nous devions entendre des récriminations.

« On avait un peu de terre en culture. Du vignoble. Autrefois, cela produisait. Mais les nouveaux propriétaires de la Camargue, ces planteurs de riz, gâtaient tout. On avait eu de longues années de peine à dessaler quelques hectares. Maintenant, ces nouveaux venus irriguaient la plaine. L'irrigation forçait le sel à remonter en surface. Il se répandait sur les terres voisines. La vigne était mangée, dévorée. »

Il nous semblait qu'ils avaient peut-être motif de se plaindre, ces vignerons appauvris.

Le lendemain, nous avons vu les rizières. Pas les propriétaires. Ils étaient de Marseille, d'Arles et peut-être de Nîmes. C'étaient des hommes d'affaires. Pleins d'idées, d'initiatives et du courage de risquer des capitaux. « La Camargue, on pourrait la faire produire », avaient-ils soutenu.

Et, en effet, ils la faisaient produire. Tout à coup le pays plat, lourd de sel et de mélancolie, était arraché à son songe de soleil et d'amertume. Des prospecteurs mesuraient le terrain ; ils établissaient des rapports ; ensuite venaient les niveleurs ; le tracteur entrait en Camargue. Puis on ouvrait les canaux ; une eau claire lavait le sol ; le sel était entraîné hors de ces étendues noyées ; peut-être remontait-il ailleurs.

Et savez-vous qu'avec une première récolte de riz cette vieille Camargue endurcie compensait déjà les dépenses consenties à sa récupération ! L'année suivante, c'était du profit clair. Une fortune en quelques années !

Après, nous entendîmes la rengaine des vieux pasteurs.

« Le riz, c'était bien, surtout qu'on en avait été longtemps privé durant la guerre. Le riz, ça payait, mais il épuisait la Camargue. Et puis, qu'en ferait-on de tout ce riz lorsque l'Indochine recommencerait à exporter le sien ? De la foutaise, tout cela ! La Camargue ne voulait pas de riz. Pas plus que de vignoble, au reste. Ce que la Camargue voulait, c'étaient les troupeaux. Encore les nourrissait-elle fort mal. Il fallait donc, au printemps, entreprendre la transhumance. »

Chacun a des misères qu'il aime. Ce vieux solitaire s'anima pour décrire le voyage à pied du troupeau bêlant jusqu'au chemin de fer, l'embarquement et puis l'été passé en Haute-Savoie dans une cabane au-dessus des villages, par-delà la collectivité. Après qu'il nous eut plus ou moins bien exprimé sa passion d'isolement, le vieux pâtre se tut. Il s'en alla, suivi d'un petit chien noir, entre les agnelets frisés, les brebis pleines, les mères inquiètes, et il mâchonnait d'un mouvement des lèvres, assez semblable à celui du troupeau, d'obscurs griefs qui lui tenaient lieu de réconfort. « Saleté de riz ! Saleté de tracteur et d'irrigation ! »

Le soir, nous avons vu la ville du sel. Elle surgit dans les derniers feux du soleil. Rien ne pouvait la transfigurer. Des maisons en série ; des collines de sel gris utilisable dans l'industrie ; des convois de wagonnets ; des cheminées d'usine ; des coups de sifflet ; des filets d'ouvriers à casquette.

Nous avons repris la route. Tout de suite, la ville céda à la solitude indéfinissable de l'eau reflétant les nuages et les pâles roseaux. Elle nous mena où elle voulait, par un très mauvais chemin. Une église fortifiée, plutôt donjon que sanctuaire, sortit, grandit, s'empara du paysage. Autour, des villas roses, vertes, ocres ; quelques tamaris ; un mistral déchaîné. Nous arrivions aux Saintes-Maries-de-la-Mer.

Enfin, cette terre baignée d'eau, qui, depuis si loin, depuis la plaine d'Arles, aspirait à la mer, la rejoignait, s'y confondait sans heurt, presque sans changer de teinte, dans un faible battement de vagues. Ou plutôt c'est la mer qui un peu plus chaque jour l'envahit. Autrefois, le village des Saintes-Maries-de-la-Mer s'en trouvait éloigné de quelques kilomètres. Il s'en est rapproché jusqu'à paraître maintenant prêt à voguer avec la grande coque de son église émergeant des sables. Village guetté par l'eau, abandonné au sable, à demi enlisé, perdu dans les vieilles légendes ! Sa tragique église sombre regarde la mer. Très haut, au sommet de cette église-forteresse, Mistral a situé la fin de Mireille, morte d'avoir trop aimé. De ce promontoire terrible, on contemple un pays que l'eau infiltre, désert et comme passé déjà de ce monde dans les brumes et les nuages ; et rien, pas même les petites villas d'estivants disséminées dans les dunes, rien n'altère le goût de l'immobilité que l'âme en reçoit.

En très peu d'endroits la mort peut paraître plus imperceptible, douce, souhaitable. Mais que les humains mettent d'obstacles à s'abandonner ! Ces Saintes-Maries-de-la-Mer, ce village tenant à peine à la terre, c'est un lieu de pèlerinage. Là où l'on pourrait peut-être apprendre comme il est facile de perdre ses désirs, des pèlerins arrivent, les perclus, les boiteux, les infirmes, les condamnés, tous criant leur besoin de vivre. Depuis les premiers temps de la chrétienté, les Saintes-Maries-de-la-Mer, autrefois un bourg important, a joué ce rôle ambigu de mourir un peu lui-même tous les jours en entretenant sa légende de guérisseur. Or, y viennent surtout les hommes les plus libres, les plus indépendants de la terre. Tel est le mystère des Saintes-Maries-de-la-Mer : ce sont les gitans qui, attachés à ce coin perdu du monde, l'ont retenu de glisser dans l'oubli. Les Saintes-Maries-de-la-Mer, c'est le port d'attache des errants, c'est leur seule stabilité.

Deux fois par année, au printemps et à l'automne, les

routes de la Camargue s'encombrent de roulottes, de caravanes, de chevaux maigres, de petits ânes, de singes, de chèvres savantes, de chiens confiants qui trottent derrière les roues grinçantes. Danseuses aux pieds nus, dompteuses d'ours, diseuses de bonne aventure, romanichels de foire, lanceurs de couteaux, la tribu s'en va aux Saintes y prier sa patronne, Sara l'Égyptienne, servante des Maries.

La légende imprègne le petit bourg sableux d'un brûlant souffle du désert. Les Saintes Maries, accompagnées de leur fidèle servante, se seraient confiées à la mer, dans une barque qui devait les porter vers les païens à qui elles feraient entendre les paroles du Seigneur. Et ce serait sur cette côte qu'aurait échoué la barque. À chaque pèlerinage, les gitans descendent une lourde barque remisée au sommet de l'église et, la portant sur leurs épaules, entrent en procession. Quelques poulets disparaissent des poulaillers ; des pommes de terre, des maigres provisions ; certains estivants sont délestés de leur montre ou de leur bourse, mais la piété des gitans chante et pleure et se dramatise. Pendant des jours, le bourg est en liesse ; luttes entre gardians, parade des belles Arlésiennes dans leur costume de fête, rubans flottants, exploits, manèges et courses de taureaux dans les arènes cuites, brûlées de soleil.

Mais où donc, où donc était la Camargue qui hante l'esprit des véritables voyageurs par son lointain jamais approché ?

Comme nous expliquions notre nostalgie, un soir, dans un petit café des Saintes, le propriétaire nous demanda ce que nous avions vu.

« Qu'avez-vous vu, dites, qu'avez-vous vu ? »

Nous avions vu, comme les voyageurs de Baudelaire, des sables et des flots. Une grande solitude délivrée de fautes et de cris. Mais aussi et surtout nous avions vu des mécontents. Des pâtres irrités contre les vignerons. Des vignerons hostiles aux planteurs de riz. Des rizières, des étendues noyées d'eau et qui allaient, selon les uns, enrichir le pays, produire en abondance ; selon les autres, empoisonner la vigne et peut-être encourager le paludisme à l'état latent dans ces régions. Nous avions même vu un homme parfaitement isolé. C'était le gardien de la réserve botanique et zoologique de Badon. Il logeait seul dans une grande maison pénétrée d'humidité, sur les bords de l'étang de Vaccarès. Il vivait dans un univers impalpable de joncs, d'eau traînante, de buée blanche, de froissements légers, parmi les plantes aquatiques et les oiseaux invisibles. Mais lui aussi se plaignit. Le terrain consenti à la réserve ne suffisait pas ; les oiseaux étaient effarouchés par trop de vie et d'activité dans les environs de l'étang ; on ne disposait pas de moyens adéquats pour étudier l'exquise vie végétale et animale de la région. Peut-être souhaitait-il, au fond, une Camargue tout entière abandonnée aux sternes, aux mouettes argentées, aux ibis flamboyants venus du Nil et que les planteurs de riz eussent voués à tous les diables.

Nous avions vu partout les désirs humains impossibles à réconcilier.

Le propriétaire du   déconvenue.
— Mais vous ne l'   tout, dit-il.
Qu'est-ce que nous
— Mais elle, la Ca

Il levait les bras ; il a   n ne savait trop, la mer, la terre, le ciel o

Il sortit dans la cour   ble, il fit un dessin. Un tracé mince désignai   , non avertis, nous aurions pu ignorer. Un   endroit, devait nous servir de repère. Puis, dan   traça une croix.

— C'est là qu'il faut   oubliez pas : vous direz qu'Émile vous envoie.

Il avait plu et maintenant plus que jamais l'eau tremblait

à la surface de la terre ; elle formait tant de flaques répandues tendant à se réunir que nous n'aurions pu dire vraiment ce qui dominait en ce paysage, de l'eau ou de la terre. Nous étions arrivés à l'endroit qu'Émile avait marqué d'une croix dans le sable. La mer ? La terre ? Comment décider ! C'était une région en partie liquide, couverte de place en place d'une herbe roussâtre, tordue, raidie de sel et qui ressemblait à du varech. La terre n'était pas plus déserte que le ciel que l'on pouvait voir en entier dans les nappes d'eau qui le reflétaient. Or, dans toute cette étendue, un seul mas avec ses tamaris en lambeaux, ses fins haillons d'hiver.

Personne ne venait à notre rencontre. Les deux tamaris sans mouvement gardaient le mas. Deux jeunes garçons paraissaient aussi le garder, assis tous deux sur une barrière. Ni l'un ni l'autre ne bougeait. Notre grosse auto engagée dans la boue, qui dérapait et soulevait des trombes d'eau, ne parut même pas les intéresser.

Enfin, une femme sortit s'enquérir de ce que nous voulions.

La porte entrouverte nous livra une partie de la grande cuisine provençale. Des hommes étaient attablés à leur repas. Cette maison silencieuse était pleine de monde.

— Nous venons de la part d'Émile, ai-je dit, sans grand espoir.

La femme seule fit un petit signe de tête, sans aller jusqu'à la bienveillance. L'un après l'autre, les hommes sortirent, passèrent devant nous. C'étaient de beaux jeunes gens farouches, vêtus d'une culotte crème à raie bleue et blanche sur le côté, et qui portaient le petit chapeau des gardians. On ne peut pas soutenir qu'ils fussent insolents et rudes, mais ils étaient sans curiosité envers l'étranger, la pire des impolitesses. Une tranquille indifférence se dégageait de leur regard ; on eût dit la parfaite indifférence de qui n'a rien à envier.

Je m'adressai au plus âgé d'entre eux, qui paraissait être l'intendant et que j'avais entendu nommer : Faro.

— Vous voulez bien nous permettre d'assister à vos travaux ?

Il se dirigeait vers l'écurie, à grandes enjambées. Il dit, laconique :

— C'est dangereux.

Et comme je continuais à ses côtés et le poursuivais de plusieurs questions, il exprima assez sèchement :

— On travaille, ici ; on n'a pas de temps à perdre.

Je me rabattis sur les deux enfants. À cet âge, on ne peut pas ne pas être désireux d'instruire les grandes personnes. J'eus d'abord beaucoup de peine à leur arracher quelques paroles. Tous, grands et petits, ils semblaient veiller sur une supériorité secrète qui, à être communiquée, perdrait de sa valeur. Enfin, les deux petits garçons rétifs me dirent leur nom et qu'ils étaient des Saintes. Je crus comprendre qu'ils ne perdaient aucune occasion de se trouver au mas où il y avait rassemblement de taureaux et d'y jouer aux hommes intrépides. Ils portaient le costume des gardians, les suivaient d'un œil admiratif afin de ne rien omettre dans la démarche, le langage et le silence qui ne rappelât leurs héros.

Je m'engageais vers l'écurie. Alors, tous, même les enfants, m'avertirent :

— Attention ! les chevaux sont méchants.

Je m'attendais à voir sortir, comme au rodéo du Far West, des broncos qui en deux bonds se débarrasseraient de leur cavalier. Et je vis s'avancer, au pas, clignotant à la lumière, de doux petits chevaux blancs à l'œil pensif.

— Ça, des bêtes dangereuses ! dis-je.

Le reproche, parti de tous les regards, m'avertit qu'il n'est pas habile, sous aucun ciel, de diminuer l'aspect de péril que les hommes aiment voir dans leur vie.

En selle, tenant à la main un long bâton aiguisé, les six gardians s'ébranlèrent.

Ils nous crièrent de nous garer, puis ils s'enfoncèrent dans l'eau et l'herbe salée. Alors, dans la direction où ils allaient, je pus distinguer au loin des bêtes qui paissaient cette mauvaise herbe. Les gardians les cernèrent. Et tout à coup éclata un concert étrange ; des cris rauques, aigus, non sans beauté dans ce paysage d'herbe et de vent : comme une espèce de rude chanson de la solitude. Mais jamais je ne pourrai comprendre comment six gardians et leur maître, à eux seuls, furent capables de pousser une telle clameur. Le vent, le ciel trop vaste, la terre désolée devaient hurler avec eux.

Ils revenaient dans un galop rapide ; les petits chevaux blancs et les lances dressées des gardians enserraient le troupeau surpris. Serré de plus en plus près, il s'engouffra dans l'ouverture d'un enclos qui communiquait avec une espèce de corral. Les hommes rabattirent les barrières. Une trentaine de taureaux étaient prisonniers. Des bêtes toutes noires, d'un poil court, dur, humide et frisé comme cette salicorne dont ils se nourrissent. Rien là pour stimuler la combativité, l'ardeur de ces petits taureaux dans les arènes d'Arles, de Nîmes ou de Tarascon. Leurs yeux vus à travers les planches de l'enclos exprimaient, plutôt que le courroux, une stupeur douloureuse. Et peut-être serait-ce encore de stupeur, sous le rouge soleil aveuglant, dans les cris d'une foule heureuse et comblée, qu'ils se débattraient jusqu'à l'épuisement.

Les gardians s'affairaient. Au-dessus de l'enclos où étaient retenus les taureaux, ils avaient dressé un pont de planches. Montés sur ces planches, ils jetaient des lassos autour des cornes. Chaque bête fut ensuite complètement immobilisée de la façon suivante : un gardian introduisait deux doigts dans les narines fumantes ; un autre garçon enfonçait une espèce de tuyau dans la gueule ouverte, y faisait glisser une pilule que le taureau de force avalait. Et d'une !

C'était le remède destiné à guérir ou prévenir la douve dont souffrent les taureaux de la Camargue.

Rien là de très glorieux. Mais le vieux mas s'animait. Les femmes venaient voir Sabre, Étincelle, Vaillant résister. Les gardians avaient pris des allures de dompteurs ; les enfants exultaient. Ils racontaient maintenant ; ils décrivaient la course à l'épuisement dans les petites arènes des Saintes en pleine dune. Leur regard contenait un peu de la violence qui doit saisir tout ce pays quand, l'été venu, sans ombres et sans fraîcheur, il s'enflamme au soleil.

On relâcha les taureaux. Ils prirent leur élan à travers la plaine liquide et leur course se vit contre le ciel et dans l'eau stagnante. Bientôt ils broutaient tranquillement entre le bleu des flaques et une pâleur de crépuscule. Les petits chevaux blancs furent reconduits à l'écurie. Les hommes regagnèrent le mas. Les enfants, seuls, restèrent à regarder entre leurs paupières mi-closes une vision qui fermait leur cœur à toute invitation autre. À cet âge, ils n'étaient que mépris pour l'inconnu.

— As-tu déjà voyagé ? ai-je demandé au plus âgé.

— J'ai été jusqu'à Nîmes, fit-il. C'est moins beau qu'ici.

— Mais plus loin, est-ce que tu n'es pas attiré par ce qui est plus loin ?

Le plus petit se chargea de répondre. Il se leva, il dit, s'adressant à l'horizon éteint, à ces mornes, innombrables flaques d'eau, à l'enchantement triste qui montait d'une terre absolument confondue avec le jeu des nuages :

— Nulle part ailleurs c'est aussi beau que la Camargue.

Nous remerciâmes Faro, bien qu'il ne nous eût rien donné sinon sa hautaine indifférence.

Debout devant le mas, les gardians nous regardaient partir ; ils restaient silencieux, distraits, possédés par une passion de solitude qui nous rendait invisibles à leur regard. Des hommes libres, des hommes sans envie. Ils ne demandaient rien, ne donnaient rien, tout entiers abandonnés à l'étrange pays envoûté auquel ils ressemblaient.

Saint-Germain-en-Laye, 1949.

II

SOUVENIRS

MON HÉRITAGE DU MANITOBA

I

Mes grands-parents maternels, originaires d'un petit pays perdu dans les contreforts des Laurentides, au nord de Montréal, un beau jour quittèrent tout ce qui avait été jusque-là leur vie pour répondre, comme tant d'autres à l'époque, à l'appel de l'Ouest, s'en allant prendre *homestead* au Manitoba. Ils n'étaient plus jeunes, ils avaient même déjà atteint le milieu de leur âge ; c'était donc pour eux une résolution sans retour, un immense branle-bas.

Ils voyagèrent par chemin de fer, puis, à partir de Saint-Norbert, qui était alors, à ce que je crois me rappeler avoir entendu raconter, une sorte de caravansérail pour les colons canadiens-français en partance pour le Sud, ils s'engagèrent un matin de printemps, dans leur chariot plein jusqu'au faîte, à travers la plaine encore sauvage, sur une piste faiblement marquée, vers les ondulations de la Montagne Pembina dont le relief quelque peu accidenté allait, selon les calculs de mon optimiste grand-père, consoler sa femme de la perte des collines natales — mais ça allait être bien le contraire : la vue de ces simulacres de collines devait aiguiser à jamais chez elle le regret des âpres coteaux de sa jeunesse. Ainsi allait naître et se perpétuer dans notre famille un amour partagé entre la plaine et la montagne, un déchirement, comme je l'ai raconté dans *La Route d'Altamont,* mais aussi, car c'est dans le conflit d'âme qu'il y a peine et richesse pour l'artiste, et au reste dans toute vie, une inépuisable source de rêves, d'aveux, de départs et de « voyagements » comme peu de gens en connurent autant que nous, famille, s'il en fut jamais, de chercheurs d'horizon.

Au temps de notre épopée familiale, de cette saga précieusement conservée dans notre mémoire, ma mère était une petite fille d'une vitalité superbe, douée de la plus vive imagination. N'importe quel voyage l'eût ravie, et elle n'en avait encore jamais accompli, hors le court trajet, de temps à autre, avec son père, de Saint-Alphonse à Joliette où ils allaient au grand marché de la place. Comment décrire l'effet, sur cette âme fraîche et enthousiaste, de la plaine s'ouvrant sans fin et sans réserve, à la mesure du ciel lui-même sans limites, qui ne lui était jamais apparu jusqu'alors que découpé par la crête des collines, en brefs morceaux aussi décousus que les pièces d'un casse-tête. Or voici qu'il s'étendait d'un seul tenant, d'un horizon plein d'attrait à un autre encore plus attirant. Elle ne revint jamais de l'émotion de ce voyage et en fit le récit toute sa vie. Si bien que mon enfance à son tour en fut envoûtée, ma mère reprenant pour moi la vieille histoire, tout en me berçant sur ses genoux, dans la grande berceuse de la cuisine, et j'imaginais le tangage du chariot et je croyais voir, de même que du pont d'un navire en pleine mer, monter et s'abaisser légèrement la ligne d'horizon.

Plus tard, quand je lus *La Steppe* de Tchekhov, je me retrouvai pour ainsi dire dans l'exacte atmosphère du récit de ma mère. Tout y était : le ravissement à la vue du vaste pays plat, invitant comme un livre ouvert, mais non pas pour cela immédiatement déchiffrable, l'étrangeté émouvante, dans ce déroulement monotone, du moindre signe de la présence humaine — chez Tchekhov ce moulin à vent visible de si loin et si longtemps ; dans la narration de ma mère un toit de maison surgissant enfin dans le lointain d'un paysage inhabité — et jusqu'au sentiment que cet horizon sans cesse appelant, sans cesse se dérobant, c'est peut-être le symbole, l'image dans nos vies de l'idéal, ou encore de l'avenir nous apparaissant, quand nous sommes jeunes, généreux de promesses qui se renouvelleront et ne tariront jamais.

Parvenus au terme de leur voyage, que ma grand-mère, demeurée hostile à l'aventure, dénomma les « pays barbares », encore qu'elle y trouvât dès l'arrivée bon nombre de ses compatriotes déjà installés, elle et mon grand-père s'attelèrent à la tâche sans doute un peu la même sur la terre de tous les colons : refaire ce qui a été quitté.

Bientôt, avec leurs maisons au long toit incliné, leurs coffres et leurs bahuts sculptés, leurs bancs-lits, leur pétrin et leur rouet ; avec leur beau parler d'alors, pur et imagé ; avec leur foi janséniste, comme on dirait aujourd'hui, oubliant peut-être trop combien la sévérité en était tempérée par la tendresse pudique de leurs cœurs ; avec la dure croix de bois noir au mur de leur chambre, mais aussi la gaieté de leurs violons ; avec des souvenirs, des traditions, du vieux et du neuf, ils eurent vite fait d'ériger en terre manitobaine, au son du vent et des herbes hautes, une autre paroisse toute semblable à d'innombrables villages du Québec.

Mon grand-père, l'animateur de cette aventure réalisée, je ne l'ai connu qu'à travers des récits qui ont d'ailleurs peut-être déformé plus que révélé son vrai visage, chacun, sans doute, le peignant à sa propre image. Mais je le retrouve souvent, bien vivant en moi, dans ces singuliers mouvements de l'âme qui nous paraissent d'une liberté totale quand nous rêvons et errons par la pensée, et où nous sommes peut-être au contraire le plus étroitement rattachés à ceux qui nous ont précédés. C'est peut-être donc à travers lui encore, à cause de lui ou pour lui que m'émeuvent si profondément les grands horizons en fuite et particulièrement le côté du ciel où le soleil se couche, le côté ouest, pour moi celui des grands appels. En revanche, la fière silhouette de ma grand-mère domine mes premiers souvenirs d'aussi haut que les silos de l'Ouest, ces tours riches de blé, d'arôme et de la magie que leur a conférée à jamais mon enfance.

De nos jours, préoccupés de l'épanouissement féminin, ma grand-mère serait probablement directrice de quelque société à capitaux ou à la tête d'une quelconque enquête royale sur le statut de la femme au Canada. En son temps, ses talents trouvèrent à s'exercer du matin au soir à la fabrication de savon, d'étoffes, de chaussures. Elle inventa aussi : des remèdes à partir d'herbes, des colorants pour ses teintures, de magnifiques dessins pour ses tapis. D'elle, il reste encore, je pense, quelques pièces de lin tout aussi inusables que sa robuste volonté, que sa fermeté de décision. En pays « barbare », elle parvint à régner, ne se pliant guère à lui, mais parfois réussissant à le plier, lui, quelque peu, à sa forte nature, frayant le moins possible avec tous ces « étrangers » établis autour de chez elle, ces Anglais, ces Écossais, en revanche francisant libéralement sur son passage ce qu'ils avaient pu se permettre de nommer avant elle.

Ainsi en fut-il du village voisin de Somerset où elle devait se rendre pour les achats importants.

Par quelque belle journée d'automne, grand-mère, du haut du buggy, rênes en main, ayant grande allure sous son bonnet noir et dans ses amples jupes étalées sur la largeur du siège, lançait d'une voix ferme à ceux de sa famille :

— Eh bien, adieu ! Je vais aux emplettes à *Saint-Mauricette*.

Qu'eût-elle pensé, elle qui fit des saints à volonté, peut-être pour rapprocher le ciel de cette terre d'exil, qu'eût-elle pensé de notre époque qui en a détrôné à la douzaine ? Ou encore de cet œcuménisme qui prétend rassembler ce qu'elle jugeait bon de tenir à distance ?

À bien y réfléchir, j'imagine qu'en fin de compte elle se réjouirait, peut-être, non pas de voir diminuer le cercle des saints, mais sans doute de voir grandir celui des croyants.

II

La fille aînée de cette altière aïeule, ma mère, vécut, elle, pour concilier, pourrait-on dire, dans sa propre vie les penchants opposés de ses parents dont elle hérita à dose égale, tour à tour un peu effarouchée, puis attirée à l'infini par l'inconnu. Plus elle vécut et plus la confiance en son cœur l'emporta sur la circonspection. C'est en elle que se conjuguèrent le mieux les deux grands attachements d'âme de notre famille : pour le Québec où elle était née et dont elle avait les riches souvenirs qu'une ardente imagination enfantine peut avoir retenus ; pour le Manitoba où elle avait grandi, aimé, souffert. Les vies les plus réussies sont peut-être celles-là qui semblent avoir pour but de faire converger enfin ces voies toutes proches, familières, qui pourraient courir côte à côte à l'infini sans jamais se joindre. Il me paraît maintenant que sa vie s'est passée à vouloir unir. D'abord ses pauvres enfants de caractères si différents. Ensuite les voisins. Puis finalement tous. Elle vécut d'amour pour ce qui fut, est, sera.

Vers la fin de ses jours terrestres, malade et vieillie, tout animée encore cependant des grands désirs de sa vie pour les sites et les beautés de ce monde, elle tint à un voyage d'adieu au Québec, pour renouer, disait-elle, avec de lointains cousins, revoir celui-ci ou celle-là, mais en vérité je me demande si le but réel de son voyage, la commandant d'ailleurs peut-être à son insu, ce n'était pas de grimper au sommet des collines pour tendre l'oreille au vent dans un pin immense et chercher à entendre s'il y chantait comme au temps de son enfance.

Il est vrai que je l'ai vue aussi, au petit cimetière de « Saint-Mauricette », le visage triste et grave, se pencher pour arracher tout à coup avec indignation des mauvaises herbes sur la tombe de ma grand-mère qui n'avait pu en tolérer nulle part dans ses plates-bandes ni dans sa vie.

Là où l'on retourne écouter le vent comme en son enfance, c'est la patrie. Ce l'est aussi assurément là où l'on a une sépulture à soigner. Maintenant, c'est mon tour, ayant choisi de vivre au Québec un peu à cause de l'amour que m'en a communiqué ma mère, de revenir au Manitoba pour soigner sa sépulture. Et aussi pour écouter le vent de mon enfance.

Mais bien avant le temps, pour ma mère, des sépultures, avant même le mariage et les enfants, au temps où pour elle l'amour, comme le bel horizon prometteur du Manitoba, lui proposait sans doute les plus séduisants mirages, un homme, parti lui aussi du Québec, immigré aux États-Unis, s'y étant forgé à travers les emplois les plus divers une expérience vaste comme la vie, un *self-made man* dirait-on aujourd'hui, maintenant à la veille de rentrer au pays à la frontière du Manitoba, d'étape en étape, cheminait déjà à son insu depuis longtemps vers elle par les mystérieuses voies de la destinée humaine.

Ils se rencontrèrent sans doute à l'occasion d'une de ces veillées de compatriotes toute bruissante de chants, de souvenirs et de conversations roulant sur le Québec. Peut-être, dès cette première soirée, mon père, qui était doué d'une belle voix émouvante, charma-t-il la jeune fille en interprétant l'une ou l'autre de ces naïves ballades que je l'ai moi-même beaucoup plus tard entendu chanter : *Il était un petit navire* et *Un Canadien errant*, douces chansons tristes qu'il rendait avec un accent de sincérité troublante, comme si elles étaient un aveu à peine voilé de son propre déracinement.

Ils se plurent, cette jeune fille brune aux yeux pétillants, vivants, la gaieté même, et cet homme blond dont les yeux bleus étaient chargés d'une indéfinissable expression de mélancolie, comme si la dure lutte pour s'élever, s'instruire tout seul, s'arracher au sort de tant des siens à l'époque, l'avait rendu à jamais trop sensible au malheur.

Ils s'épousèrent, comme on le faisait alors, pour la vie, pour le meilleur et pour le pire, acceptant d'avance les enfants que Dieu trouverait bon de leur « envoyer ». Et non seulement les acceptèrent-ils, mais encore ils s'épuisèrent à leur faire la vie meilleure qu'elle n'avait été pour eux, plus riche, plus éclairée. De surcroît, comme si cet effort ne suffisait pas, ils entendaient transmettre intactes à leurs enfants la foi et la langue ancestrales qui allaient alors de pair.

Gageure insensée ! Une vie matérielle si difficile déjà à assurer, plus d'enfants qu'il n'aurait été raisonnable d'en avoir, et maintenant cet acharnement chez tant des nôtres à l'époque, en dépit de tout bon sens, au sein de presque tout un continent parlant anglais, à conserver les mots par lesquels passent d'une génération à l'autre la continuité, l'âme d'un peuple. Et le surprenant, c'est qu'ils relevèrent ce défi peut-être mieux qu'il n'est aujourd'hui relevé par leurs descendants qui, pourtant, en un sens, sont infiniment mieux pourvus.

III

Mon père était devenu fonctionnaire de l'État, affecté à l'établissement des immigrants sur les terres vierges de la Saskatchewan, puis de l'Alberta, tâche dont il s'acquitta admirablement, plein d'une sollicitude toute paternelle envers ces dépaysés dont il ressentait sans doute l'effarement à travers le goût quelque peu amer que lui avait laissé le souvenir de si dures épreuves et de si terribles sacrifices pour parvenir là où il s'était hissé. Onze enfants étaient nés à mes parents. Trois moururent jeunes. Les aînés étaient déjà dispersés quand je vins au monde, moi la petite dernière, telle on m'appela longtemps. C'était à Saint-Boniface, dans cette courte rue Deschambault dont je me suis efforcée de traduire la douce rusticité dans mon livre qui a précisément pour titre *Rue Deschambault*. Y suis-je parvenue ? Est-il seulement possible de mettre dans un livre le pouvoir enchanteur de l'enfance qui est de faire tenir le monde dans la plus petite parcelle de bonheur ? Les images les plus sincères de mes pages les plus vraies me viennent toutes, j'imagine, de ce temps-là.

Nous vivions là, le dos à la ville — une bien silencieuse petite ville pourtant, sérieuse, toute à ses devoirs, où le plus grand bruit était celui des cloches d'églises et de couvents —, le visage au large. Ce « large », ce n'était que des terrains non encore lotis se joignant les uns aux autres, qui allaient se perdre dans la broussaille et qui dessinaient pour moi une préfiguration de la vaste plaine ouverte. De place en place, chichement la coupaient de petits groupes d'arbres en rond, souvent des chênes rabougris que je trouvais attirants au possible, peut-être parce que du plus loin que je puisse me souvenir ils ont toujours évoqué pour moi la rencontre fortuite de voyageurs engagés dans la traversée de la plaine et qui, un moment, se sont arrêtés pour échanger des nouvelles. Qu'ils fussent jour après jour au même endroit, que leur cercle jamais ne se modifiât ne nuisait pas à ma fantaisie : c'était là des gens en train de se raconter le monde, tout ce qu'ils avaient vu et retenu.

En vérité, rue Deschambault, nous vivions pour un tiers comme en France, pour un tiers comme au Québec, et sans doute pour une bonne part dans nos féeries personnelles qui changeaient de saison en saison, provoquées parfois par l'arrivée de quelque nouveau voisin dans notre petit monde, ou nées tout simplement de la contemplation des espaces infinis qui commençaient tout juste au bout de la rue Deschambault.

Saint-Boniface, alors, respirait, priait, espérait, chantait, souffrait, on pourrait dire, en français, gagnant cependant son pain en anglais dans les bureaux, les magasins et les usines de Winnipeg. Difficulté d'être irrémédiable des Canadiens français du Manitoba et d'ailleurs !

Pourtant, c'est peut-être à cette époque de mon enfance au Manitoba que la vie française y fut à son plus pur, tout enfiévrée par des discours, des manifestations, des visites d'encouragement du Québec, une ferveur que n'arrivaient pas à abattre les obstacles. La fuite vers le Québec de nos jeunes gens instruits, ne trouvant pas sur place à vivre en français, n'était pas encore considérable, cette horrible saignée qui allait si cruellement nous appauvrir. Au contraire, presque constamment, du Québec nous arrivait du renfort, par petits groupes : un nouveau notaire, un autre instituteur, un imprimeur, un médecin. Il nous en venait aussi de France. Quand, en 1928, j'allai prendre charge de ma première classe dans le petit village de Cardinal, il se trouva qu'une bonne moitié de mes élèves étaient bretons et auvergnats. Ce fut pour moi comme si j'avais passé cette année-là dans le Massif central ou dans quelque coin du Morbihan. J'eus la plus belle occasion de ma vie de me familiariser avec de savoureuses expressions régionales. Que c'est heureux, allant enseigner dans un village, d'en recevoir plus encore qu'on ne lui donne ! Il en était de même à Notre-Dame-de-Lourdes, à Saint-Claude, autres villages manitobains à prédominance française.

De haute naissance ou d'humble origine, ces immigrés de nationalité ou de langue française, Wallons, Italiens, quelques

Flamands, en se mêlant à nous imprégnèrent notre vie et notre culture françaises de vitalité et d'une originalité tout à fait distinctives.

Aussi inattendu que cela puisse paraître aujourd'hui, je dois au Manitoba d'être née et d'avoir grandi dans un milieu de langue française d'une exceptionnelle ferveur. Sans doute était-ce la ferveur d'un frêle groupe fraternellement resserré pour faire front commun dans sa fragilité numérique et son idéal menacé.

Peut-être, comme la flamme de la mèche donnant au maximum, cet enthousiasme ne pouvait-il indéfiniment se maintenir. Mais sa clarté brilla... assez, en tout cas, pour enflammer certaines vies.

IV

Aussitôt la rivière Rouge franchie, en mettant pied à Winnipeg, nous entrions dans un autre monde. Aujourd'hui encore le pont Provencher qui relie Saint-Boniface à Winnipeg évoque pour moi le passage du particulier au général. Je sais bien que maintenant le contraste est loin d'être aussi saisissant, mais à cette époque nous passions presque sans transition de notre vie quelque peu repliée sur elle-même au flot multiple, bizarre, torrentiel, nostalgique que formait l'humanité manitobaine faite de presque tous les peuples de la terre. Voilà donc le second cadeau merveilleux que j'ai reçu du Manitoba : y avoir entrevu, toute jeune encore, la disparité de l'espèce humaine... et que pourtant nous sommes tous en fin de compte des êtres ressemblants. Sans que j'eusse à voyager, je pouvais voir défiler sous mes yeux les gens d'ailleurs. Il n'était que d'aller flâner dans la gare du Canadien Pacifique ou à ses abords pour apercevoir en un rien de temps des femmes en fichu blanc, le regard si loin perdu en arrière que c'était sûrement à l'autre bout du monde ; puis des familles entières portant baluchons, le regard également opaque d'ennui, assises en rond sur leurs caisses, à attendre on ne savait quoi ; des patriarches à longue barbe enveloppés dans de curieuses pelisses, que suivaient leurs familles étirées en files étroites sur les larges trottoirs comme dans un défilé de montagne. Toutes ces choses, je les ai dites et redites et ne peux faire autrement que de recommencer chaque fois qu'il est question du Manitoba, car pour moi ce spectacle des dépaysés qu'il m'a offert toute jeune est devenu inséparable de mon sentiment de la vie.

Ma mère, au début, fut à la fois effrayée et fascinée par ce grand flot bariolé d'humanité qui roulait pour ainsi dire à notre porte, en comparaison duquel notre vie nous paraissait maintenant solide, assurée, ayant du moins des racines, se plaisait-elle à souligner. La fascination l'emporta sur le malaise. Bientôt elle emmena ses plus jeunes enfants, par un petit bateau qui faisait alors des espèces de croisières sur la rivière Rouge, en visite chez les Ukrainiens de St. Andrews, et, du pont, nous regardions avec un peu de honte peut-être, au fond des champs, se redresser péniblement les glaneuses aux reins cassés qui portaient la main en visière pour distinguer, dans l'éblouissant soleil, ces curieux, ces fainéants qui n'avaient rien d'autre à faire que de se promener. Elle nous emmenait aussi chez les Islandais de Gimli ; ou encore nous traversions tout bonnement l'étroite rivière Seine, pour aller, à deux pas de chez nous, entendre la messe en « Belgique », comme nous disions.

Les *Mille et Une Nuits* de mon enfance, ce furent ces voyages dans les petites Wallonies, les petites Ukraines, les petites Auvergnes, les petites Écosses, les petites Bretagnes du Manitoba, et aussi les répliques presque exactes du Québec éparpillées dans la plaine. J'y acquérais sans doute déjà ce sentiment de dépaysement, cette sensation de dérive de nos habitudes qui, par la légère angoisse qu'elle engendre, n'a pas son pareil pour nous obliger à tâcher de tout voir, de tout saisir, de tout retenir au moins un instant.

De son côté, mon père, rentrant de longs séjours parmi les colons, apportait de fraîches nouvelles de « ses » Doukhobors insoumis, de « ses » tranquilles Ruthènes, de « ses » pieux Mennonites. Ses colonies s'étendaient maintenant jusqu'aux environs de Medicine Hat, plus surprenantes les unes que les autres, si bien qu'on aurait pu croire les récits qu'il en faisait tirés de certaines pages de Gogol. C'est peut-être pourquoi, en lisant plus tard *Les Âmes mortes,* je n'ai pas été frappée d'étonnement comme tant de lecteurs. Les aventures de Tchitchikov, il me semblait en avoir entendu raconter de semblables. Le cocasse, le singulier, l'invraisemblable m'étaient déjà aussi familiers que l'ordinaire, le banal, le vraisemblable. J'ai même dû apprendre à atténuer des aspects de la réalité dans lesquels je puisais la source de certains de mes récits pour ne pas donner à croire que j'inventais sans vergogne.

J'en arrive à cerner l'essentiel, au fond, de ce que m'a apporté le Manitoba. Les récits de mon père, les voyages auxquels nous conviait ma mère, cette toile de fond du Manitoba où prenaient place les représentants de presque tous les peuples, tout cela en fin de compte me rendait l'« étranger » si proche qu'il cessait d'être étranger. Encore aujourd'hui, si j'entends dire par exemple à propos d'une personne habitant seulement quelques milles plus loin peut-être : « C'est un étranger... », je ne suis pas libre de ne pas tressaillir intérieurement comme sous le coup d'une sorte d'injure faite à l'être humain.

Il n'y avait plus d'étrangers dans la vie ; ou alors c'est que nous l'étions tous.

Pourtant, de tout ce que m'a donné le Manitoba, rien sans doute ne persiste avec autant de force en moi que ses paysages. J'ai passablement voyagé. J'ai quelquefois été heureuse ailleurs, parvenue pour un instant à m'y sentir chez moi, par exemple dans les douces Alpilles ou encore, plus bizarrement, dans certain petit village de la forêt d'Epping, en Essex, où j'allai un jour, conduite par le plus grand hasard ; il y a un coin de l'île de Rhodes, à Lindos, où je me suis dit parfois que j'aimerais vivre, parmi les bougainvillées, les femmes en grand noir se détachant sur les murs les plus blancs du monde et leurs petits jardins intérieurs faits de simples galets assemblés avec tant de grâce qu'ils composent d'exquises mosaïques. Finalement c'est le Saint-Laurent, lien avec notre plus lointain passé canadien, mais chemin vivant et mouvant et toujours en route vers l'avenir, qui m'a ancrée. J'habite, à la ville et à la campagne, assez près du fleuve pour pouvoir en tout temps l'apercevoir de mes fenêtres, et je ne m'en lasse jamais, surtout à la campagne, dans Charlevoix, où il atteint d'une rive à l'autre vingt-deux milles de distance, et va et vient dans des mouvements de marée amples et assurés comme les battements du cœur même de la création. La « mer » baisse, comme on dit par ici, et mon propre cœur subit une sorte de baisse ; elle monte, et avec elle mon être attristé retrouve encore une sorte d'élan.

Mais tout cela ce sont mes amours d'adulte, réfléchis et recherchés. Mais amours d'enfance, c'est le ciel silencieux de la plaine s'ajustant à la douce terre rase aussi parfaitement que le couvercle sur le plat entier, ciel qui pourrait enfermer, mais qui, au contraire, par la hauteur du dôme, invite à s'élancer, à se délivrer ; c'est la silhouette particulière, en deux pans, de nos silos à céréales, leur ombre bleue découpée sur un ciel brouillé de chaleur, seule, par les jours d'été, à signaler au loin les villages de l'immensité plate ; ce sont les mirages de ces journées torrides où la sécheresse de la route et des champs fait apparaître à l'horizon de miroitantes pièces d'eau qui tremblent à ras de terre. Ce sont les petits groupes d'arbres, les *bluffs* assemblés comme pour causer dans le désert du monde, et puis c'est la variété humaine à l'infini.

Quand j'étais jeune, au Manitoba, une de nos promenades préférées était pour Bird's Hill. Qu'y trouvions-nous donc de si attirant ? Là, en plaine uniforme, s'élevait, sans cause apparente, une singulière longue crête sablonneuse, le rivage, on aurait dit, de quelque vieux, vieux lac depuis longtemps asséché, devenu terre, herbe et culture maraîchère, sauf en quelques endroits broussailleux où persistait un peu de vie sauvage avec la plainte d'oiseaux criards. Sans doute était-ce une ancienne ligne d'eau laissée en arrière par la mer Agassiz des temps immémoriaux, alors que le Manitoba, presque entièrement sous l'eau, n'était encore qu'un songe. Nous restions là, saisis de respect et d'étonnement. Peut-être avions-nous vaguement conscience que cette étrange crête de sable, sous nos yeux mêmes, unissait les temps, ceux que l'on dit révolus, ceux à venir, les nouveaux, les anciens, ceux qui persistent, ceux qui bouleversent, ceux que l'on croit morts, ceux que l'on appelle « aujourd'hui », et que tous ces temps en vérité n'étaient qu'une seconde du grand tour de l'horloge.

Bird's Hill, c'est peut-être mon plus admirable souvenir du Manitoba ; au bord de l'eau disparue, ces fossiles parmi les plus anciens ; ces rêves de jeunesse, cette confiance inaltérable en l'horizon lointain.

Vous savez combien il se joue de nous, cet horizon du Manitoba. Que de fois, enfant, je me suis mise en route pour l'atteindre ! On croit toujours que l'on est à la veille d'y arriver, et c'est pour s'apercevoir qu'il s'est déplacé légèrement, qu'il a de nouveau pris un peu de distance. C'est un grand panneau indicateur, au fond, de la vie, qu'une main invisible s'amuse à sans cesse reporter plus loin. Avec l'âge, nous vient peu à peu du découragement et l'idée qu'il y a là une ruse suprême pour nous tirer en avant et que jamais nous n'atteindrons l'horizon parfait dans sa courbe. Mais il nous vient aussi parfois le sentiment que d'autres après nous tenteront la même folle entreprise et que ce bel horizon si loin toujours, c'est le cercle enfin uni des hommes.

RETOUR À SAINT-HENRI

Discours de réception
à la Société royale du Canada

Messieurs,

Vous m'avez, avec une extrême bienveillance, invitée à choisir librement le sujet de mon discours de réception dans votre Société. C'est un écart à vos traditions et je vous suis reconnaissante d'en avoir dévié en ma faveur. Pas que cette grande liberté ait facilité mon choix. Au contraire, j'ai été longuement indécise.

J'espérais, je pense, un sujet qui eût peut-être uni un instant dans la joie nos cœurs las de chercher, sans jamais beaucoup en trouver, plus de justice entre les hommes.

Mais... il y a quelque temps, je suis retournée dans Saint-Henri. C'est un trajet facile et court. On descend la rue Atwater ; on arrive presque aussitôt à la populeuse rue Notre-Dame. Et là, devant nous, c'est toujours le même village gris dans notre grande ville, le village de toutes les grandes villes du monde où dans la poussière, la fumée, l'espace exigu, le manque d'air et de verdure, vit encore, en somme, la majorité des êtres humains. Il y avait tout autant qu'il y a quelques années de poussière de charbon, de sonneries grêles, de tourbillons de fumée, bien que les trains passent un peu moins fréquemment dans Saint-Henri, maintenant que certains empruntent la voie du tunnel. C'est, au fond, à peu près la seule amélioration que j'ai pu noter.

J'ai entendu causer les gens aux coins des rues, dans les petites boutiques, aux abords de la gare, sur la place du marché. Et c'était incroyable, mais les ouvriers, les travailleurs du faubourg, tout comme les financiers et les chefs d'industrie, avaient à la bouche la même prédiction amère. Tous ils s'entretenaient du très probable retour des mauvais temps d'avant la guerre : dans un an ou deux, disaient les uns ; dans quatre ou cinq ans, maintenaient les plus optimistes. Il n'y avait pas à proprement parler de chômage — le peuple travaillait encore et même de trop longues heures ; tout l'un ou tout l'autre ainsi que me l'exprimait un ouvrier — mais ces deux mots terribles, chargés d'effroi, chargés de colère, empoisonnaient la réflexion de tout homme : la crise économique, le chômage. On était, ayant cependant pour nous la paix et l'abondance, comme dépourvu de courage devant l'impérieuse nécessité des travaux à entreprendre, tellement il était acquis dans notre milieu que le travail pour tous et la prospérité sont les résultats, et peut-être pensons-nous, les bienfaits de la guerre ou de l'après-guerre.

Je suis arrivée à la pauvre butte où Saint-Henri cherche à se dégager du bruit, du vacarme, de l'air empoisonné et tend vers le ciel, à travers l'acier et l'appel exaspéré des cloches, ses branches d'arbres aux feuilles lourdes de suie. De la butte, je voyais bien que Saint-Henri n'avait aucunement changé. Pas plus que naguère il n'y avait de maisons convenables pour abriter les familles et pas plus que naguère d'agrément et de beauté dans la vie des ouvriers. Saint-Henri me racontait encore une fois le gaspillage que nous avons fait de l'énergie humaine, de l'espoir humain, alors que nous nous disions trop pauvres pour entreprendre les travaux de construction. Pauvres ! il faut, au contraire, que nous ayons été immensément comblés pour laisser se perdre pendant des années le travail humain, dans Saint-Henri et ailleurs, et n'en pas mourir d'inanition. Une société pauvre serait celle qui ne saurait permettre l'oisiveté d'aucun de ses membres, l'inutilisation d'aucune de ses ressources. Et qu'est-ce qui condamne mieux aujourd'hui notre ordre social que l'inutilisation de tant de vies et d'habileté, sauf pour la guerre !

Je me suis rappelé les vies pathétiques que j'avais situées ici, quoiqu'elles eussent pu être situées ailleurs, les vies de Rose-Anna, d'Azarius, de Florentine, à qui la guerre avait pu paraître comme une cruelle chance de salut. Je désirais pourtant depuis longtemps me détourner d'eux qui m'ont fait souffrir, parce qu'ils m'ont obligé à décrire leur destinée dans son essentielle amertume. Mais Saint-Henri n'avait pas fini de me tenir au bord de notre dure réalité. Et si aujourd'hui je dois vous reparler de ces personnages, ce n'est pas par excès d'intérêt, mais plutôt avec un sentiment de détresse. Car le romancier, que la vue de certains malheurs a contraint à les décrire et qui, plus tard, les voit sur le point de se répéter, est saisi d'un sentiment sans pareil d'inutilité.

En me laissant libre du choix d'un sujet, messieurs, vous m'avez livrée à l'attirance secrète que ces personnages, issus de la réalité, ont exercée sur moi.

Je n'ai pas à proprement parler de discours à prononcer, ce soir. Simplement, nous allons essayer, si vous le voulez, de retrouver tels qu'ils pourraient nous apparaître aujourd'hui, les personnages de *Bonheur d'occasion*. Les faits ne nous manqueront pas, que nous connaissons tous trop bien, je crois, d'après lesquels nous pourrons analyser leur présente condition.

Rose-Anna ! je l'ai revue, après toutes ces années, au coin de la rue du Couvent où il me semble que j'ai dû l'apercevoir pour la première fois. Cette petite femme du peuple, douce et imaginative, je peux bien vous avouer aujourd'hui qu'elle s'est introduite presque de force dans mon récit, qu'elle en a bouleversé la construction, qu'elle en est arrivée à le dominer par la seule qualité si peu littéraire de la tendresse. Et je suis bien reconnaissante aujourd'hui à Rose-Anna de m'avoir forcé la main, parce que sans l'humilité et la force de sa tendresse, il me semble bien que mon récit n'aurait pas eu le don d'émouvoir, car ce n'est vraiment que par l'offrande de nous-mêmes à quelqu'un ou à quelque but supérieur que nous touchons le cœur humain et méritons d'y vivre peut-être quelque temps. Mais voyez quels étranges rapports unissent celui qui écrit et celui qui lit. Rose-Anna, ce sont les lecteurs, au fond, qui me l'ont révélée. Une des plus délicieuses émotions dans la vie d'un romancier, c'est de s'entendre définir les qualités et les caractéristiques d'un personnage qu'il a créé, et cela par un lecteur qui s'imagine, avec raison d'ailleurs, posséder des connaissances précises et exceptionnelles sur ce personnage.

S'il est vrai que je vous ai révélé Rose-Anna, il est donc vrai que vous me l'avez aussi révélée, et il est indispensable que vous m'aidiez maintenant de votre compréhension pour la retrouver entière.

Elle venait par la rue du Couvent ; elle avait beaucoup vieilli, mais elle n'avait pas perdu ce petit froncement affectueux du front entre les sourcils, cet air absorbé de ceux qui en sont toujours à défendre les êtres qu'ils aiment et se heurtent ainsi à mille obstacles. Et j'ai su que la pauvre tête de Rose-Anna roulait encore des chiffres, qu'elle en était toujours à ses calculs. Bien sûr, elle avait retiré plus d'argent durant la guerre que durant la paix. Bien sûr, les enfants avaient été un peu mieux nourris, un peu mieux vêtus, mais à un prix dont Rose-Anna, après toutes ces années, sent encore la cruelle dérision. Et où est donc la modeste sécurité que la pauvre femme a espérée ? La guerre lui a été mauvaise... mais que lui a apporté la paix ? Est-ce que la paix, dans une vie comme celle de Rose-Anna, ne va pas signifier un peu moins d'argent et, après quelque temps, un peu moins de travail et, enfin, presque plus de travail ? Parce que le pauvre n'est pas à moitié aussi nécessaire à la paix qu'il l'est, qu'il l'a toujours été à la guerre.

J'ai vu Rose-Anna prendre par une petite rue plus surpeuplée encore qu'avant la guerre, davantage gonflée de marmaille et de cris d'enfants. Rose-Anna avançait en regardant les maisons plus tristes, plus détériorées que jamais... et je n'ai pas besoin de vous le dire, n'est-ce pas, vous l'avez bien compris : Rose-Anna cherchait encore un logis. De bonne heure ce matin-là, elle avait annoncé : « Je vais me mettre sur le chemin ; faut bien une maison, un toit d'abord ; ensuite, on aura le temps de penser au reste. »

Elle avait vécu dans une « assez bonne maison », selon son expression, durant les dernières années de guerre. C'était même très exactement la seule maison habitable où elle eût vécu. Mais au printemps passé, quand on a modifié les règlements concernant les loyers, le propriétaire a repris son logement. Rose-Anna a donc passé l'été dans un magasin désaffecté, un abri de planches plutôt qui, depuis bien des années, avait servi d'entrepôt. Mais jamais elle ne pourra rendre cette grange habitable l'hiver. Alors, quand il n'y a pas dix maisons disponibles dans le faubourg, Rose-Anna s'est mise quand même sur la vieille route de sa vie : la quête du logement. Elle a près de cinquante ans, elle n'a jamais habité plus de deux ans la même maison ; elle a tant marché par les rues du faubourg qu'elle connaît par cœur les arrière-cours et les pitoyables abris, elle ne devrait pas avoir d'illusions, il semble que les illusions ne devraient pas être permises à des femmes comme Rose-Anna, et pourtant, après tant d'années de déceptions, Rose-Anna a toujours, très précise au fond du cœur, la vision d'une petite maison claire, propre, pas trop près du chemin de fer et, si possible, éclairée du côté sud. Et marche ! marche ! Rose-Anna est encore dans la grande cohue des femmes de notre ville qui cherchent un logement, des milliers de femmes. Si elles venaient ensemble, en rangs pressés, nous comprendrions peut-être, peut-être aurions-nous peur de leur détermination.

Mais elles sont seules, chacune avec ses chiffres, son inquiétude et les « pourquoi » que parfois elle se pose. Les ouvriers du textile ont fait la grève dans Saint-Henri. C'était avec l'espoir de rétablir l'équilibre entre les salaires et la montée du coût de la vie. Mais aussitôt le coût de la vie a monté encore, de sorte qu'en dépit des souffrances de la grève presque rien n'a changé des conditions de la vie ouvrière. Mais les ouvriers gagnent beaucoup, entend dire Rose-Anna de tous les côtés ; ils vont ruiner l'industrie, ils dérangent l'économie. C'est quand même curieux, pense Rose-Anna, que ce soient toujours les ouvriers qui portent le blâme de faire monter les prix, de bouleverser l'économie. Pourquoi pas aussi les invisibles personnages que l'on imagine si difficilement derrière les hauts murs des filatures, des fabriques de Saint-Henri, loin au-delà de ces remparts de fumée, de vapeur, du roulement des machines ? Mais Rose-Anna se perd dans ces considérations ; elle revient à ce qui la touche de près : le lait à seize cents la pinte ; la viande à des prix presque plus abordables ; les chaussures qui augmentent de cinquante pour cent ; le prix du pain même qui a monté. Jamais elle n'a si peu compris cet équilibre douteux des profits qui soutient notre ordre social. Elle se rappelle un temps où le bois ne servait pas à élever les maisons, ni le blé à donner du pain en abondance, ni les hommes à bâtir, à construire, à créer avec joie, en chantant leur utilité et leur fierté, un beau pays de contentement. Et elle se rappelle un autre temps où le bois, le pain, les hommes acquéraient une valeur tragique, et c'était celle que leur conférait la peur du riche et la nécessité du pauvre. « Comment est-ce que le monde marche donc ? » pense Rose-Anna en passant devant l'église de Saint-Thomas-d'Aquin. « Mon Dieu, comment est-ce que le monde marche donc ? Ça changera-t-y pas un jour ? »

Lorsque j'ai vu disparaître Rose-Anna, à petits pas courageux, son vieux sac de cuir serré sous le bras, j'ai bien eu l'impression que je la voyais pour la dernière fois, que nous nous quittions définitivement puisque je n'avais pas de réponse à sa question angoissée tandis qu'elle, tenace, toujours têtue dans ses affections, ne savait qu'y revenir et m'en accabler.

Peu de temps après, dans un beau taxi tout neuf, orange et noir, j'ai retrouvé Azarius. L'insouciance fait du bien : sans l'insouciance, l'ouvrier ne saurait vivre. Azarius chantonnait en attendant les clients. Il était toujours bel homme, Azarius, quoique sa figure fût marquée d'une éraflure. C'était là un souvenir de sa guerre en Italie. Mais l'Italie, en dépit de l'éraflure, quel admirable pays, au dire d'Azarius ! Il a conscience d'avoir délivré les Italiens de l'oppression, de leur avoir enseigné la démocratie ; il a même conscience d'avoir accompli plus en Italie que dans son propre pays. Et cela fait qu'il garde à ce pays un chaud sentiment d'amitié. D'ailleurs, tous ces vétérans qui sont maintenant au volant d'un taxi, pour peu que vous sachiez les faire causer, les écouter avec bienveillance, ils vous racontent une histoire bien étrange. Au lieu de la haine, ils vous traduiront comme nuls autres notre nostalgie d'amitié pour les peuples. Les soldats ne sont-ils pas devenus les véritables voyageurs dans notre monde, et les pèlerins de la fraternité universelle, eux qui, partis pour combattre des ennemis, ont trouvé un peu partout des artisans comme eux, des ouvriers comme eux et souvent des chômeurs comme ils avaient été eux-mêmes ?

Ainsi Azarius, parti en guerre contre les Italiens, est revenu tout préoccupé d'une foule de grands problèmes qui concernent l'Italie. Il est très sincèrement affligé des malheurs qui ravagent ce pays. Il me raconta les horreurs du marché noir, la misère repoussante du peuple. Il s'indigna, il trouva de grands mots pour flétrir le gaspillage que nous faisons de nos denrées alors que les populations d'Europe souffrent de la faim. Les idées lui venaient en bousculade. D'après lui, on aurait la paix seulement quand les pays seraient sous le contrôle d'un gouvernement mondial et qu'on en serait venu à mettre les richesses du monde en commun. J'ai vu qu'Azarius n'avait pas beaucoup changé. Il lui était encore plus facile, comme à chacun de nous, de régler les problèmes du monde dans l'abstrait que de faire face, chaque jour, aux modestes sacrifices, aux modestes efforts que la paix exige de nous. Et quoi d'étonnant à cela ! La tâche de la guerre n'est pas nécessairement celle qui prépare à la tâche de la paix. Celle-ci est beaucoup plus humble et, par conséquent, beaucoup plus difficile.

Mais j'ai demandé à Azarius pourquoi il n'était pas retourné à son ancien métier. « La menuiserie, Azarius, tu te souviens, comme cela te convenait. Tu es né pour bâtir. — Bâtir des maisons ! » a riposté Azarius. Un instant, sa paupière s'est soulevée, son œil bleu a flambé d'enthousiasme comme naguère quand il revoyait les années utiles données aux travaux de construction. Puis une expression de vive contrariété a passé sur son visage. Il était humilié que je lui eusse rappelé sa joie perdue, sa fierté perdue.

« Le métier, a-t-il protesté avec la violence de qui renie ce qu'il a le mieux aimé, le métier ça n'existe plus. Les maisons, on les bâtit maintenant de carton, de pâte de papier ; les murs, on les fabrique à la douzaine, sans plus aucune sorte d'affection. D'ailleurs, ce ne sont pas des maisons ; ce sont des rangées de boîtes. »

Et ce qu'il y a de plus triste dans notre construction, au dire d'Azarius, c'est que toutes ces maisons bâties à la hâte avec de mauvais matériaux bien souvent, n'auront pas une très grande valeur dans quelques années, quoique les gens se mettent dans les dettes jusqu'au cou pour arriver à élever ces logements. « Remarquez, m'a dit Azarius, maintenant que les bons matériaux sont rares, que les bons ouvriers sont rares, les banques prêtent pour la construction ; avant, quand il y avait des menuisiers à chaque coin de rue et de bons matériaux, les banques ne prêtaient pas. Ça fait pitié, m'a dit Azarius, de voir les gens mettre tout leur pauvre petit argent dans du temporaire. C'est rien que du temporaire, a-t-il insisté, heureux de ce mot, la construction est rien que temporaire... On marche dans le temporaire. Ça fait que j'aime encore mieux les taxis. Les taxis non plus, ça durera pas bien longtemps ; un de ces bons jours, on va se réveiller, et il y aura un taxi pour chaque personne à pied. Mais, en attendant, on prend ce qui passe. »

C'était bien cela : on en était, devant tant de travail entrepris mollement, devant tant de gaspillage, devant tant d'imprévoyance et d'incurie, on en était à ne plus souhaiter qu'une courte accalmie. Partout où je suis allée, c'était la même lassitude de vivre. Une société n'a pas méprisé, pendant des années, ses biens essentiels, le capital-travail et les ressources naturelles, sans expier durement tôt ou tard. Chez Sam Latour, on parlait aussi de ce gaspillage d'autrefois. À propos, Sam a vendu son petit restaurant de la rue Notre-Dame. Dans sa jeunesse, Sam avait appris le métier de barbier ; il y est retourné parce que, vous savez bien, Sam a toujours aimé pérorer — dans le peuple on dirait que Sam est un placoteux, un bavard, mais nous, nous savons mieux, nous savons que Sam aime à définir la justice, la bonté, les causes de la guerre, le chômage ; c'est une qualité bien française, fortement établie chez nous. Et Sam s'est avisé que dans le métier de barbier on a toujours quelqu'un avec qui discuter des graves questions de l'économie ; c'est un métier qui assure un auditoire.

Au moment où je suis entrée, le client de Sam, un petit homme doux et tranquille, en était justement à raconter sa vie. Il la racontait comme une chose drôle malgré tout et plutôt incompréhensible. « Moi, disait-il, j'ai eu six belles années de travail dans ma vie ; les années de guerre comme de bonne raison. Avant, je vivochais d'une besogne à l'autre. Maintenant, combien de temps que ça peut encore durer ! Pas longtemps à mon idée. Déjà ils nous remplacent, nous autres, les vieux, par des vétérans, des gars qui ont fait la guerre, et c'est juste. Mais six belles années de travail seulement ! Les années de guerre ! »

Il était là, regardant ses mains croisées, et il répétait avec gêne et surprise cette très simple et très dure vérité : six belles années de travail, les années de guerre. Il ajouta : « J'aime pas dire ça, me semble que c'est mal, mais je m'en vas vous le dire quand même, monsieur Latour : pour nous autres, ma femme, mes enfants, on a été bien pendant la guerre. Jamais si bien. »

Sam bouillonnait. Et il s'est mis à expliquer à sa manière comment reviendraient le chômage, puis l'inutilisation de nos véritables biens. « C'est facile à voir, disait-il. Là, tout le monde ou presque tout le monde a encore du travail, mais déjà il y a un peu moins d'argent, hein ! Seulement, il n'y a pas encore tout à fait assez de beaux poêles électriques, de belles autos neuves, de frigidaires, de confort moderne pour ceux qui peuvent l'acheter. Ça va rouler encore quelques années, la production du confort. Mais pas bien longtemps : quatre ou cinq ans peut-être bien. Un beau jour, il va y avoir comme avant trop de confort pour notre argent. Il va y avoir trop de blé dans l'Ouest ; trop d'automobiles arrivant de Detroit à Windsor. Et quand on y sera arrivé à la pleine abondance, qu'est-ce que tu penses qui commencera ? Eh bien ! comme toujours, avec l'abondance, avec le surplus, t'auras la misère. L'abondance, a répété Sam, tout fier de sa boutade, c'est la misère chez nous. »

Ces hommes sont trop aigris, croyais-je, ils n'ont pas trouvé de digne emploi de l'énergie humaine, mais les jeunes gens doivent parler un autre langage. Allons les entendre parler ; les jeunes gens au moins doivent avoir conservé quelque courage.

Et c'est alors que j'ai rencontré Pitou. Notre Pitou, vous vous souvenez, a appris à faire la guerre avant d'apprendre à gagner son pain. À son retour d'Angleterre, il a trouvé à s'embaucher dans une filature de Saint-Henri. Presque tout de suite, il a été entraîné dans la grève. On l'a vu devenir irascible, Pitou, irascible à ne plus le reconnaître.

Il avait ramené une petite épousée anglaise. Ces deux-là s'étaient connus à Londres, un soir d'alerte ; elle, une petite cockney maigrioche, pâlotte, mal nourrie ; lui, un gamin des bords du canal Lachine. Ils ont mis en commun leur espoir d'un monde meilleur ; on avait tellement dit à Pitou qu'il se battait pour la justice, et à la petite cockney que le Canada était comme une manière de paradis de l'autre côté de l'Atlantique.

La petite cockney et Pitou n'ont pas trouvé de logis en arrivant ; ils ont déménagé de chambre en chambre pendant six mois. Enfin, ils ont trouvé asile avec cinq autres familles dans une affreuse vieille maison qui avait abrité, à ce qu'on dit, une bande plutôt suspecte. On menaça Pitou de la prison s'il ne déménageait pas tout de suite sur le trottoir. La grève durait depuis plusieurs semaines. Un peu partout, on accusait les ouvriers de paralyser l'industrie, d'exploiter la situation. Pitou passait ses journées au centre des grévistes. Il était devenu fanfaron, fort en gueule. Il osait prétendre que les patrons avaient profité de la guerre plus que les soldats. Il s'imaginait avoir découvert tout seul le nœud de la situation. De telles accusations plongeaient la mère Philibert, la grosse Emma de la rue Saint-Ambroise, dans un vilain embarras. Pour elle, le temps était demeuré au beau fixe à travers une dépression, une guerre et un autre retour houleux à la paix. Du fond de sa boutique, derrière son comptoir, elle était toujours là qui interprétait les guerres, les périodes de chômage, tout bouleversement social comme autant de menaces à sa petite vie quiète et sans hasards.

« T'es dans l'union de *AF of L* qu'elle crie à Pitou. Une bande de communistes ! Vous recevez de l'argent de Moscou, ou bien c'est-y pas plutôt que vous envoyez de l'argent à Moscou ? En tout cas, c'est communiste. Dans mon temps... »

— Aussitôt qu'on essaie de se déprendre, a interrompu Pitou, on est communiste. C'est correct d'abord, je suis communiste.

Alphonse était dans le fond de la boutique. On l'a entendu ricaner, puis élever la voix sur un ton geignard.

— D'après toi, Pitou, combien de temps qu'on va vivre dans la belle paix, avant la guerre des atomes, puis des microbes ?

Et Pitou, lancé sur le sujet qui l'intéresse le plus vivement, a commencé à décrire la prochaine guerre auprès de laquelle celle qui vient de finir restera dans la mémoire des hommes comme un jeu d'enfants.

Au sortir de chez Emma, c'était une soirée douce et triste comme j'en ai tant vu dans Saint-Henri. De longs convois de wagons de marchandises traversaient le faubourg ; des barges brouillaient l'eau du canal, chargées de blé, d'essence, de planches. L'abondance extraordinaire de notre temps, les beaux échanges de produits qui pourraient rendre notre vie si aimable, tout cela passait par Saint-Henri sans y laisser beaucoup plus que de la suie, des odeurs violentes et le sentiment poignant de l'insécurité.

Je cherchais Florentine, et je fus longtemps sans la retrouver. Je ne pouvais m'imaginer que c'était bien elle que je revoyais un peu partout, mieux mise qu'autrefois, un peu plus sûre d'elle-même, moins bruyante, mais aussi moins jeune et moins vivante.

Enfin, à son visage je la reconnus : le visage de milliers de femmes pourtant ; le visage émacié, tendu et fardé qu'on voit dans les tramways bondés, derrière les comptoirs des magasins, au fond de l'usine, à la fabrique, partout, partout ! Je me suis demandé pourquoi on parle toujours de la bravoure des femmes d'autrefois qui avaient à se battre contre les Iroquois ou qui avaient à tout faire de leurs mains. Je ne vois pas en quoi elles étaient plus courageuses que la petite d'aujourd'hui ; celle qui revient du fond de la ville dans un tramway surchargé, debout, oscillant de lassitude, avec une longue journée de travail derrière elle ; celle des restaurants, des fabriques, des filatures, des manufactures ; celle qui aide sa famille d'un misérable petit salaire presque toujours moindre que celui d'un homme dans le même emploi et qui ne garde bien souvent cet emploi que parce qu'elle est plus docile, moins exigeante ; et celle-là aussi qui n'a à préserver que sa petite indépendance tellement menacée ; la travailleuse, celle qui gagne son pain, celle qui coûte moins cher à l'industrie qu'un homme fort et solide.

Durant la guerre, Florentine a travaillé dans les usines de munitions, puis elle a grimpé l'échelle sociale jusqu'à devenir vendeuse dans un grand magasin. Pour elle, cela représente une véritable ascension, un grand pas dans la vie. Il lui semble qu'elle est arrivée à ce qu'il peut y avoir de meilleur pour elle dans notre monde. Dans ce petit cerveau pratique de

Florentine luttent bien encore quelques valeurs spirituelles, un frêle et inexplicable besoin de justice. Mais elle ne veut pas en convenir. Elle a depuis longtemps décidé que l'argent c'est ce qui compte dans Saint-Henri comme ailleurs ; car c'est l'indépendance, c'est toujours l'aide qu'elle peut apporter à sa mère et qui entretient tout de même en Florentine le goût de la bonté ; c'est aussi le clinquant des bijoux bon marché, les jolies toilettes, les bas de nylon ; c'est la jeunesse d'un printemps qui compense pour la fatigue, l'insécurité, et pour elle ne sait trop quel poids amer, quel regret à jamais incompris. Tout ce qui lui reste, c'est son emploi que peut-être avant longtemps on cherchera à lui ravir. Quoi d'autre, puisque Emmanuel n'est pas revenu. Je dois vous avouer que je n'ai pas eu le courage de le faire revenir, lui qui, au début de la guerre, était déjà allé un soir sur la montagne de Westmount demander à la richesse si elle ne consentirait pas aussi son sacrifice à la paix.

De tous les personnages de *Bonheur d'occasion*, Emmanuel est le seul dont je pense connaître exactement la destinée. Pour les autres, j'ai parfois espéré qu'ils retireraient quelques bienfaits de circonstances améliorées, je les ai abandonnés à l'orée d'un monde changeant, et il se peut qu'ils aient évolué différemment de ce que je vous ai dit d'eux. Toutefois, Jean Lévesque, personnage en qui j'ai incarné le refus des responsabilités sociales, l'égoïsme qui conduit l'être humain à accepter les avantages de la société sans lui sacrifier la moindre parcelle de sa liberté, Jean Lévesque, je n'en doute guère, doit profiter amplement des conditions où la vie l'a placé. Il est peut-être devenu un des chefs ouvriers qui exploitent les différends entre patrons et ouvriers à leur seul profit. Il ne s'est peut-être pas encore imposé à plus faibles que lui. Ces orgueilleux restent longtemps dans l'ombre avant de se découvrir prêts à donner leur mesure. Je ne saurais le suivre à travers sa vie ; Jean Lévesque est si nombreux parmi nous et la société, hélas ! accorde à des ambitieux comme lui des occasions si variées, si constantes, de dominer ceux qu'ils méprisent. Mais je sais bien qu'Emmanuel est mort ; il était l'esprit de l'intransigeante jeunesse qui ne veut rien de moins que la justice parfaite, et ainsi il était marqué pour le sacrifice.

J'imagine qu'il a dû mourir très lentement, d'inanition, avec bien d'autres prisonniers de Hong-Kong, et j'imagine qu'il est mort sans haine. Je crois même que durant les derniers jours de sa vie, il était très rasséréné et qu'il est mort avec une vision et un espoir.

Il avait beaucoup réfléchi durant les mois de sa captivité à la parenté profonde des hommes, sous des apparences d'extérieures différences, à leur destinée commune. Comme tant d'autres qui étaient partis pour tuer ou être tués, ce qu'il a plutôt trouvé, au bout du monde, c'est une perception aiguisée de la valeur de la vie et un amour décuplé de l'être humain. Et il concevait un nouvel ordre social basé sur la dignité du travail et la juste répartition des richesses. C'était un jeune homme simple, sans grandes prétentions, et ainsi il était arrivé à la seule solution possible, par le chemin même de son renoncement. Dans notre pays, il espérait un programme de longue durée voué aux grands travaux de la paix. Et dans cette société qu'Emmanuel imaginait, il n'existait plus de raisons pour les grèves ni pour le gaspillage des denrées, puisqu'un régime intelligent assurait aux ouvriers un salaire et des conditions de travail équitables. D'ailleurs, l'industrie n'était plus uniquement préoccupée d'écouler sa production sans souci des besoins réels du peuple ; enfin, l'exploitation de nos richesses était entreprise dans l'intérêt du plus grand nombre.

Que nos chamailles et nos querelles, au sein même d'un riche pays, devaient paraître futiles à Emmanuel, usé par les privations et achevant sa courte vie dans une enceinte de barbelés ! Il ne pouvait plus douter que dans notre évolution sociale le salut était dans l'élargissement constant des rapports humains. Et ainsi pour nous, il espérait une direction partant d'assez haut pour concilier le plus grand nombre possible d'intérêts, un gouvernement assez intelligent pour concilier du moins dans notre pays les intérêts des fermiers et des fabricants, des ouvriers et des patrons. À Emmanuel, il ne semblait plus ni trop osé, ni absurde d'espérer un pays où il y a de grands travaux à accomplir, de l'emploi pour tous ; et, dans l'abondance, autre chose que l'insécurité et l'amertume de vies non réalisées.

J'ai aimé tous les personnages de *Bonheur d'occasion*; je ne conçois pas comment le romancier pourrait ne pas plaindre et ne pas aimer la moindre créature issue de son imagination qui, tout incomplète qu'elle soit, le rattache au monde réel, souffrant et cruellement déchiré. Mais avec le recul du temps je m'aperçois que deux de ces personnages me consolent des autres, et qu'enfin, à la veille de les quitter pour toujours, je me sens comme allégée de leur avoir accordé la liberté d'accomplir leur destin en entier. Parce qu'ils ont vécu l'un et l'autre pour le bien-être d'autrui, Emmanuel et Rose-Anna ne nous laissent peut-être pas entièrement démunis d'espoir. Qu'ils nous encouragent par leurs épreuves, tout fatigués que nous sommes d'avoir tant de fois essayé de nous tendre encore une fois vers l'idéal d'une société meilleure, d'une humanité meilleure, et la vie effacée de Rose-Anna, et la mort sans bruit d'Emmanuel, n'auront peut-être pas été tout à fait inutiles. Même si à nos oreilles cela ne s'entend pas plus que la page d'un livre que l'on tourne.

COMMENT J'AI REÇU
LE FÉMINA

Nous étions à Paris depuis quatre ou cinq jours, mon mari et moi, en ce début froid et pluvieux de novembre 1947, dans un hôtel à peine chauffé, préoccupés par les difficultés avec les Douanes et l'Office des Changes, pas le moins du monde acclimatés, lorsque de chez mon éditeur on m'appela au téléphone.

Bonheur d'occasion venait d'y être publié. La veille, en passant sous les arcades de l'Odéon, mon mari et moi avions en coupables regardé mon livre à l'étalage. C'est déjà gênant pour un auteur de regarder ses propres livres en vitrine ; mais de plus, à cette époque, Paris, la nuit, à peine éclairé, avait un air un peu moyenâgeux, un peu inquiétant, et les passants prenaient une allure plus ou moins suspecte.

— Allô-allô! me dit-on au téléphone. Enfin, chère madame, vous voilà donc à Paris. Quel bonheur ! Mais pourquoi ne pas nous avoir annoncé votre arrivée, nous aurions été si heureux d'aller vous accueillir à Orly.

— C'est que, dis-je, nous sommes arrivés à bord d'un cargo, par Anvers...

— Mais c'est très mal, c'est très mal, de ne pas nous avoir fait signe dès en mettant pied à Paris.

Et la voix me demanda si elle pouvait passer prendre de mes nouvelles.

Peu après arriva le directeur littéraire de la Maison.

C'est un homme que j'imaginerais très à l'aise au grand siècle, poli comme on ne l'est plus ; par ailleurs, jusqu'à la mort, déterminé à parvenir à ses fins.

Plus tard, quand il cessa de vouloir plier ma volonté à la sienne, nous sommes devenus d'excellents amis, mais qui l'eût cru possible à notre première rencontre !

Après quelques échanges de politesse : « Ah ! le Canada, ce cher pays que nous ne connaissons pas assez, que nous aimerions connaître davantage ! » Et de mon côté : « Ah ! la France ! le bonheur d'y revenir !... » Après ces politesses d'usage, le directeur littéraire en vint au sujet qui l'amenait.

— Vous n'ignorez peut-être pas, me dit-il, que le jury du prix Fémina songe sérieusement à vous. Mais oui, mais oui ! La sympathie de ces dames vous est acquise. Le Canada, ce cher pays !

Puis il me regarda avec dans les yeux une terrible résolution, et il laissa entendre que... l'affaire serait en meilleure passe si je voulais faire quelques visites...

— Des visites ? Mais pourquoi ferais-je des visites à ces dames que je ne connais pas ?

— Justement... pour qu'elles vous connaissent !

— Mais ne trouvez-vous pas, lui dis-je, que des visites en ce moment auraient l'air très intéressées ?

— Pas du tout, qu'allez-vous chercher là ?

Le directeur littéraire me sembla perdre alors beaucoup de son air affable. Sans doute devait-il se demander si j'ignorais ou faisais semblant d'ignorer les batailles en règle que livrent chaque année les maisons d'édition parisiennes autour des prix littéraires. Il eut recours aux grands moyens.

— Vous n'êtes plus tout à fait seule en cause. Parmi nous, en ce moment, n'êtes-vous pas en quelque sorte le Canada ?

Comment, je représentais maintenant le Canada ! J'en éprouvai un poids sur les épaules, une émotion, un choc au cœur, dont je pensai ne jamais me relever. Pourtant, après quelques instants de réflexion, je tirai avantage de la situation.

— Eh bien, si je suis le Canada, raison de plus pour ne

pas aller de porte en porte. Le Canada, mon pays, dis-je fièrement, ne fait pas de visites de sollicitation.

— Mais non ! mais non ! mais non ! Bien sûr, me dit cet homme implacable. Que vous me comprenez mal ! Ce serait si gentil que, débarquant en France, vous alliez serrer la main de ces dames.

— Je veux bien leur serrer la main, si je les rencontre tout à fait par hasard. Et d'abord, ai-je demandé, ce prix Fémina, est-ce pour un livre... ou pour la gentillesse ?

Notre visiteur daigna sourire.

— Que vous êtes susceptibles, vous autres, les Canadiens !

Tout aussitôt d'ailleurs, il m'assura que j'étais française, oui, cent pour cent française, que cela se voyait dans toute ma personne, et que, pour cette raison, parce que j'étais française, je ne pouvais manquer d'avoir le prix.

— Ces dames sont déjà si bien disposées à votre égard, me dit-il. Cependant, votre existence leur paraît incertaine. Qui est cet auteur canadien, se demande-t-on, en ce moment à Paris ? Est-ce bien une personne réelle ? N'est-ce pas plutôt un mythe ?

— Eh bien, mettons que je sois un mythe, dis-je, et faisons la paix.

Quelques jours plus tard nous devions déjeuner chez le directeur littéraire, dans son hôtel de la rue du Cherche-midi. Déjeuner intime destiné à nous mieux connaître, à nous mieux aimer tous les trois, nous avait bien spécifié monsieur le directeur. Or il s'y trouva une quatrième personne, comme par hasard du jury du prix Fémina, une des plus attachantes du reste, Judith Cladel, fille du critique littéraire, lequel fut un grand ami de Baudelaire. Elle-même, qui fut très liée d'amitié avec Rodin et avec Maillol, est l'auteur de très beaux livres sur ces deux sculpteurs et fut l'inspiratrice du musée Rodin à Paris.

Avant de passer à table, mon mari me souffla de tâcher

de pousser Judith Cladel à nous relater ses souvenirs personnels au sujet de ses célèbres amis, et je l'aurais bien voulu, mais notre hôte entendait me faire briller. Il me posait des questions sur le Canada et, à tout ce que je répondais — oui, qu'il y faisait froid, oui, qu'il y avait beaucoup de neige par chez nous —, il s'écriait : « N'est-ce pas que c'est charmant ce que nous raconte notre Canadienne ! »

J'aurais bien voulu me cacher quelque part. Judith Cladel m'observait de ses yeux fins et intelligents. Elle eut la bonté, la délicatesse de nous tirer d'embarras.

— J'aime votre livre, me dit-elle, et pas seulement parce qu'il est canadien. Je penche pour lui. Mais j'aime aussi beaucoup *L'Aventure sans retour*.

— Ah oui, de Jean Fuega !

Je venais de le lire et le trouvais fort beau. C'est la vie romancée d'un explorateur cher à mon cœur, cet intrépide petit capitaine Scott qui s'en fut mourir au pôle Sud pour la gloire d'y planter le drapeau britannique.

— L'auteur, ce Jean Fuega, me dit Judith Cladel, est quelqu'un de bien sympathique. Un marin et, en ce moment même, en mer, il vogue... Peut-être vers le cap de Bonne-Espérance !

Je relevai la tête vivement. Je ressentis l'injustice que nous étions en train de commettre envers ce fier marin, si loin des salons. Tout autant que son livre, sa noble indépendance était digne de mériter le prix.

— Le cap de Bonne-Espérance ! Ah, madame Cladel, donnez-lui le prix. Restez-lui fidèle.

— Je ne puis me décider aussi facilement, dit-elle.

Notre hôte, n'aimant pas beaucoup la tournure de nos propos, dit alors, en faisant la moue :

— Ce Jean Fuega... est-ce vraiment si intéressant ?

— Son éditeur à lui le pense, fit madame Cladel.

Tout de même, ce déjeuner en compagnie de Judith Cladel porta un coup de mort à la rumeur que je n'étais qu'un mythe. Les journaux commencèrent à annoncer mon existence.

Et, tous les jours, au bout du fil, j'étais mise au courant des développements de l'affaire.

— Allô-allô! comment allez-vous, chère madame? Comment, enrhumée? Mais il faut vous mettre au lit immédiatement!

J'y étais. Dans notre hôtel glacial, pour ne pas geler vive, je n'avais trouvé mieux que de me mettre au lit et d'y rester sous une pile de couvertures.

— Il faut vous soigner, m'enjoignit sévèrement la voix aimable. Je vais vous envoyer le professeur un tel. Mais si... mais si...

Et ce chapitre de ma santé réglé, repoussé, enfoui, la voix se faisait grave comme pour me communiquer des secrets d'État.

— Madame une telle est douteuse.

— Ah!

— Par ailleurs, Judith Cladel est de plus en plus ébranlée.

« Ah, pauvre Jean Fuega, pensai-je, nous lui avons joué dans le dos; si jamais je le rencontre, je lui demanderai pardon. »

— La duchesse de la Rochefoucauld marche.

— Ah, elle marche!

Mais à peine soulevée de terre, on me laissait retomber.

— Il y a le livre d'Emmanuel Roblès qui gagne du terrain.

« Ah, ce Roblès, toujours dans mon chemin! »

Si bien ignorée la veille encore à Paris, j'étais en train de diviser, de scinder la ville en deux factions : le clan des il-faut-à-tout-prix-couronner-le-Canada, et l'autre clan, aussi monté, celui des n'avons-nous-pas-assez-d'auteurs-français-de-chez-nous-sans-aller-importer-des-prix-Fémina-canadiens!

Cependant, en ces jours de célébrité, nous mourions doucement de faim, mon mari et moi. Le rationnement était alors sévère à Paris. Nous n'avions pas encore trouvé le chemin de ces bons petits restaurants où l'on pouvait, bien que non inscrit au menu, commander un bifteck. Du reste, promus en quelque sorte représentants du Canada, nous mettions notre orgueil à n'échanger nos dollars qu'au marché officiel, et le moindre repas de soupe claire et de pain jaune nous coûtait déjà les yeux de la tête. Bref, nous maigrissions, nous dépérissions. Au bout du fil, allô-allô! on me disait que l'on ne me trouvait pas bonne mine, et l'on m'invitait à survivre du moins jusqu'à l'attribution du prix.

La duchesse penchait de mieux en mieux. Par ailleurs, une de ces dames qui, dès le début, m'avait été acquise, se dérobait. Elle avait trouvé un meilleur livre, à ce qu'elle prétendait. Et, au téléphone, on m'engageait à ne pas m'endormir tout à fait encore dans la confiance.

Or, voici qu'il se produisait en moi quelque chose d'affreux. Ce prix, jusque-là, je l'avais souhaité... modérément... de manière raisonnable. Mais on m'avait tellement montée, puis fait descendre, puis remontée, que j'en vins à le vouloir de toutes mes forces. J'y tenais à présent comme à la vie. Que dire : la vie ! J'y tenais comme à l'honneur. Et non seulement comme à mon honneur, mais encore à l'honneur du Canada. Sans lui, nous étions déshonorés tous deux. Ne l'obtenant pas, oserais-je me montrer encore, oserais-je jamais revenir en mon pays ! J'entrevoyais une existence en exil, errante, comme Job n'ayant même pas une pierre sur laquelle poser ma tête. Était-ce donc là à quoi menait le désir d'écrire ?

Pendant ces journées, la comtesse de Pange, présidente du prix Fémina, était ma meilleure alliée, mon soutien principal. Cette intrépide, cette bouillonnante, cette fougueuse parcourait Paris et ferraillait pour mon compte au faubourg Saint-

Honoré et au faubourg Saint-Germain. Elle attaquait les mous, elle enfonçait les récalcitrants, elle secouait les indifférents. « Il y a assez longtemps, disait-elle, que nous parlons de liens d'amitié, de fraternité avec nos parents du Canada français ; il est temps de passer aux actes. »

Sur les barricades était également monté le premier lieutenant de la comtesse de Pange, la brave madame Octave Mirbeau, une petite femme dont l'allure guerrière me faisait l'appeler madame Mirabeau.

La très vieille madame Saint-René Taillandier, qui ne bougeait guère de chez elle, nous avait assurés de son vote, en souvenir d'un lointain voyage au Canada où elle était venue, avec quelques autres, planter une croix sur la pointe de Gaspé.

Dans tout cela, mon livre avait l'air de compter peu. Un jour, en parcourant un journal, mes yeux découvrirent la manchette suivante : *Le poulain de la comtesse de Pange.*

Tiens donc, pensai-je, la comtesse de Pange, mon amie, a aussi une écurie de courses ! Et aussitôt je découvris que le poulain, c'était moi.

Quelque temps encore, et les manchettes me donnèrent la première place : *La Canadienne en tête.*

Hélas, le lendemain, Emmanuel Roblès me dépassait du nez.

Je revins en première place ; je retournai en deuxième, en troisième. Que faisaient donc tout ce temps mes braves alliées ?

On le comprend, ces émotions usent. Tantôt affaissée, tantôt regonflée, j'accueillais des désirs de fuite. Je rêvais moi aussi d'une cabane au Canada.

Et, tous les jours, allô-allô! on jetait de l'huile sur le feu.

— Cette madame X vous fait une lutte déloyale, allant jusqu'à prétendre que nous avons assez d'auteurs français sans aller prendre chez vous des Canadiens.

— Au fond, c'est un peu vrai.

— Allons donc! Un auteur comme vous!

Certains entrefilets de journaux donnèrent pire à entendre. Ils donnèrent à entendre que la France ayant un grand besoin de blé et le Canada, comme chacun le sait, beaucoup de blé dans ses greniers à vendre ou même à donner, la présence à Paris d'un auteur canadien au moment du Fémina s'expliquait tout naturellement, n'est-ce pas?

Grands dieux, quelle importance allait-on m'accorder! Tout aimée que j'aie jamais pu me croire du gouvernement canadien, certes, ce ne le fut pas assez pour obtenir de lui, afin de les donner à qui je voudrais, quelques milliers de tonnes de blé, même si je suis née dans les plaines de l'Ouest. Du reste, si le gouvernement canadien entendit jamais parler de moi, je ne serais pas surprise que ce fût précisément lorsque mon nom rebondit à Paris.

— Tiens donc, a dû se dire alors le gouvernement canadien, c'est à nous cet auteur à propos duquel à Paris on se chamaille!

Et puis, la voix au téléphone me porta le dernier coup.

Jusque-là elle m'avait laissé entendre que j'aurais ou que je n'aurais pas le prix ; dès lors, toute l'affaire mourrait de sa belle mort. Mais voici qu'impérieuse et suave, elle m'apprit que, si je décrochais le prix, j'aurais, n'est-ce pas... la moindre des choses... à aller le chercher en personne.

— Ne sait-on pas où je suis? demandai-je dans un soupir. Ou bien ne pourrait-on pas vous le confier et vous me le passeriez de main à main?

La voix au bout du fil daigna sourire.

— Ce n'est pas tout à fait ainsi que se font les choses à Paris. Ne trouvez-vous pas qu'il serait poli d'aller vous-même remercier ces dames?

— Mais si c'était le beau marin de Judith Cladel, en route pour Bonne-Espérance?

La voix me gronda.

— Que vous êtes amusante ! Ces Canadiens ! Mais dans votre cas il y a un peu de votre pays qui se trouve honoré en quelque sorte en votre personne.

Il est vrai : le Canada ne pouvait manquer d'aller en personne remercier la France.

Je me mis à préparer, à polir quelques phrases. Est-il rien de plus cruel que d'avoir à fignoler un petit discours de remerciements que l'on n'aura peut-être pas à prononcer ? De plus, il n'est pas facile de se mettre à penser comme si on était un pays. Je demandai à mon mari de m'aider. Il prit un grand visage triste : « Que veux-tu que je te dise ? Dis-leur que t'es contente, que t'es ravie, que tu n'en reviens pas ! »

Cependant, je ne préparais pas autrement mon jour de triomphe. Je ne me suis du reste jamais préparée aux veilles des grands jours, peut-être parce qu'à bout de réflexes, peut-être pour ne pas me mettre le destin à dos, qui sait ! En tout cas, je n'allai ni me faire coiffer, ni même m'acheter un chapeau, encore que j'en eusse eu le plus grand besoin, n'ayant pour me mettre sur la tête qu'une pauvre petite chose faite pour me protéger des grands vents du nord, plutôt que pour me donner allure et courage.

Enfin se leva le jour terrible ! Il en était temps. À force de marcher d'un mur à l'autre, mon mari achevait d'user le tapis de l'hôtel. À l'issue d'un déjeuner réunissant ces dames du Fémina, elles devaient voter. Aussitôt connu, s'il m'était favorable, le résultat nous serait communiqué. On nous avait dit : sans doute vers deux heures.

Le coup de deux heures sonna. Mon mari suspendit ses allées et venues d'ours polaire en cage. Nous nous sommes regardés. J'ai dit faiblement ; « Nous ne l'avons pas... » pour lui faire porter une part de la défaite.

— Attendons trois minutes encore, me dit-il.

À deux heures quatre minutes, je dis :

— Retournons au Canada ; nous irons dans le Grand Nord élever des animaux à fourrure.

À deux heures sept minutes la sonnerie du téléphone retentit. Mon mari bondit sur l'appareil. Je l'entendis d'une voix sans timbre, mourante, qui disait, comme pour acquiescer à la fatalité : « Oui… oui… oui… » Je pensai : il reçoit des condoléances. Il raccrocha. Il me dit, de cette voix toujours accablée : « Tu l'as ! »

Mes éditeurs fonçaient déjà à travers Paris pour venir nous chercher. Ils arrivèrent presque immédiatement.

Mon mari me mit sur la tête mon chapeau qui me descendait jusqu'aux oreilles. Puis il sortit comme un fou, il courut chez le fleuriste à côté, il revint chargé d'un énorme pot d'azalées fleuries qu'il me posa sur les bras. Mon éditeur m'en délivra. Le directeur littéraire me saisit par la main. Je courus avec eux. Puis nous étions en auto, et nous traversions Paris comme des gens qui ont le feu derrière eux.

Au Cercle Interallié, derrière de grandes portes fermées, venait un bourdonnement de voix humaines, quelque chose comme le grondement de la mer.

Les portes s'ouvrirent. Le grondement déferla. La foule m'engloutit. J'étais entrée dans mon vieux petit manteau de rat musqué, qui avait bien huit ans de service ; j'entendis sur mon passage des cris d'envie, presque de révolte : « Vous avez vu ça, ces fourrures du Canada ! Des visons ! »

J'enlevai ce traître manteau. J'arrivai à la table des juges. Ils se jetèrent sur moi… pour m'embrasser. Je passai de bras en bras, de poitrine en poitrine. La duchesse de la Rochefoucauld m'enserra. Également Rosemonde Gérard, plus jeune que jamais et que, Dieu sait pourquoi, je croyais morte. Madame Fernand Gregh me fit éternuer en me chatouillant la joue de l'extraordinaire plume qui ornait son chapeau.

Madame Mirbeau me donna l'accolade. La comtesse de Pange me secoua violemment. Elle exultait.

— Vive la France ! Vive le Canada !

Pendant tout ce temps on me photographiait. Une de ces dames, je ne sais plus laquelle, charitablement me dit : « Mon pauvre petit, enlevez donc votre chapeau. » Je l'enlevai. Mon visage apparut. Les photographes, bonnes âmes elles aussi, recommencèrent à me photographier. Et pour que tout fasse plus naturel, les juges et moi recommençâmes à nous embrasser.

Puis des micros se mirent à me passer sous le nez. *Paris-Soir* était là. *Paris-Presse* était là. Également *Combat, Carrefour, Le Figaro, L'Humanité, L'Aube.* On me demanda :

— Quelles sont vos impressions de Paris ?
— Aimez-vous la France ?
— À quel âge avez-vous commencé à écrire ?
— Êtes-vous contente ?
— Prenez-vous vos personnages dans la vie ou dans votre tête ?

Mon mari pendant cette heure cruelle m'avait assez lâchement abandonnée. Il se promenait parmi la foule jacassante en plongeant l'oreille à gauche, à droite. Il recueillit bien des réflexions qui ne nous étaient pas destinées.

— Je vous le dis, affirmait de moi une grande bringue, elle est née dans une cabane de bûcherons aux confins du cercle polaire. Elle a serré les mâchoires, elle a décidé de bien des choses. Et, aujourd'hui, elle a réalisé les trois souhaits de sa vie : venir en France ; être éditée à Paris ; avoir le prix Fémina.

Une autre, avec plus de conviction encore, disait de moi :

— Oh, mais c'est une âme !

Une autre encore :

— Vous savez, elle n'est pas plus canadienne que moi.

Mais non ! C'est une Française déguisée en Canadienne. Mais oui, n'était-il pas entendu cette année que le Canada aurait le prix ? Alors...

— Un truc de publicité ! Est-ce possible ?

— Eh oui, et vous le voyez bien, du reste, elle a l'accent de Bordeaux.

Enfin « mon » directeur littéraire réussit à me soustraire aux griffes du monde et des journalistes.

Dans la rue, chancelante, à moitié morte, je cherchai pour m'y accrocher quelque souvenir humain, gentil, dans toute cette aventure.

— Madame L., dis-je à monsieur le directeur, fut bien charmante. Elle a voulu être photographiée me tenant par la main. Et, à bien y penser, c'est elle, je crois, qui m'a priée d'enlever mon chapeau.

— Madame L., dit-il retroussant la lèvre et jetant des regards rancuniers. Ne vous y fiez pas. Elle n'a même pas voté pour vous.

— Juste ciel ! Mais elle m'a embrassée !

À côté de moi, le directeur littéraire continuait à ronchonner :

— Une vilaine femme ! Pas de sentiments ! Du reste, aucun goût.

Je regardai mon compagnon avec stupeur. Était-ce possible ? Il était devenu mon ami. En tout cas, mes ennemis étaient les siens.

— Gardez la tête haute, m'encouragea-t-il, vous le pouvez. Vous voilà millionnaire.

— Millionnaire !

Je cherchai l'appui d'un mur. Je me sentais mourir. Mon mari qui nous suivait à petite distance nous rejoignit.

— Relève-toi, dit-il. Tu n'es pas millionnaire de dollars. De francs seulement.

Dans la rue, sous l'œil des gendarmes, nous nous sommes livrés à des calculs. Je divise, je multiplie, je soustrais. Tout de même, il me restait de quoi faire quelques petites folies... à commencer par un bon repas en mon honneur.

Hélas, mon Fémina m'avait ruiné l'estomac. Je festoyai d'un quart de Vichy et d'une biscotte.

Mais le plus cuisant de ma victoire, ce fut de me souvenir, tout à coup, que nulle part durant mon heure d'apothéose je n'avais trouvé à loger les quelques belles phrases préparées pour dire à la France, avec émotion, combien moi, le Canada, je la remerciais !

Petit à petit, je revins de mon Fémina comme d'une longue et périlleuse maladie. J'eus à me dépouiller de ressentiment, de fiel, d'orgueil et d'ambition démesurée, sentiments contestables chez qui professe de se mettre à l'écoute du cœur humain et de la vie quotidienne pour en saisir le son juste.

Vinrent enfin le calme, la quiétude, l'attention accordée aux autres plus qu'à soi. Puis vint le bonheur d'exister tout simplement, tout humainement, auprès du chaleureux peuple de Paris.

Puis vinrent le printemps, le parfum des marronniers dans le jardin des Tuileries, la couleur du ciel au-dessus de la Seine. Vint l'amour libre, timide, de mon cœur pour Paris, et je fus émerveillée de ce qu'un jour il m'eût presque donné le sien. Bien sûr, depuis belle lurette, il m'avait complètement oubliée. Mais de quoi me plaindre ? N'avais-je pas, à tout prendre, occupé l'attention des Français presque aussi longtemps que certains de leurs ministères ?

Je commençais à être heureuse, j'allais être heureuse, lorsqu'un jour, au bout du fil : « Allô-allô ! à quand, chère madame, le prochain livre ? »

MÉMOIRE ET CRÉATION

Préface de
La Petite Poule d'Eau

J'étais alors une jeune institutrice au Manitoba ; je ne connaissais à peu près rien du monde hors la ville où je suis née, Saint-Boniface, et celle, plus grande, tout à côté, Winnipeg. En juin 1937, avant de m'embarquer pour mon premier voyage en Europe, sans doute pour arrondir un peu mes petites économies et peut-être aussi par désir de voir quelque horizon autre de ma Province que j'allais quitter, je me présentai un jour au *Department of Education* à Winnipeg et demandai si l'on ne pourrait pas me confier une école d'été. Je savais qu'il y en avait quelques-unes, relevant directement de l'Instruction publique, que l'on tenait ouvertes pendant la belle et brève saison seulement, en raison de l'extrême rigueur de l'hiver.

Le fonctionnaire qui me reçut, en m'écoutant, déroulait une carte murale du Manitoba. Il m'indiqua de l'œil, vers le nord, une région surtout liquide, si bien couverte de grands espaces bleus — lacs, rivières, deltas — que la terre là-bas m'apparut séparée à peine des eaux, fraîche et jeune comme au premier souffle du monde.

— Là, fit-il, en me montrant un point de cette carte presque vide de noms géographiques.

— Comment y parvenir ? demandai-je.

Le fonctionnaire fut assez embarrassé et, en fin de compte, me fournit peu d'indications utiles.

Par bonheur, je connaissais l'inspecteur des Postes du nord du Manitoba.

— Comme cela se trouve bien ! me dit-il, quand je l'eus rejoint au bout du fil. Je pars justement dans quelques jours pour ce pays de la Petite-Poule-d'Eau. Oui, il faut bien que j'aille au moins tous les dix ans jeter un coup d'œil à la dernière poste par là-bas et, vraiment, je l'ai négligée depuis trop longtemps.

Nous convînmes du jour et de l'endroit où nous rencontrer. Ce fut à Rorketon, petit village cosmopolite, au terminus du chemin de fer.

Le lendemain, à l'aube, dans une Ford antique conduite par un Ukrainien, ayant avec nous un guide métis, nous roulions, ou plutôt naviguions sur une route de terre à plat dans l'immensité, entre les hautes herbes et le ciel profond. C'était la fin juin. Cette savane nue et triste se montrait parsemée des fleurs sauvages les plus colorées que j'aie jamais vues.

Et plus je m'enfonçais dans cet étrange pays silencieux, moins je croyais possible d'en revenir jamais. Quelques lecteurs de mon livre ont bien voulu me reconnaître dans mademoiselle Côté. En un sens, je fus elle, ou elle fut moi, surtout par la sensation d'extrême dépaysement que je ressentis ce jour-là.

N'est-ce pas Gide qui a dit : « Avant de découvrir des terres nouvelles, il faut consentir à perdre de vue tout rivage » ? Eh bien, dès lors je perdis de vue mes rivages familiers, et j'ai gardé pour la vie le sentiment que nulle partie de ce monde n'en est le centre.

Vers le milieu du jour, n'ayant aperçu presque rien de vivant, nous arrivâmes à un insignifiant village. C'était Portage-des-Prés : cinq ou six maisons de planches. Déjà, en l'apercevant dans les herbes, je m'étais demandé : comment vivre là deux mois ? Est-ce seulement possible ? Mais je me faisais des illusions. Ce n'était pas là mon poste. Comme mademoiselle Côté, j'eus la déconvenue d'apprendre que le mien avait beaucoup moins d'importance. Ceci, que j'avais sous les yeux, était, pour ainsi dire, la capitale de la Petite-Poule-d'Eau !

— Vous, me dit le marchand-maître-de-poste, en se grattant la nuque, vous devez être celle qu'on attend au ranch...

Il en était le propriétaire ; mais hostile, à ce qu'il me sembla, à l'instruction, il n'avait aucune intention de me faciliter le voyage jusqu'à destination, quelque vingt milles plus loin.

Mon inspecteur des Postes n'avait pas de raison d'aller plus loin. Mais c'était un brave cœur d'homme. Peut-être pensat-il que le service de Sa Majesté ne verrait pas d'inconvénients à me faire profiter encore un peu de la vieille Ford, du guide et du chauffeur ukrainien. Bref, il décida de me conduire jusqu'à la porte de ma petite école ; il allégua qu'au fond il avait toujours voulu aller voir comment c'était plus loin.

La piste devint beaucoup plus raboteuse et presque invisible parmi les hautes herbes qui sifflaient au vent. Au bout de quelques heures, nous atteignîmes une belle et grande rivière murmurante dans ses roseaux. Il se trouvait un canot pour la traverser, mais il était sur la rive opposée. Notre guide métis s'en fut le chercher à la nage. Parvenus sur l'autre rive, les hommes chargèrent le canot sur leurs épaules, car on nous avait avertis qu'il y aurait une deuxième rivière à traverser et, au cas où les moyens de transport là aussi seraient du mauvais côté, mes compagnons prenaient leurs précautions. Comme dans les images d'exploration, l'un derrière l'autre, en petite file, dans un foin haut jusqu'à la taille, nous allions... Mais ces péripéties, je les ai racontées dans le livre et je n'ai rien exagéré. Au contraire, j'ai plutôt atténué les difficultés afin que l'on veuille bien me croire. Le soir tombait, j'atteignis mon île. Au ciel assombri s'élevèrent des milliers d'oiseaux aquatiques s'appelant avec des voix qui évoquaient une sorte de détresse. L'inspecteur des Postes, l'Ukrainien et le Métis se hâtèrent de repartir avant la nuit. Je me rappelle avoir longuement agité la main vers eux comme si je voyais se détacher de moi, et s'éloigner à jamais, les derniers témoins du monde civilisé.

Que m'arriva-t-il durant ces deux mois que je passai dans l'île de la Petite-Poule-d'Eau ? Il me semble que je cherchai à me tuer de besogne pour en même temps tuer l'ennui, le cafard. J'avais sept élèves : quatre des enfants de la seule famille vivant dans l'île, des Blancs, et trois petits Métis qui, chaque jour, pour assister à mes classes, venaient, deux de la terre ferme, et le troisième d'une autre île quelque part. Jamais encore je n'avais éprouvé si fortement les responsabilités presque tragiques du métier d'institutrice. Que donner aux enfants, pensais-je, qui soit assez beau, assez fort, assez haut pour les dédommager de toutes leurs peines ? Est-ce que déjà l'instruction avant toute chose ne m'apparaissait pas devoir être un moyen de communication, un appel, un échange profond entre les humains ?

Sans doute y eut-il autour de moi un frémissement tendre et mélancolique de vie enfantine, de vie d'oiseaux aquatiques, et le jeu du vent dans les nuages et les roseaux était-il comme une musique. Mais je n'étais pas encore prête à aimer totalement la Petite-Poule-d'Eau ; ou, si déjà je l'aimais, c'était d'un cœur trop lourd d'ennui. Defoe, dans l'île de son personnage, n'eût pas écrit *Robinson Crusoé*.

Au début de septembre, je quittai l'île. J'allai en Europe. Je commençai à écrire pour de bon. Puis je revins dans mon pays. Je me fixai à Montréal. Je ne pensais pas souvent à la Petite-Poule-d'Eau. Peut-être croyais-je que c'était un incident sans importance de ma vie, presque déjà oublié.

En 1947, avec mon mari, je retournai en France pour un long séjour. Un jour d'été, nous roulions avec un groupe d'amis dans la plaine de Beauce pour aller revoir la cathédrale de Chartres. Mes amis, dans le fond de la voiture, parlaient d'art gothique, d'œuvres admirables que nous ont laissées les civilisations. J'étais songeuse, comme en suspens entre le réel et quelque appel de l'imagination, du souvenir. Et c'est alors, brusquement, que le pays de la Petite-Poule-d'Eau se réveilla sans bruit au fond de ma mémoire. Et tout d'abord, ce fut en moi comme une sorte de douce et poétique nostalgie de cette île où je m'étais si fortement ennuyée.

Peut-être les temps étaient-ils propices à cette nostalgie. En Europe, au lendemain de la guerre, j'avais vu les traces des grandes souffrances, du mal profond que s'infligent les vieilles nations. Et, pour se détendre, pour espérer, sans doute mon imagination se plaisait-elle à retourner au pays de la Petite-Poule-d'Eau, intact, comme à peine sorti des songes du Créateur. Là, me dis-je, les chances de l'espèce humaine sont presque entières encore ; là, les hommes pourraient peut-être, s'ils le voulaient, recommencer à neuf. Mais hélas ! ai-je aussi pensé avec une certaine tristesse, ce n'est que très loin, au bout du monde, dans une très petite communauté humaine, que l'espoir est encore vraiment libre.

Quoi qu'il en soit, c'est sur le portique de la cathédrale de Chartres que choisit de me visiter cette pensée.

Peu après, j'allai faire un bref séjour en Angleterre chez une chère vieille amie qui habitait un village de la forêt d'Epping. Et là aussi me suivirent le murmure, le silence, les appels d'oiseaux sur les bords d'une lointaine rivière. Puis, un matin, je m'éveillai, connaissant tout à coup les gens que j'aurais aimé rencontrer là-bas. Ce furent les Tousignant. Ils m'apparurent, Luzina surtout, jeunes comme au début du monde, et, venant à la vie, déjà ils étaient épris du désir d'apprendre. On pourrait tout aussi bien dire d'aimer. Par mes personnages, j'ai appris bien des choses. De Luzina, j'ai appris que s'instruire, connaître, aimer, c'est à peu près la même chose.

Et ainsi, mon paradis terrestre de la Poule-d'Eau tout aussitôt créé, je le peuplai d'enfants ; après cela, je fus bien forcée d'y édifier au plus vite une petite école.

Ou plutôt, je laissai faire les Tousignant. Des maîtres vinrent les instruire qui ne furent pas parfaits ; ils étaient humains, ils avaient leurs défauts. Et même, si l'on veut bien y faire attention, apparaissent, à travers ce récit, des éléments de discorde latents tout mêlés pourtant à la bonne volonté humaine.

Vingt ans plus tard n'en aurait-il pas été de la Petite-Poule-d'Eau comme de partout ailleurs ? J'en doute à peine. Mon bonheur fut de saisir sa vie à son frémissement le plus joyeux, le plus jeune et — je me dis parfois — peut-être le plus vrai.

III

TERRE DES HOMMES
Le thème raconté

Au soir d'un grand spectacle, la foule dispersée, ce vaste déploiement de faste, de talent et d'anonyme collaboration ayant fait place à la silencieuse nuit étoilée où nous marchons, il nous arrive de garder à la main le talon du billet de théâtre ou le programme de la soirée, comme une sorte de talisman qui parviendra peut-être plus tard à rouvrir notre mémoire aux souvenirs.

Ainsi, comme pour un album précisément, nous avons voulu réunir des images et quelques réflexions se rattachant à Terre des Hommes afin que de tout ce qu'emporte le vent il reste pour un peu de temps encore cette dernière feuille.

Encore que tout ce qui vaut sur terre meure mais renaisse sans cesse et ne soit pas de ce que le vent emporte.

I

Dans *Terre des hommes*, son beau livre tout plein de songes d'avenir, Antoine de Saint-Exupéry raconte avoir été fortement remué, lors de son premier vol de nuit au-dessus de l'Argentine, à la vue de rares lumières éparses dans une plaine presque déserte, qui, nous dit-il, « scintillaient de loin en loin, seules comme des étoiles ».

Quiconque a voyagé de nuit au-dessus d'un pays peu peuplé saisira la justesse de l'expression et le sens de sa nostalgie. Vue d'en haut et d'un peu loin, notre terre nous apparaît tout autre que lorsque nous sommes plongés dans la mêlée et bien souvent alors trop occupés à jouer des coudes pour seulement percevoir la grandeur qui y est contenue.

De retour de leur vol dans l'espace, Gagarine et d'autres ont parlé de la planète Terre avec un accent tout renouvelé de tendresse et un sentiment de loyalisme à la cause de tous les hommes.

C'est comme si de là-haut et, plus encore que les froides splendeurs des espaces vertigineux, les astronautes avaient découvert, vraiment découvert la Terre des Hommes, ce petit point dans l'ensemble de l'univers, notre pays, notre chez-nous. Est-ce que l'un de ces découvreurs, mettant pied à terre, n'a pas eu cette expression même : « Je rentre à la maison. »

Une nuit que je voyageais en avion à travers le Canada et que nous survolions l'une de ses régions les plus désertiques, je me souviens d'avoir été fascinée moi aussi à la vue d'une lointaine et très faible lueur. Dans cette partie du pays en ce temps-là dépourvue d'électricité, ce ne pouvait être que la flamme d'une bougie ou d'une lampe posée sans doute sur une fenêtre. Son scintillement me parvenait pourtant ; il perçait, pour me rejoindre, des lieues de distance dans le noir infini du ciel. Je me rappelle avoir pensé que ce devait être les « feux » de cabane de quelque vieux trappeur vivant au loin dans la forêt, et qui, à cette heure, raccommodait peut-être ses hardes ou relisait un almanach usé. Au grand bruit de notre avion, leva-t-il la tête ? N'éprouva-t-il pas, au fond de son isolement, une vague amitié pour ces bizarres voyageurs de l'air qui, dans le vide du ciel, passaient au-dessus de lui, entassés, et comme ajustés ?

Autant que des liens avoués, notre vie est faite de ces communications secrètes et silencieuses.

Des années après son premier vol de nuit au-dessus de l'Argentine, Saint-Exupéry retrouva plus vivantes que jamais en son souvenir les lumières de la pampa. (L'art n'est-il pas, d'après Matthew Arnold, une émotion revécue en toute tranquillité ?) À propos de ces douces lumières, il écrira alors que « chacune signalait, dans cet océan de ténèbres, le miracle d'une conscience ».

Mais s'il fut ému, cette nuit-là, au point de compter peut-être les rares lumières de la plaine qui attestaient néanmoins la présence et la solidarité humaines dans l'infinie solitude environnante, c'est que lui-même, voguant en sa frêle coque à travers les espaces criblés d'étoiles muettes, dut éprouver comme jamais sans doute le sentiment d'être seul.

Le sentiment que l'on a de sa propre solitude, c'est ce qui nous fait pressentir la solitude des autres.

C'est aussi ce qui nous fait accourir parfois pour chercher à l'atténuer.

Sans la solitude, y aurait-il fusion, union, tendresse des cœurs ?

C'est pendant cette même nuit, j'aime à le penser, que Saint-Ex, profondément touché par les humbles feux de la terre, trouva, peut-être déjà tout levé en son esprit, le titre d'un livre plein d'amour qu'il écrirait un jour à partir de ses expériences de poète-aviateur : *Terre des hommes*.

Or, des années plus tard, un jour, au Canada, la Compagnie canadienne de l'Exposition universelle, tout juste constituée, cherchait un mot d'ordre ou une sorte de bannière sous laquelle se mettre en branle. On pensa à *Terre des hommes*. Heureux augure peut-être que ce choix d'un titre qui dit si bien l'interdépendance des peuples !

Sans doute il est banal de dire que tout se tient dans la vie. Mais les banalités sont devenues telles à force d'être répétées pour exprimer la même évidence toujours.

Ainsi donc, parce que Saint-Ex, dans la nuit du ciel argentin, fut étreint, comme jamais auparavant peut-être, par le sentiment de la solitude de la création et par le besoin humain de solidarité, il trouva, pour exprimer cette angoisse et cet espoir, une phrase aussi simple que riche de sens ; et parce que cette phrase devait, bien des années plus tard, être choisie comme idée maîtresse de l'Expo 67, un groupe de personnes fut invité par la Compagnie à réfléchir sur le sens profond de cette expression et sur sa représentation concrète.

Nous fûmes convoqués à Montebello.
L'endroit est enchanteur.

Au bas d'une pente douce de verdure coule, presque sans bords, à ras de terre, la large et puissante rivière Outaouais. On eût aimé n'avoir rien d'autre à faire que se promener et rêver auprès d'elle. De délicats peupliers frémissaient de toutes leurs jeunes feuilles à peine dépliées. On était en mai, l'un des mois les plus attachants de notre rude pays qui, au sortir de l'hiver, a toujours l'air quelque peu surpris d'un géant naïf ayant trop longtemps dormi et qui n'en peut croire ses yeux de la douceur qui règne maintenant tout alentour.

Logés à merveille, nourris à merveille, les « penseurs » étaient l'objet de mille soins.

Il n'empêche que la tâche de penser est une tâche solitaire. Or, on nous demandait de « penser » en groupe. Nous ne fûmes pas longs, dans ce beau décor de paix s'il en fut jamais, à tirer chacun de son côté...

Nous étions de disciplines les plus diverses. Les architectes « pensèrent » architecture, les légistes, législation, les artistes, art et primauté de l'art dans le monde. Un célèbre neurologue parla doucement, et sans éclat, du cerveau humain comme d'une immense jungle encore inconnue dans sa presque totalité, avec çà et là de petits sentiers qu'y ont tracés à la longue nos habitudes acquises, car une habitude c'est bien un sentier. Et, pour le reste, une vaste région, presque tout le potentiel humain encore en friche, voilà le cerveau de l'homme !

Cela aurait dû nous donner à réfléchir ; néanmoins chacun persistait à défendre sa « spécialité », ses connaissances particulières et sa vision personnelle du monde.

Pour ma part, entraînée de longue date à chercher en toute vie, et jusque dans la plus modeste, une valeur unique, j'ai plaidé en faveur de l'être humain simplement occupé à sa tâche quelle qu'elle soit, pourvu qu'il l'accomplisse avec soin et amour.

Terre des Hommes, c'est aussi le spectacle ordonné de chaque être humain à sa place : la petite institutrice dans sa classe, le cordonnier à son établi, l'astronome à Palomar. Et qui dira lequel est le plus important au bout du compte de tous les personnages qui font avancer la roue, de tous les musiciens qui composent l'orchestre ?

Sont d'ailleurs créateurs beaucoup qui l'ignorent : créateur, l'enfant qui invente un beau jeu ; créatrice, la mère qui imagine un conte pour l'enfant malade, un mets délicat pour le mari harassé ; créateur, l'homme sans identité des foules innombrables qui, le soir, rentrant du bureau ou de l'usine, se reprend pourtant à croire en lui et en la Terre, et le voilà qui soigne ses fleurs, plante un arbre, garnit sa demeure.

Est créateur sans doute tout être qui aide, selon ses moyens, à laisser le visage de la terre un peu plus agréable à regarder à cause de lui.

Nous discutions donc ferme, chacun selon ses vues, selon sa passion, et sans doute avions-nous tous raison.

Mais ce n'est pas d'avoir raison contre les autres qui garantit la raison.

Au reste, à quoi sert d'avoir raison ?

Notre salle de conférence, toutes fenêtres grandes ouvertes aux chants des oiseaux de Montebello, résonnait elle-même comme une volière où chacun de nous chantait sans doute un peu pour soi.

Toutefois, si les plis du métier et les différences de nature nous rendaient assez étrangers les uns aux autres, sur plus d'un point nous avions bien davantage, fort heureusement, pour nous rapprocher.

Et d'abord un solide terrain d'entente : la foi au progrès.

Autour de ce point comme autour d'un point d'eau dans le désert, nous avons pu, à la fin du deuxième jour de discussions, enfin nous rallier.

Mais le progrès ! Qu'est-ce donc ?

Comme nos mots essentiels — amour, patrie, bonheur, paix —, c'est un terme parfois ambigu au point de vouloir dire le contraire de ce qu'il devrait signifier.

Pour nous à Montebello, nous entendions le progrès selon

Teilhard de Chardin, dans l'optique de l'évolution, comme une longue tâche ardue à laquelle doivent travailler ensemble les hommes de tous les temps.

Bien à l'opposé de plus de confort matériel et spirituel, le progrès signifierait une répartition humaine de plus en plus équitable des peines et des infortunes, des richesses et des avantages.

Progresser pourrait donc signifier un rapprochement graduel entre les hommes de toute condition et de toute origine.

À feuilleter fréquemment notre petit livre-guide : *Terre des hommes,* nous avons pu bientôt constater combien sont proches l'un de l'autre en définitive le poète-pilote Saint-Exupéry et le poète-paléontologue Pierre Teilhard de Chardin.

Teilhard, l'homme qui a découvert le crâne humain peut-être l'un des plus anciens à ce jour, l'homme si fortement captivé par le passé de l'humanité qu'il a consacré sa vie à la recherche du mystérieux commencement de toutes choses, est aussi celui qui a cru profondément et passionnément en l'avenir du genre humain.

Mais il n'y a pas là de quoi s'étonner. Ceux qui aiment véritablement l'homme l'aiment dans son ensemble, depuis ses pauvres racines primitives jusqu'aux possibilités quasi terrifiantes de son destin.

Teilhard dit : « Il s'accomplit une action humaine qui mûrit peu à peu sous la multitude des actes individuels. »

Saint-Ex dira plus simplement, comme pour être entendu directement de son frère le camionneur, le terrassier ou, mieux encore, le maçon : « Être homme, c'est sentir, en posant sa pierre, que l'on contribue à bâtir le monde. »

D'une part, des mots de lumière ; d'autre part, des mots de bâtisseur. Sans doute cela revient au même.

Nos vieux, eux, parlaient de « mettre l'épaule à la roue ». Si l'on y prête attention, on comprend que de tout temps les hommes, même quand ils feignent d'y renoncer, croient de toute leur âme à un mouvement d'ensemble vers un but « en avant ».

Cependant nos entretiens de Montebello nous amenaient peu à peu à pressentir le sens profond des mots : Terre des Hommes.

Comme toute évocation poétique, ils nous laissaient entrevoir mille et une interprétations toutes plausibles.

Selon qu'on se lève heureux ou malheureux, Terre des Hommes ce peut être en effet le bonheur ou une détresse sans nom.

À certains instants, quand notre cœur est libre de l'accueillir, c'est l'enchantement de l'univers : les longues vagues aboutissant immuablement au sable des rivages ; les libres créatures de toute espèce ; les arbres et la musique du vent dans leur cime ; l'été, l'hiver, l'attrait des saisons ; enfin le lieu de séjour si manifestement fait pour nous qu'au long de toute notre vie nous souffrons secrètement à la pensée que nous en serons un jour arrachés.

Terre des Hommes, c'est le grave regard étonné de l'enfance et la tendre sollicitude toujours neuve de la mère ; c'est le miracle de l'amour recréé et redécouvert dans le couple ; ce sont les rêveries de l'eau, la magie du soleil qui joue avec les ombres, les feuillages bruissants, les sortilèges du feu ; mille images, mille sons par lesquels passe en nous, comme à travers l'eau, un reflet du songe infini dont est fait l'univers et dont nous sommes issus.

Terre des Hommes, c'est tout cela et bien plus sans doute, à la fois tourment et joie, c'est notre vie elle-même, l'indéfinissable de notre vie...

« Quand je serai mort », a demandé un jour Bernanos, de cœur et d'âme pourtant tourné vers l'après des possessions terrestres, « dites au doux royaume de la Terre que je l'aimais bien plus que je n'ai jamais osé le dire ».

Cependant nous savons bien dans le fond que nous ne sommes pas faits expressément pour être heureux — du moins dans une perspective immédiate. Nous savons que nous sommes conviés d'abord à parcourir un rude et long chemin vers un but obscur qu'on appelle salut, progrès, évolution, universalité ou fraternité.

Une tâche âpre, c'est vrai, mais exaltante, nous appelle.

Terre des Hommes, cela veut donc dire aussi des milliers d'efforts venus de milliers de chemins pour converger vers une vision unique ; terre, création de l'homme.

Si j'osais, associant deux idées de prime abord inconciliables, je dirais que Terre des Hommes, c'est en quelque sorte la grande paroisse universelle.

La question toutefois demeurait : une exposition universelle, une manifestation d'échanges à l'échelle des masses, pouvait-elle s'inspirer d'un tel idéal ? Pouvait-elle espérer quelque résonance dans la multitude qui viendrait, attirée bien plus, il faut en convenir, par le désir de se distraire que par celui de réfléchir ?

Nous fûmes alors amenés à nous interroger : qu'est-ce qu'une exposition universelle ?

Il y eut lieu de distinguer entre une foire, où c'est pour la vente que l'homme apporte les produits de son activité, et une exposition, où c'est dans un but de comparaison, de fierté et d'émulation.

En mots très simples, on pourrait suggérer qu'une exposition consiste à venir sur la place publique du monde montrer ce qu'on a fait et voir ce que d'autres ont fait.

Si par « ce qu'on a fait » l'on entend — comme c'est le cas à l'Expo 67 — un autoportrait de Rembrandt, un Giacometti ; un aperçu des plus audacieuses recherches sous-marines ; la reproduction d'un neurone, cette centrale humaine incroyablement compliquée qui transmet l'influx nerveux ; ou encore, des conférences prononcées par des sommités du monde intellectuel ou professionnel le plus avancé, l'on conçoit aisément qu'une exposition universelle c'est, pour une part, une sorte de bilan de l'évolution des peuples à un moment donné.

En principe, quoi de plus accordé à l'idée enclose dans Terre des Hommes ?

Car, ou l'on ne croit pas au progrès et alors tout est vain et futile, tout est condamné d'avance, ou bien l'on y croit et chaque effort compte, même dans l'ordre le plus strictement matériel.

« Tout l'avenir de la Terre, comme de la Religion, écrit encore Teilhard de Chardin, me paraît suspendu à l'éveil de notre foi en l'avenir. »

Pour ce mystique, il ne fait pas de doute que l'on ne puisse se déclarer croyant et d'esprit religieux, si du même coup l'on ne retrousse pas ses manches pour entrer dans la ronde des hommes travailleurs et besogner avec eux à la tâche de créer d'abord un monde meilleur. Qu'on est loin aujourd'hui de ces « gens de Dieu » d'autrefois, anachorètes ou stylites qui, dans le désert ou du haut de leur colonne, refusant le monde tel qu'il était, pouvaient se croire rapprochés du divin !

C'est en effet que le divin, au XXe siècle, est comme enfoui dans les grandes marées humaines dont la masse nous impose une notion tout autre qu'auparavant des devoirs humains et de la responsabilité collective. Il est sans doute aussi dans la mauvaise conscience que donne à chacun de nous le visage de la faim dans le monde.

Cependant, à Montebello, nous en étions encore à

chercher s'il était possible de concrétiser l'idéal de Terre des Hommes dans la matérialisation de l'entreprise ou, à tout le moins, d'en faire passer le souffle.

Un peu sceptiques, malgré tout, au début de notre confrontation, voici pourtant que nous nous sentions affermis dans notre croyance au progrès humain.

D'avoir côtoyé depuis deux jours notre fraternel ami Saint-Ex, nous nous sentions insensiblement gagnés par sa foi dans l'homme, sa foi dans l'effort de chacun et de tous, puisque les efforts s'additionnent.

Mais comment procéder pour servir cet idéal de foi et d'espoir en l'homme ?

Il était acquis déjà que Terre des Hommes serait l'indicatif de l'Exposition, la mesure musicale, si l'on veut, qui identifie sans cesse le poste émetteur. Ainsi peut-être ce grand mot d'amitié serait entendu du monde entier, soulevant çà et là la ferveur des adhésions à l'exaltation de l'homme fraternel.

Un rêve ? Peut-être. Mais la réalisation aujourd'hui de tant de rêves anciens ne permet-elle pas désormais d'autres rêves infiniment plus audacieux encore ?

Pour notre part, à Montebello, nous avons ajouté quelques recommandations.

Les pays participants, s'ils le pouvaient, tiendraient compte de cette ligne de conduite dans l'élaboration de leurs projets de pavillons nationaux.

La Compagnie canadienne de l'Exposition universelle de 1967 consacrerait son effort à concrétiser par ses propres pavillons, par ses propres réalisations, le thème de Terre des Hommes.

Ce serait sa part nette et personnelle dans le grand effort commun des soixante-dix pays qui allaient se joindre au nôtre pour faire l'Expo 67.

Les pavillons thématiques, avec leur constant retour à

l'idée de l'interdépendance humaine, formeraient le moyeu de la grande ronde des peuples et des gens.

Nous souhaitions que les pays participants fussent invités à collaborer même au thème. Toutefois, puisqu'il s'agissait de Terre des Hommes, à tous, par tous et pour tous, il nous paraissait souhaitable que les contributions à ce projet fussent de nature à se fondre pour ainsi dire les unes dans les autres pour en venir à ne plus former qu'un tout. Tels les instruments d'un orchestre, au soir du spectacle, parfaitement ordonnés !

Enfin allait donc commencer pour nous la passionnante aventure née de cette nuit de si mystérieuse résonance au cours de laquelle un poète-pilote, en contemplant les fragiles lumières de la terre, chercha et trouva en elles des raisons d'espérer.

Comment ne pas nous émerveiller de ce qui était maintenant sur le point de se réaliser chez nous !

Pour la première fois une exposition universelle allait se tenir en terre canadienne.

Le mot à la fois doux et fort à l'oreille, « Canada », allait résonner dans le monde comme un vocable de ralliement et une invitation à l'amitié.

C'était la première fois qu'une exposition universelle allait faire porter son effort à la mise en lumière d'une idée d'interdépendance humaine et que d'autres pays, à cette occasion, seraient conviés à participer à cet idéal.

Sans doute faut-il être jeune et passablement optimiste pour faire à ce point confiance à la nature humaine. Pourtant les invitations étaient à peine lancées que déjà nous parvenait l'enthousiaste réponse de plusieurs pays. Bientôt même des nations nous presseraient d'accepter ce qu'elles avaient de meilleur pour illustrer la solidarité de Terre des Hommes.

N'y aurait-il eu, au bout du compte, que ces mouvements généreux et cette joie de travailler entre peuples à un même but, que nous pourrions déjà en tirer une bien grande satisfaction.

II

Toujours cependant le moment vient où la confiance, comme la flamme d'une bougie au vent, s'affole et menace de s'éteindre.

On prend peur, on hésite, on perd pied. C'est alors, si on s'abandonne, que l'on peut se trahir soi-même et trahir ses possibilités illimitées.

C'est toujours un peu l'histoire de saint Pierre marchant sur les flots tant qu'il ne doute pas.

Tout à coup, elle nous parut insensée, l'exaltante confiance de la veille.

Ce qui déjà était mis en branle chez nous, pays jeune, nous apparut soudain comme un défi qui dépassait nos forces.

En un sens pourtant nul pays ne se prête mieux que le nôtre à accueillir le monde entier.

N'est-il pas fait lui-même de cent pièces du monde déchiré ? De la Pologne souffrante, de l'Allemagne si souvent malheureuse, des pays scandinaves, de l'Italie surpeuplée, de l'Irlande et de l'Écosse, de l'Ukraine, de la grande Russie et de la toute petite Lituanie, de la Finlande, de la Hongrie, du Danemark, et même de l'Islande ? Et puis en bonne partie de l'Angleterre et de la France qui si longtemps échangèrent des coups chez nous et à travers nous pour prendre « possession », comme on disait alors, avec quelques milliers seulement de soldats rangés de part et d'autre sur un bout de terrain, de tout l'inconnu, de tout l'avenir d'un continent.

Nous avons aussi dans notre composition nationale un

peu du sang des peuplades indiennes que l'on n'a pas réussi autrefois à exterminer tout à fait.

Notre pays s'est fait de la plus singulière façon.

Il fut un temps, le temps des premières grandes vagues d'immigration, où ceux qui arrivaient sur nos rivages en petits défilés pathétiques d'hommes, de femmes et d'enfants à baluchons, étaient pour la plupart les rejetés d'Europe ou d'Asie : les mystiques, les persécutés, les exaltés, les pauvres.

Qui oubliera, s'il l'a jamais connu, parmi ces arrivants, le Chinois venu de Canton ou de Hong-Kong pour se faire habituellement cafetier dans quelque minable village au fond des terres sèches de la Saskatchewan, et dont toute la vie se passerait à amasser sou par sou le prix du retour au pays en son cercueil pour être au moins enseveli dans sa terre et réuni aux ancêtres !

Nous avons accepté chez nous des souffrances venues d'ailleurs qui souvent nous sont devenues des richesses.

Pauvres ou non, la plupart des arrivants étaient gens de courage et doués du goût de l'aventure — il en faut pour se résoudre à quitter son pays, pour s'en aller affronter l'inconnu d'un autre peuple.

De cette diversité humaine, de la mélancolie des exilés et aussi de leur côté si gai parfois, de leurs chants et de leurs danses, notre pays peu à peu s'est composé. Il en tire une propension à la cordialité humaine et au reflet de toutes les ethnies qui le désigne à la représentation des multitudes de Terre des Hommes.

Par ailleurs, plus encore que d'autres pays mieux unifiés, il a à travailler intensément à l'édification, chez lui tout d'abord, de l'esprit de Terre des Hommes.

Tous les jours n'avons-nous pas à l'apprendre dans le vif de notre expérience de la vie ?

Ou le progrès tend à unir les hommes ou ce n'est pas le progrès.

Ou il est universel ou il manque son but.

Par ailleurs, si nous étions en un sens le pays le mieux fait pour accueillir le monde, nous étions peut-être le moins préparé.

Tout était à faire ou à refaire.

D'abord la ville de Montréal, ses rues, ses ponts, ses hôtels, le métro, ses théâtres, ses salles publiques.

Et sa physionomie que nous voudrions française, puisque, en nombre du moins, elle est la deuxième ville française au monde.

Et quoi encore ? Des routes, des rampes d'accès, des logements confortables, des centres d'accueil. Mais surtout et avant tout, notre propre maison à chacun, afin que la « visite » y trouve ce que nous-mêmes préférons en voyage : la bonne humeur.

Y arriverions-nous ? À tant de tâches à la fois pourrions-nous faire face ?

Quelquefois sur nous tous a pesé l'angoisse d'une maisonnée débordée, livrée à un incroyable branle-bas.

Je me souviens d'un jour où déjeunant au restaurant de l'île Sainte-Hélène, j'ai contemplé presque avec détresse l'emplacement de l'Expo 67, pour l'instant une sorte de polder mouillé sous un jour triste, dont les extrémités allaient se perdre dans les brouillards du fleuve.

Ce n'était encore que boue et charrois sans fin ! Tous les camions du monde semblaient s'être donné rendez-vous sur les étroites langues de terre d'où ils déversaient inlassablement du remblai, et ils en déversèrent des millions de tonnes !

Dans ce pays si vaste que l'être humain y est encore comme tout petit et seul, au nom de la beauté et d'intérêts hautement humains, on allait pourtant *créer* de main d'homme le site de l'Expo 67, et peu à peu, comme la terre dans la Genèse, on le verrait émerger doucement des eaux.

Une île déjà existante — notre chère petite île Sainte-Hélène, lieu de prédilection des amoureux et des familles en promenade — allait se voir considérablement agrandie. Une jetée serait prolongée, des passages d'eau aménagés, tandis que d'autres, déjà existants, seraient approfondis. Enfin une seconde île allait naître dont le nom était trouvé : île Notre-Dame.

Pour le moment toutefois on n'en était qu'au déversement de masses de pierres et de terre dans les eaux du fleuve. Je craignis à cette heure pour la beauté du paysage. Je regardais les rafraîchissantes touffes de verdure là-bas dans les eaux calmes, le refuge — mais pour combien de temps encore ? — d'oiseaux aquatiques et de nombreuses autres espèces qui aiment frayer avec eux.

Le jour était gris, le ciel était gris, l'horizon de terre boueuse et d'eau mouvementée était gris aussi. De gai, de coloré, de vivant, il n'y avait justement que les oiseaux et leurs petites îles d'herbe, ces « battures » du fleuve, hélas appelées à disparaître.

À certaines heures, quelque chose ne s'émeut-il pas en nous à la pensée qu'il faut toujours sacrifier beaucoup de bonheur simple et naturel au nom du progrès ?

Quelque temps encore ayant passé, brusquement la matérialisation de Terre des Hommes prit vive allure et ne cessa plus dès lors d'aller s'accélérant.

Il semblait qu'une prodigieuse émulation se fût emparée de tous.

Longtemps avant de savoir si peu ou beaucoup de gens viendraient chez nous, il nous fallait nous préparer pour accueillir le plus grand nombre.

Les hôtels, les routes, les ponts, tout devrait se faire en même temps.

De mois en mois changeait la physionomie de Montréal.

Une ville nouvelle, d'aspect nord-américain, avec cependant quelque chose qui lui est propre, émergeait des échafaudages.

Peut-être même une société nouvelle naissait-elle de l'effort concerté de milliers d'hommes et de femmes travaillant ensemble.

Devant une tâche démesurée peut-être faut-il se comporter comme devant le progrès ; on n'y croit pas tous les jours, souvent l'on est abattu ; néanmoins, si l'on fait les gestes qu'il faut, le progrès prend forme comme en dépit de tout.

Le malaise de la maison débordée commençait donc à faire place à une sorte d'allégresse.

Gratte-ciel et parkings en construction, carrefours à multiples croisements et géantes transplantations d'arbres, tout cela pouvait ressembler à la chaude animation qui s'emparait naguère de nos maisons peu avant les « fêtes », dans l'attente de la parenté qui viendrait. On battait les tapis, on confectionnait des rideaux neufs ; on redorait les plâtres, on enfournait tartes et pâtés comme pour un bataillon. Chacun avait sa tâche dans le remue-ménage général, chacun se démenait et courait tant qu'il n'avait guère le temps de sentir sa fatigue. Nous n'arrivions souvent que de justesse et tout essoufflés à l'heure dite, mais l'air joyeux pour accueillir la visite.

Tout cela pour un jour ! N'est-ce pas de la folie ?

Peut-être ! Mais alors béni soit le ciel qu'en cette vie où l'infortune frappe à tout instant, où les plus heureux ne sont pas à l'abri de voir souffrir et de vieillir, il y ait des « fous » qui tournent le dos aux sombres nuages du pessimisme pour, au contraire, chanter et danser, pour écrire de la musique ou des poèmes, pour s'acharner à l'étrange besogne de faire passer dans le béton, l'acier et le verre un rêve d'union et d'amitié entre les hommes.

Dans son merveilleux ouvrage qui a pour titre précisément *Le Merveilleux Voyage de Nils Holgersson* à travers la Suède, Selma Lagerlöf raconte, dans un chapitre saisissant de beauté, la rencontre, au bal d'un soir dans la vallée heureuse, de tous les animaux de la création qui ont convenu entre eux d'une trêve d'un jour à leur cruelle guerre.

Un jour pendant lequel ne retentira aucun cri de douleur, ne se fera entendre la moindre plainte, ne battra pas à se rompre le cœur toujours effrayé des plus inoffensives créatures !

Cependant, au bord de notre fleuve Saint-Laurent, au premier plan de Montréal quand on l'approche par la rive Sud, là où la ville prend son aspect de ville travailleuse que j'aime tant, avec ses grosses tours pour emmagasiner le blé et ses installations portuaires, s'esquissait une seconde ville, comme superposée à Montréal et d'une architecture qui déjà fascinait.

L'on pouvait voir des formes et des toits bizarres, dans le goût de notre époque qui rejette l'emphatique en faveur de la stricte simplicité des lignes, non dépourvues cependant d'un sens de l'image souvent très évocateur du quotidien de la vie humaine, qui se trouve de la sorte poétisé.

Passant par là, tout individu pouvait voir poindre un bâtiment ressemblant quelque peu à une cheminée de paquebot, d'autres qui faisaient penser à une petite forêt de conifères. L'homme ordinaire ne se sent sans doute pas étranger à cet art, à cette architecture.

Presque tous les pavillons thématiques prenaient corps.

L'un était dédié à *l'Homme dans la Cité,* l'autre à *l'Homme qui interroge l'Univers.* Un autre encore s'adressait à l'homme en butte aux rigueurs des régions polaires et montrait les moyens qu'il a pris pour s'adapter aux conditions les plus effroyables auxquelles peut être soumis un être humain.

À ces réalisations, vingt pays coopéraient par une aide aux formes multiples : objets, outils, science, schéma, toute la récolte, toute la somme abondante d'une expérience commune dont chacune en son genre était unique.

Terre des Hommes était plus qu'un rêve passionnant. C'était un fait.

III

Et puis, un jour vint où nous n'étions plus qu'à six mois de l'Expo 67.

Je fus invitée alors à visiter le chantier.

Mais « chantier » ne convient pas. Déjà c'était l'ébauche fort avancée d'une ville, en partie sortie de l'eau, en partie entourée d'eau, une ville singulière faite non pas pour être habitée, mais seulement visitée.

On était alors fin octobre et le temps restait encore très doux.

Dès que j'eus mis pied sur le terrain de l'Expo 67, je me sentis à la lettre « transportée ». Mille détails, mille aperçus de l'ensemble me saisirent, me captivèrent et m'enchantèrent.

Je ne mesurais pas tout à fait encore ma bonne fortune. Voir une entreprise de ce genre menée à bien est sans doute un merveilleux spectacle pour qui sait regarder ; mais la voir belle déjà, encore qu'inachevée, comme tout enveloppée de ses faufilures, portant trace de l'immense labeur qu'elle a exigé, voilà une expérience d'une infinie valeur ! Je me demande si ce n'est pas alors qu'on saisit le mieux la grandeur de l'œuvre et du bâtisseur.

Je ne savais trop en premier lieu qu'admirer le plus. Sur l'armature toute brillante au soleil d'un pavillon, l'on commençait à tendre le revêtement du toit ; les plis, la forme et, pour ainsi dire, le mouvement, évoquaient à un tel point les ondulations et la texture d'une toile de tente que je me pris à rêver — par quelle mystérieuse association d'idées ! — à la rencontre du Camp du Drap d'Or.

Un autre pavillon, loin encore de son parachèvement, attirait fortement le regard avec son toit en pente accélérée d'un élan si hardi qu'il donnait l'impression d'une piste d'envol, d'un perpétuel élancement.

Un autre encore dont la haute « cheminée de paquebot » évoquait en plein centre de Terre des Hommes la puissance maritime et l'attrait des voyages en mer.

Une énorme « boule », à ce stade de sa construction habillée comme d'une cotte de mailles, symbolisait la Terre des Hommes, dans le sens de la sphéricité et peut-être de la Terre ambiante.

Tout cela dessinait un paysage à l'image de l'homme moderne comme je n'en avais encore vu nulle part. Je considérais cet ensemble dû aux hommes de tous les pays et qui réellement composait un ensemble. N'était-ce pas d'un ordre prémonitoire troublant que ces édifices conçus en partie ici, en partie ailleurs, eussent l'air d'exprimer les mêmes aspirations ?

C'était l'expression de la vie de l'homme d'aujourd'hui, qui a renié un certain faste pour s'attacher plutôt à une rigueur de lignes, de proportions et de matériau qui ne gêne pourtant pas le défi de l'imagination. L'homme de la fin du XXe siècle tend de toute évidence à la simplification et à la synthèse.

Peut-être a-t-il trouvé l'un des chemins qui mènent à la solidarité universelle ?

J'ai vu aussi, suspendue en plein ciel, à bout de palan, prête à être descendue et ajustée à ses semblables déjà en place, une des cases de ciment préfabriquées d'Habitat 67 — cette originale conception d'habitation en commun qui restera en place à titre d'essai de vie collective.

Étrange conglomérat de cellules placées les unes à côté des autres ou juxtaposées et isolées, il évoque sans doute le vieux cliché de la ruche, mais plus encore une retraite sûre pour le silence, sorte de petit monastère dans le monde, quelque vision de Météores austères dans la ville.

Le plus beau du spectacle du chantier, c'était bien toutefois celui de l'Homme lui-même au travail. Riveteur, maçon, ébéniste, fraiseur, parqueteur, terrassier, il était partout multiplié. Sur le sol d'en bas, sur les poutrages d'en haut, casqué de son petit casque protecteur, environné du bruit assourdissant des instruments ou encore occupé silencieusement à une tâche délicate. D'un point à l'autre de l'immense panorama, ses gestes et ses attitudes inscrivaient une sorte de fresque animée.

Je le vis joindre des matériaux haut dans le ciel qui était ce jour-là de la couleur du fleuve auquel il se soudait plus loin en un trait presque insaisissable. Ailleurs il était occupé à ajuster avec soin les fines lames d'un parquet.

Je le vis dans sa cage de verre compulser des documents, additionner des chiffres, copier des rapports. Là comme ailleurs il tenait son rôle essentiel dans la géante construction d'une seule journée de labeur humain.

Je le vis, agenouillé sur le sol, qui déroulait comme si c'eût été un tapis un long rouleau de gazon. Autour, le sol, auparavant nu, se montrait propre et habillé. Heureux homme que celui-ci : il pouvait voir immédiatement le fruit de son travail ! De temps à autre il s'interrompait pour jeter autour de lui des regards satisfaits. Et je songeais que l'homme se révèle plus véritablement homme peut-être lorsqu'il parvient à concilier son goût de bâtir et son amour pour les choses « données » il y a très longtemps par la nature.

D'autres encore plantaient des arbres. (Notre recommandation à la conférence de Montebello en faveur d'oasis de verdure offertes à la fatigue et au besoin de calme avait été prise très au sérieux.) Des arbres, il y en avait des milliers, tout juste arrivés de la pépinière, comme dépaysés de se voir dans ce lieu du monde bourdonnant d'activité, alors que pour eux ç'aurait dû être bientôt le repos de l'hiver.

Les uns étaient plantés en haies clairsemées ou en petits groupes frileux. D'autres attendaient leur tour, emmaillotés de jute, protégés, abrités autant qu'il se pouvait, créatures aimées des hommes.

L'un d'eux se détache encore dans mon souvenir, un petite saule pleureur, éploré, comme il se doit, et tout jeunet.

On l'avait planté — erreur ou hasard ? — à la pointe convergente de deux voies de transport constamment utilisées par les camions. Le jeune arbre recevait à leur passage une étouffante poussière de ciment, de pierre et de mortier. Avec l'aide du vent, il tentait, on aurait dit, de s'en libérer.

Vivra-t-il, ne vivra-t-il pas ?

En tout cas, le voilà gravé dans ma mémoire avec sa frêle silhouette qui se profile sur l'horizon de Montréal, petit arbre-personnage d'une féerie de pierre, de béton, de soleil et de verdure qui se composait là d'instant en instant.

Et le fleuve ? Son chemin d'eau et de liberté, qu'en est-il ?

Eh bien, l'Expo 67 ayant partout ouvert sur le Saint-Laurent d'amples et avantageuses perspectives, nous allons peut-être découvrir mieux que jamais notre grand fleuve aimé.

Du haut des marches, au détour des allées, par les fenêtres des bureaux, au sortir des musées, il apparaît constamment, quelquefois pressé, quelquefois lent, « encadré » dans ses contrastes.

Terre des Hommes déjà gagnée sur l'eau se présente maintenant comme il sied, entourée d'eau, égayée par l'eau, envahie jusqu'au cœur des îles par l'eau vivante de notre fleuve que lui apportent des canaux.

Dans le bras du fleuve parallèle à la Voie maritime, j'ai vu les eaux rapides — la queue en quelque sorte des rapides de Lachine — tourbillonner avec violence contre les piliers du pont de la Concorde.

À cet endroit le fleuve nous rappelle l'origine de notre pays, ces premières pages de notre histoire qui s'ouvre sur un gigantesque défi à la nature. Il est bon de penser que le Saint-Laurent dont on imagine parfois que, tout en roulant ses eaux, il se souvient encore de la petite poignée d'hommes qui débarquèrent jadis en pleine forêt, face à tous les dangers, assiste aujourd'hui à cette immense et paisible rencontre, sur ses bords, des peuples de la terre.

Il me parut scintiller comme jamais ce jour-là.

Il est vrai que c'était un jour d'une qualité rare, comme nous en sommes gratifiés quelquefois, l'automne venu, pendant ce que nous appelons chez nous l'« été des Sauvages ».

Comme si le ciel aimait notre entreprise et s'employait à la favoriser, l'été des Sauvages se prolongeait curieusement.

Dans notre course contre le temps, chaque journée arrachée à nos vieux adversaires, la pluie, le froid, la neige, l'hiver, était un gain précieux.

Chacun donc utilisait le beau temps au maximum.

Au faîte des charpentes, les hommes cognaient, soudaient, riaient.

En bas, ils creusaient, bêchaient, bétonnaient.

Un gras Italien joyeux, Jimmy Vincenzo Gandio, spécialiste de la pose des portes, aussi bien des tournantes que des droites et des coulissantes, s'affairait à poser la grande porte d'entrée d'un des édifices de Terre des Hommes. De le voir s'appliquer avec amour à un métier dans lequel il excellait, me fit prendre un intérêt subit aux portes, à ce qu'elles signifient, ouvertes ou fermées ; et ainsi je commençai à comprendre qu'on peut être amené à chérir ce métier inattendu.

Jimmy Vincenzo Gandio me parlait « portes » comme un jardinier de ses plantations, un apiculteur de ses ruches.

Autour de nous planaient des oiseaux du fleuve. Créatures de solitude, mais curieuses aussi de nature, il leur fallait s'approcher comme pour venir se rendre compte de ce qui se faisait par ici ; on les voyait survoler des travailleurs haut perchés.

Puis ils quittaient les lieux et s'en allaient se poser pour un peu de repos dans la quiétude et le silence des dernières touffes d'herbe encore visibles dans les eaux du fleuve, du côté de Saint-Lambert et de Laprairie.

Mais les oiseaux revenaient, comme attirés par Terre des Hommes.

IV

Ami, c'est le cas ou jamais de dire que le monde est venu à toi.

Toi-même, tu es venu de très loin peut-être, et c'est pourquoi notre rencontre devrait être riche et émouvante.

Étrange entreprise, parmi toutes les étranges entreprises humaines, que celle d'une exposition universelle ! Faite la plus belle possible afin de plaire, sa vie pourtant est éphémère... à moins que la mémoire ne la garde !

Ainsi en est-il de nous, au fond, et des résultats de nos efforts qu'il n'est peut-être pas raisonnable d'espérer voir « de notre vivant ». Et peu importe, s'il en reste trace dans la trame universelle !

Voici grandes ouvertes les portes posées par notre joyeux travailleur italien.

La matérialisation de Terre des Hommes s'est accomplie, en autant qu'une vision passe jamais du songe à la réalité.

Maintenant, c'est ton tour. Rappelle-toi seulement le bon conseil :

> *Il dépend de celui qui passe*
> *Que je sois tombe ou trésor*
> *Que je parle ou me taise;*
> *Ceci ne tient qu'à toi*
> *Ami, n'entre pas sans désir.*

Voici, groupé pour l'enchantement de l'œil et de l'âme, l'un des plus grands rassemblements d'œuvres d'art jamais vu en Amérique du Nord.

Il faudrait sans doute des années de voyage et beaucoup de chance pour voir ce qu'en une fois la Galerie des Beaux-Arts de Terre des Hommes présentera d'objets parmi les plus rares, comme par exemple la Châsse de Saint-Remacle, ou cette magnifique tapisserie flamande de Tournai.

Comment ne pas frémir à la pensée des risques que vont courir en voyage ces vieux trésors de l'humanité !

Voici, exposée dans le contexte thématique *l'Homme interroge l'Univers,* l'alliance mystérieuse de l'homme et de la mer.

C'est la « mer toujours recommencée », miroir de l'infini de nos espoirs insondables, l'image aussi de notre soif de liberté : « Homme libre, toujours tu chériras la mer. » La mer, pourvoyeuse des songes humains, mais demain peut-être aussi pourvoyeuse de nourriture pour les masses affamées. La mer : les bathyscaphes, les plongées sous-marines, l'habitation du fond des eaux, le monde du silence et des abîmes obscurs ; la mer, féerie de nos livres d'enfance, de Jules Verne, du *Nautilus,* alliée aux plus périlleuses recherches, aux plus exaltantes odyssées !

Mais si nous aimons tellement la mer, c'est sans doute surtout parce qu'en elle nous pressentons le grand vieux berceau de toute vie.

Voici *l'Homme et les Régions polaires*. Les régions polaires, sait-on assez ce que c'est ? Le froid extrême, les régions hostiles, voire cruelles envers toute vie, le blizzard déchaîné, l'horreur d'une nuit de six mois, le sol où rien ne pousse que des fleurs parfois d'une exquise beauté pour une existence d'une heure ; toutes conditions à proprement parler inhumaines, et pourtant l'homme y vit, et non seulement il vit, mais il chante, il raconte dans la pierre sa pauvre vie dénuée en œuvres d'art étonnantes de vigueur et de santé de l'âme.

« Je ne suis pas sûr, dit à peu près Gide, que les circonstances les plus adverses n'aient pas obtenu de moi le meilleur. »

Pavillon de *l'Homme et la Santé* : curieuse architecture rappelant la forme de la cellule humaine, mère de toute vie et de toute pensée. Grâce aux antibiotiques, grâce à une chirurgie de plus en plus avancée, grâce à la greffe et, demain peut-être, au remplacement dans l'organisme d'organes usés, la durée moyenne de la vie humaine s'allonge sans cesse, comme si le but inavoué de l'homme était de vaincre un jour la mort. Devant ces efforts inouïs qui tendent à la longévité, l'intelligence parfois se révolte. À quoi bon, nous disons-nous, vivre une vie de plus en plus longue si c'est pour être toujours aussi malheureux, pour continuer à nous entre-déchirer, à ne jamais parvenir à vivre ensemble en paix ?

Ainsi sommes-nous toujours ramenés par la logique même de notre existence à la juste notion de ce que doit être le progrès : un avancement moral. Ou alors on fait fausse route.

Voici *l'Homme et l'Agriculture* avec ses murs tendus de gazon, voici la terre, « cette merveille, disait le grand acteur Michel Simon, qui sait faire pousser des roses ». Voici la nature souriante qu'il faudra pourtant violenter pour l'obliger à subvenir aux besoins d'une population humaine augmentant à un rythme vertigineux.

Puis, nous voici au chapitre de *l'Homme et le Progrès*, saisis d'effroi autant que d'émerveillement. Le progrès est loin d'avoir toujours visage tendre. La fabrication en usine du poulet, celle, demain, du bœuf et du mouton, paraîtra à certains d'une efficacité peu louable. L'on pourra penser que les créatures animales ne sont pas faites uniquement pour devenir de la viande et mourir à notre service, mais qu'elles existent aussi pour la singulière qualité d'attachement qui nous lie à elles et qu'elles introduisent dans l'univers.

Voici maintenant des appareils étranges : disques, satellites qui, dans les hauteurs de l'atmosphère, cherchent à arracher pour nous d'autres secrets à la création. Voici l'automatisme, les robots, les machines à calculer, à traduire, à « penser » : voici réalisé ce vieux rêve humain d'une aide secourable à la fatigue et à la servitude des hommes. Mais voici poindre aussi, à côté du bienfait, la menace qu'il contient toujours à notre endroit.

Terre des Hommes, à l'Expo 67, ne peut hélas être qu'allégresse. Elle se doit de montrer que le progrès, presque toujours, en se faisant, suscite son propre adversaire.

À côté des grandes espérances que font lever en nous tant de réalisations d'entraide à l'échelle mondiale, il faut mettre dans la balance le danger de l'égoïsme sans cesse renaissant, notre cruelle indifférence encore à tant de malheurs et la reprise constante de l'orgueil racial si contraire à notre avancement.

Plus terrifiant que tout cependant, le rythme vertigineux de l'accroissement humain ! De toutes les épouvantes qui ont pesé sur l'humanité, en est-il une de comparable à celle-là ?

Après tous ces siècles où nous nous sommes acharnés contre les maladies et les épidémies, à préserver, à allonger la vie, voici que par sa pullulation elle nous effraie et semble nous cerner à l'égal d'une ennemie.

Soudain, on ne sait ce qui est le plus triste, de cette nuit des temps où les êtres humains, clairsemés sur l'immensité de la terre, transis et démunis, se recherchaient comme des ombres, ou du jour de maintenant où ils perçoivent qu'ils pourraient devenir odieux les uns aux autres par le fait de leur densité.

C'est la notion même de l'amour du couple humain — sur laquelle l'humanité a pourtant si longtemps vécu — que notre époque est appelée à réviser.

Dès lors, l'amour aura-t-il encore le droit de donner la vie spontanément ? Mais, sans générosité envers la vie, peut-il s'épanouir ?

Le progrès humain apparaît lié au perfectionnement de l'amour entre l'homme et la femme, qui n'a point cessé de se modifier subtilement et d'évoluer à travers les siècles.

Le sentiment d'amour, tel qu'on le conçoit de nos jours, pénétré de tendresse et de respect, est une conception peu ancienne dans l'histoire humaine.

Là, dans le perfectionnement de l'amour mutuel chez le couple, réside peut-être le sens profond et très grave du progrès des civilisations.

À la fin des temps, est-ce qu'il n'apparaîtra pas que la nature même de l'univers c'était l'amour, et qu'il était en toutes choses et même dans ce que nous nommons la matière ?

Terre des Hommes, c'est encore bien d'autres effrois. C'est l'accroissement accéléré des connaissances aussi bien que de la vie. C'est la masse d'information dont hérite l'homme d'aujourd'hui, pareille à une montagne de poussier qui menace de nous enterrer vivants.

C'est la frénésie de l'imprimé et des formulaires.

C'est la spécialisation à outrance.

Pourtant, « il est plus beau de savoir quelque chose de tout que de savoir tout d'une chose ».

C'est l'affolement bien motivé de la jeunesse devant le mouvant d'un monde où moins que jamais on ne peut se préparer aujourd'hui à ce que sera demain.

C'est la tragédie de l'homme d'âge mûr, parvenu à force d'études et de labeur à maîtriser la technique de son métier, et qui brutalement se voit décalé.

Sans doute l'homme n'a jamais vu bien clairement où le menaient ses grands efforts parfois désespérés. À présent plus que jamais ils paraissent se faire la guerre.

C'est l'école permanente, ce sont les loisirs organisés — comme si l'idée de « loisir » ne devait pas s'allier naturellement à la permission de faire enfin l'école buissonnière. C'est le recyclage des adultes, les tables rondes sur tous les sujets, le changement pour le changement souvent, la parole pour la parole, une explosion verbale universelle, plus que jamais *a tale told by an idiot, full of sound and fury*. C'est l'orientation professionnelle des enfants, les tests d'intelligence, le temps des normes — le « normal » et la « moyenne » étant proposés souvent comme des termes d'excellence ; ce sont des chemins de plus en plus tracés d'avance, de plus en plus balisés et resserrés. Comment donc à travers tout cela l'être humain parviendra-t-il encore à retrouver « ses racines du ciel » ?

Devant cette transformation hier inimaginable du monde

où tout l'instant nous échappe, on peut être à bon droit saisi d'appréhension et se demander si ces convulsions signifient la fin ou si elles sont le signe d'un prodigieux effort de mutation.

À certains instants, tout nous apparaît choc, conflit empoignade ou, selon une expression bien de notre temps, « épreuve de force ».

C'est l'ouvrier contre le patron, le patron contre les syndicats, les syndicats contre eux-mêmes ; c'est la femme contre la société, la société contre la femme, l'homme contre la femme, les enfants contre les parents, les parents contre l'époque ; c'est le maître contre les programmes, les programmes contre les maîtres ; c'est le municipal contre le provincial, le provincial contre le fédéral, le fédéral contre les grands voisins. Pis que tout, ce sont les générations contre les générations, les jeunes contre les moins jeunes, et ceux-ci contre des moins jeunes encore. Flots humains qui, à courte distance les uns des autres, se dévisagent avec stupeur, en étrangers venus de planètes différentes et ne sachant plus comment communiquer.

Enfin, ce sont les peuples contre les peuples, les nations contre les nations, les armes contre les armes, la propagande contre la propagande.

Tout cela se jouant au bord extrême d'un gouffre, sous la menace de l'anéantissement.

Folle à lier et malheureuse plus qu'on ne peut le supporter, telle, à certaines heures, nous apparaît l'humanité.

Mais la Terre des Hommes, c'est aussi la somme inouïe d'efforts, de peines, de talent et d'argent que l'on peut consentir pour « sauver » une seule vie.

C'est un courage sans pareil parmi les êtres vivants.

C'est un courage tel qu'il renaît sans cesse de ses défaites.

C'est notre chagrin à la pensée des déshérités inconnus, les plus loin de notre vue dont on pourrait se dire à la lettre pourtant qu'ils ne nous sont rien.

C'est la très lente et très difficile montée en nous, à travers les siècles, d'une pensée commune à tous les hommes.

Ce sont aussi nos songes têtus devant la flamme de l'âtre qui avec ses spirales enveloppantes, ses reculs et ses élans, symbolise le progrès même.

« Rien de ce que rêve l'homme, nous enseigne Shri Aurobindo, penseur de l'Inde — ce pays qui a tant apporté à la mystique du monde — ne lui sera un jour impossible à réaliser. »

Tour à tour tirés par les forces ascendantes et descendantes, nous sommes comme celui qui marche avec peine dans la tempête de neige déchaînée ; il avance de deux pas et recule d'un pas ; il ne sait plus très bien s'il accomplit quelque progrès au milieu des rafales qui le poussent et le retiennent.

Tour à tour l'espoir luit, puis s'éteint.

Chacun est seul encore dans sa nuit. Mais la nuit est moins noire pour nous qu'elle le fut pour la pauvre créature de la préhistoire et des cavernes, de toutes parts assaillie d'indicibles terreurs. Elle est peut-être moins noire que pour l'homme du Moyen Âge, de foi robuste mais implacable.

Chaque homme est encore seul, mais n'entend-il pas le coup contre le mur de son frère qui tend à le rejoindre ?

Solitaire et solidaire, les deux mots qui disent l'essentiel de notre condition humaine, Camus dans *L'Exil et le Royaume* nous rappelle qu'ils ne diffèrent que d'une lettre.

« Il faut bien, dit à son tour Saint-Exupéry, tenter de nous rejoindre. Il faut bien essayer de communiquer avec quelques-uns de ces feux qui brûlent de loin en loin dans la campagne. »

V

Ami, voici donc déjà venue l'heure de nous quitter. Sans doute repars-tu heureux d'avoir visité Terre des Hommes, mais heureux aussi de regagner ta maison, ton jardin, ta vie.

Car de nos deux voies, la collective avec ses chaînes de responsabilités et la privée avec ses aspirations à l'indépendance, l'une sans l'autre est frustrée.

Tu as sans doute souffert quelquefois d'être enserré par la foule — ce grand corps lourdaud de l'humanité, à certaines heures si chaleureux, à d'autres terriblement offensant !

Tour à tour tu t'es senti heureux et malheureux d'appartenir à la race humaine. Nous espérons que l'enseignement et la joie de Terre des Hommes l'ont emporté de loin sur ta fatigue et tes doutes.

Ce qui t'a été présenté ici pourrait se comparer à une immense classe où l'homme est enseigné à l'homme.

Pour nous, nous estimons notre part comblée par la vertu magique de l'hospitalité qui veut que ce qu'on donne aux autres, c'est à soi-même d'abord qu'on le donne.

Jeune pays mal fondé et perplexe, l'effort que nous avons fait ensemble pour accueillir le monde ne peut que nous avoir été bénéfique.

Le plus réussi, au bout du compte, dans cette passionnante aventure, c'est que les hommes qui l'ont vécue me paraissent en sortir meilleurs.

C'est, au fond, comme si la pensée fraternelle de Saint-Exupéry avait soutenu et guidé dans la confiance tous ceux qui ont cru et travaillé à la Terre des Hommes.

Teilhard de Chardin, au début de son livre lumineux, *L'Avenir de l'homme*, nous décrit le spectacle de l'espèce humaine entraînée dans la même embarcation, faisant route commune et pourtant divisée en deux camps profondément ennemis :

Il y a ceux, les immobilistes, écrit-il, assis en rond autour du feu domestique, sur le radeau emporté de la Terre, qui se racontent toujours les mêmes histoires et qui, sans même se rendre compte qu'ils bougent, se répètent obstinément, sans même quitter leur place : « Mais non, rien ne change, nous ne bougeons pas. »

Tandis que l'autre moitié des Hommes, penchés sur l'océan obscur, interrogent tour à tour le clapotis des vagues le long des planches qui les portent [...] et voici que pour eux aussi — toutes choses restant individuellement les mêmes, et les bruits de l'eau, et la senteur de l'air, et les lueurs dans le ciel — toutes choses cependant se lient et prennent un sens ; l'Univers incohérent et figé revêt la figure d'un mouvement.

Il faut opter entre un transformisme et un fixisme complet, choisir entre les deux propositions absolues :

Tout se meut sans cesse
ou
Tout est toujours immuable.

Terre, planète errante dans les parcs incommensurables, sphère insignifiante au bord de l'infini, pourtant unique peut-être à cause de sa cargaison de souffrances et d'aspirations, peut-être le seul point de l'Univers conscient de sa destinée et par cela tragique, qu'en sera-t-il de toi, qu'en sera-t-il de nous tous ?

Disparaîtrons-nous ensemble, un soir, dans un éclat fugitif, à l'exemple de ces étoiles filantes de notre enfance dont nous guettions la chute au fond des claires nuits du mois d'août, pour y attacher un souhait que nous n'étions pas souvent assez prompts à formuler selon les règles du jeu ?

Est-ce que tous nos rêves innombrables et nos projets sans

fin, toutes les naissances et toutes les morts, tant de guerres et tant d'efforts pour nous en protéger, est-ce que tout cela un jour disparaîtra sans plus laisser de trace que peut-être d'autres mondes antérieurs ? Se peut-il que de tout ce qui aura été, un esprit qui survivrait pour en juger ne puisse qu'inscrire : « Terre, expérience ratée » ?

Ou est-ce que nous ne cheminons pas depuis des siècles sans avoir vu beaucoup de changement, il est vrai, de chaque côté de notre longue, longue route, pèlerins épuisés et parfois même au bord du désespoir, dont soudain l'un entrevoit une lueur, un signe au loin, et il le dit aux autres qui reprennent courage ? Et est-ce que ce cheminement, en dépit des préjugés et des obstacles, au-delà des faux loyalismes et des faux ressentiments, ne nous conduit pas vers la vraie Terre des Hommes ?

Peut-être est-elle commencée.

N'y sommes-nous pas lorsque nous laissons parler notre cœur le plus simplement humain et juste ? Lorsqu'il s'épanouit dans la confiance plutôt que de se rétrécir dans la révolte ? Lorsque pourtant il refuse de ne pas se reconnaître jusque dans le criminel, puisque aussi bien il se reconnaît à son avantage dans le héros ?

Terre des Hommes *arrive* chaque fois peut-être que nous parvenons à nous mettre à la place des autres.

NOTE

Fragiles Lumières de la terre a paru pour la première fois en 1978. Le volume rassemble des écrits épars que Gabrielle Roy avait publiés entre 1942 et 1970.

Peuples du Canada
Série de sept reportages publiés dans le *Bulletin des agriculteurs*, Montréal, de novembre 1942 à mai 1943. Le dernier de ces reportages (« Les gens de chez nous », mai 1943) n'a pas été repris ici ; il est remplacé par « Les pêcheurs de Gaspésie », reportage paru dans le *Bulletin des agriculteurs* de mai 1944 sous le titre « Une voile dans la nuit ».

Le Manitoba
Article publié dans le *Magazine Maclean*, Montréal, juillet 1962.

Paysages de France
« Sainte-Anne-la-Palud » a été publié dans la *Nouvelle Revue canadienne*, Ottawa, avril-mai 1951, et « La Camargue » dans *Amérique française*, Montréal, mai-juin 1952.

Mon héritage du Manitoba

Article publié dans un numéro spécial de la revue *Mosaic* (Winnipeg, printemps 1970), à l'occasion du centenaire du Manitoba ; des extraits en ont été repris dans François Ricard, *Gabrielle Roy*, Montréal, Fides, 1975, p. 157-164.

Retour à Saint-Henri

Discours prononcé par Gabrielle Roy lors de son entrée à la Société royale du Canada, Montréal, septembre 1947. Le texte a été publié dans Société royale du Canada (section française), n° 5, *Présentation de M. Léon Lorrain, Mlle Gabrielle Roy, M. Clément Michaud, M. Maurice Lebel*, Ottawa, 1948, p. 35-48 ; et, sous le titre « *Bonheur d'occasion* aujourd'hui », dans le *Bulletin des agriculteurs*, Montréal, janvier 1948.

Comment j'ai reçu le Fémina

Discours prononcé par Gabrielle Roy lors de la remise du Prix Duvernay de la Société Saint-Jean-Baptiste de Montréal, Montréal, décembre 1956. Le texte a été publié dans *Le Devoir*, Montréal, 15 décembre 1956.

Mémoire et création

Préface écrite pour une édition scolaire de *La Petite Poule d'Eau*, (Londres, Georges G. Harrap, 1957) et reprise dans une édition de luxe publiée à Paris, aux Éditions du Burin et Martinsart, 1967, coll. « Les Portes de la vie ».

Terre des Hommes : le thème raconté

Commandité par la Compagnie canadienne de l'Exposition universelle de 1967, ce texte a paru, en version incomplète et accompagné d'une traduction anglaise, dans un album photographique intitulé *Terre des Hommes/Man and His World*, Montréal et Toronto, 1967.

CHRONOLOGIE
DE GABRIELLE ROY

1909	Naissance, le 22 mars, à Saint-Boniface (Manitoba).
1915-1928	Études à l'académie Saint-Joseph de Saint-Boniface.
1928-1929	Études de pédagogie au Winnipeg Normal Institute.
1929-1930	Premiers postes d'institutrice, à Marchand d'abord, puis à Cardinal.
1930-1937	Institutrice de première année à l'institut Provencher de Saint-Boniface (école de garçons) ; parallèlement, activités théâtrales au Cercle Molière.
Été 1937	Poste temporaire à l'école de la Petite-Poule-d'Eau.
1937-1939	Séjour en Angleterre et en France ; études d'art dramatique ; voyages.
1939-1945	De retour d'Europe, Gabrielle Roy s'installe au Québec et vit des textes qu'elle vend à divers

périodiques montréalais, tout en entreprenant la rédaction de *Bonheur d'occasion*; elle habite surtout à Montréal, mais fait de fréquents séjours à Rawdon et à Port-Daniel.

Été 1945 Publication, à Montréal, de *Bonheur d'occasion*.

1947 La traduction anglaise de *Bonheur d'occasion* (*The Tin Flute*) est choisie comme livre du mois de mai par le Literary Guild of America ; en juin, achat des droits cinématographiques par Universal Pictures ; en août, Gabrielle Roy épouse Marcel Carbotte ; en septembre, elle est reçue à la Société royale du Canada ; en novembre, l'édition française de *Bonheur d'occasion* obtient le prix Fémina.

1947-1950 Fin septembre 1947, Gabrielle Roy et son mari partent pour Paris, où ils passeront trois ans ; elle fait des séjours en Bretagne, en Suisse et en Angleterre.

1950 Parution, à Montréal, de *La Petite Poule d'Eau* qui, l'année suivante, sera publiée à Paris, et à New York, en traduction anglaise (*Where Nests the Water Hen*).

1950-1952 De retour de France, le couple s'installe d'abord à Ville Lasalle, puis à Québec, où Gabrielle Roy vivra jusqu'à la fin de sa vie.

1954 Publication d'*Alexandre Chenevert* à Montréal et à Paris ; l'année suivante, la traduction anglaise paraît sous le titre *The Cashier*.

1955 Publication, à Montréal et à Paris, de *Rue Deschambault*, dont la traduction anglaise paraîtra en 1956 (*Street of Riches*) et obtiendra le prix du Gouverneur général du Canada.

1956	Gabrielle Roy reçoit le prix Duvernay.
1957	Acquisition d'une propriété à Petite-Rivière-Saint-François, où Gabrielle Roy passera dès lors ses étés.
1961	Voyage en Ungava, puis en Grèce avec son mari ; à l'automne, parution à Montréal de *La Montagne secrète*, dont l'édition parisienne et la traduction anglaise (*The Hidden Mountain*) sortiront l'année suivante.
Hiver 1964	Séjour en Arizona, où elle assiste à la mort de sa sœur Anna.
1966	Parution de *La Route d'Altamont* et de sa traduction anglaise (*The Road Past Altamont*).
Été 1967	Publication d'un texte sur le thème « Terre des hommes » dans un album sur l'Expo de Montréal ; en juillet, Gabrielle Roy est faite compagnon de l'Ordre du Canada.
1968	Doctorat honorifique de l'Université Laval.
1970	En mars, voyage à Saint-Boniface auprès de sa sœur Bernadette mourante ; à l'automne, publication de *La Rivière sans repos* et de sa traduction anglaise (*Windflower*).
1971	Gabrielle Roy reçoit le prix David.
1972	Publication de *Cet été qui chantait*, dont la traduction anglaise paraîtra en 1976 (*Enchanted Summer*).
1975	Parution d'*Un jardin au bout du monde*, dont la traduction anglaise sera publiée en 1977 (*Garden in the Wind*).
1976	Publication d'un album pour enfants, *Ma vache Bossie*.

1977	Publication de *Ces enfants de ma vie*, qui obtient le prix du Gouverneur général et dont la traduction anglaise paraîtra en 1979 (*Children of My Heart*).
1978	Gabrielle Roy reçoit le prix Molson du Conseil des Arts du Canada ; parution de *Fragiles Lumières de la terre*, dont la traduction anglaise sera publiée en 1982 (*The Fragile Lights of Earth*).
1979	Publication d'un second album pour enfants, *Courte-Queue*, qui obtient le Prix de littérature de jeunesse du Conseil des Arts du Canada et paraît l'année suivante en traduction anglaise (*Cliptail*).
1982	Publication de *De quoi t'ennuies-tu, Éveline ?*
1983	Mort, à l'Hôtel-Dieu de Québec, le 13 juillet.
1984	Publication de l'autobiographie intitulée *La Détresse et l'Enchantement*.

ÉLÉMENTS DE BIBLIOGRAPHIE

Quelques ouvrages sur Gabrielle Roy et son œuvre

CHARLAND, R.-M. et SAMSON, J.-N., *Gabrielle Roy*, Montréal, Fides, 1967, coll. « Dossiers de documentation sur la littérature canadienne-française ».

GAGNÉ, Marc, *Visages de Gabrielle Roy*, Montréal, Beauchemin, 1973.

GILBERT LEWIS, Paula, *The Literary Vision of Gabrielle Roy: An Analysis of Her Works*. Birmingham, Summa Publications, 1984.

HARVEY, Carol J., *Le Cycle manitobain de Gabrielle Roy*, Saint-Boniface, Éditions des Plaines, 1993.

HIND-SMITH, Joan, « Gabrielle Roy », dans *Three Voices*, Toronto, Clarke Irwin, 1975, p. 62-126.

RICARD, François, *Gabrielle Roy*, Montréal, Fides, 1975, coll. « Écrivains canadiens d'aujourd'hui ».

RICARD, François, *Inventaire des archives personnelles de Gabrielle Roy conservées à la Bibliothèque nationale du Canada*, Montréal, Boréal, 1992.

ROMNEY, Claude et DANSEREAU, Estelle, *Portes de communi-*

cations: *études discursives et stylistiques de l'œuvre de Gabrielle Roy*, Québec, Presses de l'Université Laval, 1995.

SOCKEN, Paul G., « Gabrielle Roy: An Annotated Bibliography », dans R. LECKER et J. DAVID, *The Annotated Bibliography of Canada's Major Authors*, vol. 1, Downsview, ECW Press, 1979, p. 213-263.

Études sur Fragiles Lumières de la terre

BELL, Mark, *Gabrielle Roy and Antoine de Saint-Exupéry: « Terre des hommes ». Self and Non-Self*, Francfort, Peter Lang, 1991, coll. « European University Studies ».

ÉTHIER-BLAIS, Jean, «*Fragiles Lumières de la terre*», *Québec français*, Québec, n° 31, octobre 1978, p. 48-49.

MAJOR, Jean-Louis, « Mémoire, création, clichés », *Lettres québécoises*, Montréal, n° 12, novembre 1978, p. 34-36.

MARCOTTE, Gilles, « Gabrielle Roy chercheur d'horizon », *Le Devoir*, Montréal, 22 avril 1978, p. 29, 44.

SOCKEN, Paul G., « *Fragiles Lumières de la terre*, écrits de Gabrielle Roy », dans G. Dorion (dir.), *Dictionnaire des œuvres littéraires du Québec*, tome IV: *1976-1980*, Montréal, Fides, 1994, p. 347-348.

THÉRIAULT, Yves, « La finesse de Gabrielle Roy », *Le Livre d'ici*, Montréal, 28 juin 1978.

VANASSE, André, «*Fragiles Lumières de la terre*», *Livres et auteurs québécois 1978*, Québec, 1979, p. 79-80.

TABLE DES MATIÈRES

I. REPORTAGES	7
Peuples du Canada	9
Les Huttérites (1942)	11
De turbulents chercheurs de paix (1942)	27
Les Mennonites (1943)	39
L'Avenue Palestine (1943)	49
Les Sudètes de Good Soil (1943)	63
Petite Ukraine (1943)	75
Les pêcheurs de Gaspésie – Une voile dans la nuit (1944)	87
Le Manitoba	103
Paysages de France	125
Sainte-Anne-la-Palud (1951)	127
La Camargue (1952)	137
II. SOUVENIRS	149
Mon héritage du Manitoba (1970)	151
Retour à Saint-Henri Discours de réception à la Société royale du Canada (1948)	169
Comment j'ai reçu le Fémina (1956)	187

Mémoire et création
  Préface de *La Petite Poule d'Eau* (1957)   203

III. TERRE DES HOMMES *Le thème raconté*   211
Note   249
Chronologie de Gabrielle Roy   251
Éléments de bibliographie   255

Dans la collection « Boréal compact »

1. Louis Hémon
   Maria Chapdelaine

2. Michel Jurdant
   Le Défi écologiste

3. Jacques Savoie
   Le Récif du Prince

4. Jacques Bertin
   Félix Leclerc, le roi heureux

5. Louise Dechêne
   Habitants et Marchands de Montréal au XVIIe siècle

6. Pierre Bourgault
   Écrits polémiques

7. Gabrielle Roy
   La Détresse et l'Enchantement

8. Gabrielle Roy
   De quoi t'ennuies-tu Évelyne ? suivi de *Ély ! Ély ! Ély !*

9. Jacques Godbout
   L'Aquarium

10. Jacques Godbout
    Le Couteau sur la table

11. Louis Caron
    Le Canard de bois

12. Louis Caron
    La Corne de brume

13. Jacques Godbout
    Le Murmure marchand

14. Paul-André Linteau,
    René Durocher,
    Jean-Claude Robert
    Histoire du Québec contemporain (tome I)

15. Paul-André Linteau,
    René Durocher,
    Jean-Claude Robert,
    François Ricard
    Histoire du Québec contemporain (tome II)

16. Jacques Savoie
    Les Portes tournantes

17. Françoise Loranger
    Mathieu

18. Sous la direction de Craig Brown
    Édition française dirigée par Paul-André Linteau
    Histoire générale du Canada

19. Marie-Claire Blais
    Le jour est noir suivi de *L'Insoumise*

20. Marie-Claire Blais
    Le Loup

21. Marie-Claire Blais
    Les Nuits de l'Underground

22. Marie-Claire Blais
    Visions d'Anna

23. Marie-Claire Blais
    Pierre

24. Marie-Claire Blais
    Une saison dans la vie d'Emmanuel

25. Denys Delâge
    Le Pays renversé

26. Louis Caron
    L'Emmitouflé

27. Pierre Godin
    La Fin de la grande noirceur

28. Pierre Godin
    La Difficile Recherche de l'égalité

29. Philippe Breton et Serge Proulx
    L'Explosion de la communication

30. Lise Noël
    L'Intolérance

31. Marie-Claire Blais
    La Belle Bête

32. Marie-Claire Blais
    Tête Blanche

33. Marie-Claire Blais
    Manuscrits de Pauline Archange, Vivre! Vivre! et *Les Apparences*

34. Marie-Claire Blais
    Une liaison parisienne

35. Jacques Godbout
    Les Têtes à Papineau

36. Jacques Savoie
    Une histoire de cœur

37. Louis-Bernard Robitaille
    Maisonneuve, le Testament du Gouverneur

38. Bruce G. Trigger
    Les *Indiens*, la *Fourrure* et les *Blancs*

39. Louis Fréchette
    Originaux et Détraqués

40. Anne Hébert
    Œuvre poétique

41. Suzanne Jacob
    L'Obéissance

42. Jacques Brault
    Agonie

43. Martin Blais
    L'Autre Thomas D'Aquin

44. Marie Laberge
    Juillet

45. Gabrielle Roy
    Cet été qui chantait

46. Gabrielle Roy
    Rue Deschambault

47. Gabrielle Roy
    La Route d'Altamont

48. Gabrielle Roy
    La Petite Poule D'Eau

49. Gabrielle Roy
    Ces enfants de ma vie

50. Gabrielle Roy
    Bonheur d'occasion

51. Saint-Denys-Garneau
    Regards et Jeux dans l'espace

52. Louis Hémon
    Écrits sur le Québec

53. Gabrielle Roy
    La Montagne secrète

54. Gabrielle Roy
    Un jardin au bout du monde

55. François Ricard
    La Génération lyrique

56. Marie-José Thériault
    L'Envoleur de chevaux

57. Louis Hémon
    Battling Malone, pugiliste

59. Élisabeth Bégon
    Lettres au cher fils

60. Gilles Archambault
    Un après-midi de septembre

61. Louis Hémon
    Monsieur Ripois et la Némésis

62. Gabrielle Roy
    Alexandre Chenevert

63. Gabrielle Roy
    La Rivière sans repos

64. Jacques Godbout
    L'Écran du bonheur

65. Machiavel
    Le Prince

66. Anne Hébert
    Les Enfants du sabbat

67. Jacques T. Godbout
    L'Esprit du don

68. François Gravel
    Benito

69. Dennis Guest
Histoire de la sécurité sociale au Canada

70. Philippe Aubert de Gaspé
L'Influence d'un livre

71. Gilles Archambault
L'Obsédante Obèse et autres agressions

72. Jacques Godbout
L'Isle au dragon

73. Gilles Archambault
Tu ne me dis jamais que je suis belle et autres nouvelles

74. Fernand Dumont
Genèse de la société québécoise

75. Yvon Rivard
L'Ombre et le Double

76. Colette Beauchamp
Judith Jasmin 1916-1972 : de feu et de flamme

MISE EN PAGES ET TYPOGRAPHIE :
LES ÉDITIONS DU BORÉAL

ACHEVÉ D'IMPRIMER EN AVRIL 1996
SUR LES PRESSES
DE L'IMPRIMERIE L'ÉCLAIREUR À BEAUCEVILLE (QUÉBEC).